U0694850

魅丽文化 花火工作室

法式 FASHI

柒柒若 ☆ 著

QINGTIAN 轻甜

百花洲文艺出版社
BAIHUAZHOU LITERATURE AND ART PRESS

图书在版编目（CIP）数据

法式轻甜 / 柒柒若著 . -- 南昌 ：百花洲文艺出版
社 ，2019. 10
ISBN 978-7-5500-3403-7

Ⅰ．①法… Ⅱ．①柒… Ⅲ．①长篇小说－中国－当代
Ⅳ．① I247.5

中国版本图书馆 CIP 数据核字（2019）第 210388 号

法式轻甜
柒柒若 著

责任编辑	蔡央扬
选题策划	吴小波 李 墨
特约编辑	李 墨
封面设计	阿 和
出版发行	百花洲文艺出版社
社　　址	南昌市红谷滩新区世贸路 898 号博能中心 A 座 20 楼
邮　　编	330038
经　　销	全国新华书店
印　　刷	湖南关山美印有限公司
开　　本	880mm×1230mm　1/32　印张 9.5
版　　次	2020 年 2 月第 1 版第 1 次印刷
字　　数	260 千字
书　　号	ISBN 978-7-5500-3403-7
定　　价	36.80 元

赣版权登字　05-2019-257

目 录
CONTENTS

2

一生倾慕，

予你世界。

我的爱，

一生只有一次，

都给你。

第一章

你是人间甜味

×

×

飞机落地鹭城。

在瑞士留学，偷偷回国的钟倾倾，刚下飞机，就接到知名旅游网站 full house（浪漫满屋）的来电，通知她以酒店试睡员的身份前往鹭城一家高端民宿酒店，进行为期一周的试睡体验。

挂断电话，钟倾倾伸手打车。

上车后，司机问她要去哪，她翻开手机短信，将对方发给她的地址报给司机。

"新海路一街 76 号。"

说完，钟倾倾低头再看一眼地址，惊觉这地址不对劲。

司机从后视镜里看她一眼，"姑娘，你是要去云舒高端民宿酒店吗？"

钟倾倾上牙咬住下嘴唇，垂下眼帘，重重地叹了口气，选择接受现实，"是，是去这。"

时间倒退半个月。

钟倾倾从瑞士飞往意大利购买新款 LV（路易威登）包和爱马仕包的途中，她抽空在旅游网站 full house 上申请了酒店试睡员的新工作任务。由于此前她有在各大酒店试睡的丰富经验，并且她写的试睡体验报告专业且优秀，工作人员很快就给她安排了新的试睡酒店。

只不过……

钟倾倾万万没想到，这次前往试睡体验的酒店，会是云舒高端民宿酒店。她有种当头一棒的感觉，真是做贼心虚，躲还来不及，竟然又亲自送上门。

钟倾倾心绪不宁，她将车窗摇开，歪着头看向窗外。

鹭城是全国闻名的旅游城市，靠海，以小清新著称。车子行驶在海洋大道上，有微风经过，带来清新湿润的海洋气息。

半小时后，到达酒店。

钟倾倾疲惫地下车，礼宾小哥服务周到地走上前帮她推行李，她懒洋洋地跟着。到酒店大堂时，她才抬头打量接待大厅的环境，装修精致简洁，独具特色，大厅内光线充足，香氛味道清香怡人。

钟倾倾从包里掏出相机打算拍几张照片，结果她余光一瞥，突然看到一道熟悉的身影。

"他怎么会在这？旁边跟着的几个陌生人又是谁？"钟倾倾纳闷，碎碎念道，"这得躲起来啊。"

她转身朝后，快速从包里拿出一顶鸭舌帽扣在头上，而后小心翼翼地躲在身材魁梧的礼宾小哥身后。等那道身影走了，她才松了口气去办理入住。这时候的她，仍然不忘观察。酒店前台小姐姐温柔有耐心，业务熟练，始终保持微笑服务，钟倾倾在心里记录下来。

手续办妥，回到酒店房间后的钟倾倾，倒头就睡。

从瑞士到鹭城，十四个小时的飞行时间，加上是夜航，缺乏安全感的钟倾倾整晚没睡。

醒来时，她看眼时间，已经是晚上十一点。

肚子发出咕咕声，钟倾倾的大脑被"进食"二字完全支配。她换上宽松的 T 恤裙，洗了把脸，来到云舒自助西餐厅。不料大门紧闭已打烊，倒是餐厅门上贴着一张告示，"海边休闲区有少量法式甜品供应"。

钟倾倾往海边走去，远远瞧见一个发着光的柜台。走近后，看到三层甜品柜里还剩下两份法式甜品，是蓝莓酱拿破仑和荔枝玫瑰覆盆子挞。

拿破仑表面酱果融合，蓝莓酱沿蛋糕一侧倾泻滴落。

覆盆子挞中间细腻的奶油包裹着新鲜的红果，表面的糖霜花瓣仿佛刚从玫瑰花上摘过来。

鲜艳欲滴，卖相可观，制作精致。

实在是妙。

早就听闻云舒民宿酒店高薪特聘的法式甜品师技术精湛，手法巧妙，百闻不如一见。

钟倾倾往后退了退，灯光之下的这两款法甜，真像是艺术品。

她记得法国"甜点教父"卡雷姆说过："艺术有五门，绘画、雕塑、诗歌、音乐和建筑，而建筑的主要支流就是甜食。"

钟倾倾兴奋地搓搓手，朝站在甜品柜前模样水灵的服务员小姐姐问道："我好饿，蓝莓酱拿破仑和荔枝玫瑰覆盆子挞麻烦都帮我打包，一起我给你多少钱？"

意外的是，服务员却说："你好客人，我们酒店晚间提供的法甜都是免费供应的。"

免费？

如此匠心之作，光卖相就令人垂涎三尺的法式甜品……居然免费，云舒酒店的经营方式未免太奢侈豪华。

钟倾倾不差钱，所以免费也算不上什么高兴事儿，但她特别好奇，"为什么免费？"

服务员抬头看她，露出不可思议的表情。其他客人一听免费，都高高兴兴地端甜品走人。钟倾倾倒有趣，问为什么。

"当然是……因为我们酒店的法式甜品师，人帅心善。"服务员骄傲脸，笑意满满地继续说道，"他每次上晚班都会额外多做两层的法式甜品，给晚上来海边休息的客人享用，比如现在饥肠辘辘的你。"

咕——

服务员说完这句话，钟倾倾的肚子不合时宜地发出饥饿的声音。

"给，已经打包好，顺带送了您一杯鲜榨果汁。"

"谢啦。"钟倾倾提着法甜，微微凑近服务员，"推荐你使用荔枝玫瑰覆盆子挞同色系口红，圣罗兰黑管唇釉409，适合你。"

女人和女人之间的推荐，只有女人能懂。

服务员心领神会，"明天去专柜试色。"

"OK。"

钟倾倾心情愉悦地在离海最近的地方找空位坐下，慢慢品尝拿破仑和覆盆子挞。

拿破仑，三层酥皮夹两层蓝莓果酱，一份大约70克，刚好够她一个人吃。钟倾倾一口咬下去，口感既松软又嫩滑，还带着清香酸涩的蓝莓味，真是值得赞叹和令人惊喜的美味。

拿破仑满意度满分，钟倾倾急不可耐地拿起荔枝玫瑰覆盆子挞，一口咬下去。挞皮约厚3毫米，合格。口感松脆，荔枝和玫瑰的搭配，用量恰到好处，甜而不腻，唇齿留香，像喝了一杯花茶，味道极妙。

钟倾倾从小就爱吃甜品，每当她情绪低落或是悲伤难过时，吃甜品总能让她高兴起来。她尤其钟爱法式甜品，爱它的精致和优雅的美感。她深以为，要做好一款法甜，不仅要精准配比，还需要卓绝技艺，如此才能达到味觉、色彩、结构的协调统一。

她吃过的法甜不计其数，所以对此挑得很。然而此时，她甚至都要怀疑她从前吃过的那些法式甜品，都是不正宗的，都是假的。

这两份甜点口感极好，是人间美味。

味蕾得到高度满足，钟倾倾兴奋得想欢呼。事实上，她这么想，也旁若无人地做了。

"拿破仑好酥，覆盆子挞好脆，啊，是我这么多年吃过最优秀的法甜了！能将色彩结构味觉做到如此高度统一的甜品师，果然是大师，名不虚传。精致，诱人，手艺非凡，值得给一百个好评外加赠送一个'么么'"

"呵……"

突然一声嗤笑，从钟倾倾的后方传来。她微微侧身朝后看去，看到两个男人。

一个低头戴着耳机在看手机，只露出一半侧脸，但他的侧脸完全符合网络上"侧颜绝杀"的要求，他安静地坐着，给人遗世独立的温柔感。另一个则玩味地看着她笑，想来这位就是嘲笑她的人。

有点丢脸，有点恼火。

钟倾倾噌地站起身，走到两人桌前，拉椅子坐下。

脸色很臭。

她开门见山，"说吧，刚才的笑什么意思？"

低头戴着耳机的温和，感觉眼前出现一片阴影，他摘掉耳机，抬头看向这片阴影的来源——钟倾倾。

钟倾倾也看向他。

四目相对，温和眼神躲闪。

钟倾倾悄悄在心里感叹：这男人真好看。

五官清秀干净，但不给人柔弱感，气质淡定，少年感十足，尤其是那双眼睛，像深海里的星辰，在一片漆黑之中仍然明亮。而这光亮，如墨水沾染上宣纸，在钟倾倾心里一点点晕开，直到密密麻麻铺满她整颗心脏。

"有事吗？"温和开口，声色干净。

原本气势汹汹冲过来的钟倾倾，声音都变轻了，"我找他。"她手指周至衍。

"我不是在笑你。"周至衍摸摸鼻子，"但也算是吧。"

这话钟倾倾听着可不高兴，"说人话。是就是，不是就不是。"

周至衍饶有兴趣地看着她，这姑娘真有趣。他只是认为她在点评他朋友的厨艺时，用词特别夸张，才没忍住笑出声。没想到，她还气势汹汹地跑来跟他理论。

较真，但不失可爱。

周至衍弯弯嘴角，努力憋笑，"温和，你刚才错过了一出好戏。"

钟倾倾的眼珠子滴溜溜地转，温和这名字听起来有点熟悉。她抬头看温和一眼，确定以前从未见过他，作罢。周至衍还在笑，她朝他翻个白眼，"我说你，别笑了，一点都不好笑。"

"不笑不笑，是不好笑。"周至衍嬉皮笑脸，"不过姑娘，你真有眼光。我朋友做的甜品，的确配得上'精致、诱人、手艺非凡'这三个词。"

钟倾倾打量他一眼，"这法甜，你朋友做的？"

周至衍点头，"嗯哼。"

"你朋友很优秀嘛。"

"当然。所以好评是必须给的，至于'么么哒'，择日不如撞日，就现在给？"周至衍强忍笑意，一本正经地胡说八道。

躺着也中枪的温和始终保持沉默。

钟倾倾诧异。

现在给，给谁？

莫名其妙。

她在心里冷哼一声，然而贫嘴这件事，她可不会轻易认输。她不甘示弱地回应道："不就是'么么哒'嘛，改天哈，改天把你朋友约出来，现在我没心情。"

不明真相的围观群众温和，突然脸红了。

差不多了。

钟倾倾站起来，准备离开。

不料就在她转身时，白天在酒店看到的那道身影又出现在她眼前，且离她仅数米之隔。好在对方背对着她，可一旦他转身，钟倾倾就无处遁形。面对眼前随时都有可能引爆的定时炸弹，钟倾倾进也不是，退也不行。

突然那道身影侧了侧身，似乎要转身朝她走过来。

狭路相逢，躲为上策。

钟倾倾一秒挪步到温和旁边，扯了扯温和的衣领，"帮个忙怎么样？"

温和抬头，将她的手轻轻拍掉，"男女有别。"

钟倾倾双手握拳，不远处的身影正转身朝她的方向走来。千钧一发之际，无处可躲的钟倾倾不管三七二十一，用力将温和从椅子上一拉，强迫他站起来，而后她一头撞进他怀里。

为防止温和的挣扎和不配合，钟倾倾的咸猪手死死地抱住他的腰。将姿势固定好后，她才从温和的怀里探出一点头。

她圆溜溜的黑眼睛，可怜兮兮地看着温和。

"朋友，借你的胸一用，好吗？"

温和满脸通红，他眉头微皱，别开脸不看她，"男女有别。"

言外之意，就是不借。可钟倾倾的手既然都已经抱上了他的腰，就由不得他拒绝了，问他不过是走个形式。于是当那道身影从钟倾倾身边经过时，她迅速地将头深深地埋进了温和的怀里。

温和推了推钟倾倾。

"别小气，就借用一会儿。"钟倾倾的声音从温和的怀里响起，她不依不饶还理直气壮。

挣扎无用，临时演员温和只好放弃抵抗，任由她摆布。

但他整个身体都呈现一种僵硬的状态，因为紧张，唾液不断滑过他的喉结。钟倾倾在他怀里窃窃笑开，又惹得他双腿连连往后退，他退钟倾倾就进，双手紧紧抱住不松手。

直到身影走远后，温和松了口气，终于将钟倾倾推开，"他走了。"

钟倾倾松手，盯着温和看，他的脸早已红得跟麻辣小龙虾似的。

……原来是纯情少年。

真有意思。

钟倾倾故意逗他，用手戳他心口，"喂朋友，方才心跳那么快，难道是心动的感觉？"

温和不看她，沉默。

一旁的周至衍看不下去，喊了句，"得了便宜就卖乖。"

"好的，乖。"钟倾倾声调上扬，而最后那个"乖"字，从她的嘴里蹦出来，像一只猫在叫唤着"喵"，娇柔柔地在温和耳边飘过，挠得温和耳尖又是一片通红。

"怎么样，我朋友的怀抱是不是挺暖？"热心群众周至衍提问。

莫名其妙又躺枪的温和，一脸茫然。

钟倾倾勾勾嘴角，"不错，满意度舒适度一百分。"

温和的脸又红了。

夜深回到酒店房间，钟倾倾打开电脑，在网上搜索云舒民宿酒店的点评。她滑动鼠标，将评论里提到甜品师、法式甜品师的内容，都多看了两眼。

"实名给西餐厅的温大师加油，鹭城最帅的甜品师，非他莫属。"

"西餐厅的温大师好眼熟，我小时候在电视里见过他，他上过电视领奖。"

"全世界最帅的小哥哥就是温大师,不准反驳。全世界最好吃的法甜是小哥哥做的,不准反驳!他说话好温柔好温柔,我要迷失在他的温柔里啦。为了他,以后来鹭城我都要住这家酒店!"

"每个月来鹭城出差,我选择住云舒民宿酒店的理由,就是为了能去西餐厅看他一眼。"

···········

钟倾倾歪着头看电脑屏幕,心想:这位温大师的小粉丝还挺多,甚至有人还悄悄拍了他的照片发到评论区里。钟倾倾点开大图,一看,惊讶道:"这人不就是今晚的纯情少年!"

他叫什么来着?钟倾倾眯眼回想。

温和。

是了,温大师,温和。

难怪当时笑她的男人会问她"么么哒"要不要现在给,而那个会做法甜的朋友就是纯情少年温和,温和就是云舒民宿酒店特聘的法式甜品师。

那么一切都理清楚了,而钟倾倾之所以会对温和这个名字感到熟悉,是因为去年在她的生日宴会上,钟家的亲戚多次提到酒店的甜品大师,正是那时候,温和的名字被提到了好几次。

此刻回想,她将零碎的记忆拼凑起来。

温和的父亲曾经任知名法国餐厅的甜品主厨,回国后创办了"温式甜厨学院"。温和自幼跟着父亲学习做法式甜品,精通各式法甜制法。

十二岁时他决定毕生从事这个行业,十五岁时他参加比赛,获得鹭城烘焙糖果杯冠军。十六岁时获得国际法式甜品烘焙冠军赛中国区冠军,同时他还获得"少年法甜大师"的荣誉称号。

云舒民宿酒店开业两周年时,高薪聘请温和加入,使得一度陷入低迷的酒店入住率得到大幅度提升,温和成为酒店的招财猫。

是很优秀的人。

钟倾倾当时听着，很想会会他。

只是大家在聊完温和后，齐刷刷地将关注点转移到她身上，温和便被她抛到了九霄云外。

"依我看，倾倾你在瑞士读完本科就回来吧，一年百来万的学费，读到硕士也只是纸上谈兵。早点回来结婚，女孩子早晚要嫁人的。姑姑帮你物色对象，高富帅任你挑。"说话的是钟倾倾的小姑，她笑起来风情万种，是一贯爱情至上的女人。

"结婚对象？"接话的是小叔，"刚才提到的温和大师就不错啊，年轻有为，模样俊俏。"小叔目露精光，"温和现在可是云舒分店的招财猫，他做的甜品那么受欢迎，我听说是因为有独家配方。倾倾嫁过去的话，这配方可就归我们钟家所有。"

这如意算盘倒是打得响，只可惜小叔对法式甜品的了解少之又少。

Patisserie，法式蛋糕。

在法国人心中，它代表爱情和甜蜜。法国人对甜品有一种特殊的偏爱，这与他们天性中的浪漫不谋而合。法式甜品的精髓之处便是精致与浪漫，它并非超市陈列架上包装简易的甜品，而是摆放在精致橱窗里谜一般的艺术品。

所以即便温和在制作法甜时，在原料的使用上有其所谓的独家配方，那也只能组成法甜的一部分，而剩余的有关色彩搭配和外形创意的技术部分，想学想偷走，旁人一时半会还真做不到。

听起来，温和在法甜制作上是有天赋的。但即便是天才，年纪轻轻在法式甜品领域能有如此的地位与成就，他也一定花费过许多时间和精力去学习去钻研。

小姑和小叔的话，钟倾倾听着，颇为不爽。她摆出一副无赖相，朝他们摆摆手。

"我的婚事就不劳各位长辈操心了，爱情什么的，真的很影响我行走江湖。我对结婚也不感兴趣，我唯一的爱好大家都知道，花钱嘛。好了各位，今天我生日，你们继续 happy（玩耍），我出门买包去。"说完，钟倾倾拿上车钥匙就往外逃。

边走还能听到背后议论纷纷。

"大哥大嫂，你们别光顾着酒店，也管管倾倾嘛。她这么能花钱，钟家就算有上亿资产，都会被她败光。早点找个好人家，嫁了算了……"

"倾倾是该懂事了，以前总说她过几年会成熟，可现在她还是老样子。以后怎么让她接管云舒两家酒店。"

"大哥大嫂，我们说话不好听，但都是为了倾倾好，你们可别介意。"

……………

"为我好？"钟倾倾白眼都快要翻上天，"买几个包而已，至于上升到酒店管理吗？！"再说，那所谓的酒店家业，还有莫名其妙的未来女婿，她不稀罕也不感兴趣。

她知道自己在做什么，想要什么，她有自己的活法。

此时，钟倾倾继续浏览酒店评论，她对其中的一句点评产生了疑惑。

——"怦然心动，再见倾心，唇齿留香，用'初恋的味道'来形容温大师做的法甜，再合适不过了，啊……是初恋的感觉呢！"

钟倾倾也觉得这形容实在是十分贴切。

只不过，令人产生初恋感觉的，到底是温和，还是温和做的法甜，这一点让她感到困惑。

钟倾倾回想起今晚拿破仑和覆盆子挞的精致和味道，的确近观令人垂涎三尺，尝过后更是回味无穷，为之倾倒。

那么温和呢，百闻不如一见，长得秀色可餐，惹人垂涎。但依旧保有少年感和自带脸红技能的纯情，才令人再见倾心。

沉迷于美色无法自拔的钟倾倾，突然想要深入了解温和。

这位温姓甜品大师，厨艺满分，技能满点，想来人的味道也甚甜。虽然钟倾倾还未尝过，但想想，就觉得甜，定是人间美味。

"温和，温和。"钟倾倾趴在床上，反复念叨着他的名字。她翻开工作笔记本，记录下今天的酒店体验感受："今晚的甜品，真不错。"

这一句，钟倾倾指的是——温和。

第二日清晨，闹钟响，钟倾倾醒过来。

柔和的晨光落在乳白色的落地窗纱上，春风吹动纱帘，海洋的气息一点点蔓延到房间里。钟倾倾整个人往被子里又钻了钻，"靠海的房间真棒。"钟倾倾喜欢大海，喜欢它自由神秘。

赖床一会儿后，她开始一天的工作。

昨晚浏览网上信息，查看客人入住点评时，钟倾倾圈出了部分重点做好笔记，并将这些内容输入到电脑里，再对内容整体做了简单的分类。酒店的基本信息和区域分布她也有提前了解过，甚至还动手画了张粗糙版的酒店地图。

工作时的钟倾倾，一点不正经都没有。

毕竟酒店试睡员这个号称"躺着就能赚钱"的职业，并不是真的躺在酒店床上睡一觉，钱就能落入兜里。这个工作需要试睡员在试睡前做好充分的功课，试睡体验中做好采集和观察的工作，试睡后则要根据自己的感受写成试睡报告，以供广大网友借鉴。

查数据、整理内容，做好一定的试睡前功课后，钟倾倾开始转移到室外进行考察。

"从酒店的哪个地方开始考察呢？"钟倾倾自言自语。

脑海里闪现温和俊朗的脸，她抬手打了个响指，"酒店西餐厅。"

民以食为天，食乃酒店之根本。

妥当。

酒店西餐厅午市十一点开始营业，钟倾倾十点五十分踩着小碎步愉快地来到餐厅门口。

时候未到，还不能前往进餐。但由于云舒民宿酒店的餐厅是全开放自助式，厨师不在后厨房工作，而是与客人面对面，整个烹饪过程，客人都能直观感受到，所以站在餐厅门口等候的钟倾倾，一眼就看到正在认真做准备的温和。

只见他左手端着已经烤好的华夫饼，右手抓着一小把洗干净的蓝莓点缀在华夫饼上。温和的手纤细修长，是非常漂亮的手。他的手更像是有魔法，一圈奶油，一圈蓝莓，铺满华夫饼，望着直叫人吞口水。

钟倾倾目不转睛地盯着温和，直到站在酒店门口的服务生小哥对她说"欢迎光临云舒自助西餐厅"时，她才回过神来。

钟倾倾看他一眼，见服务生小哥面善，她起了心思。

"小哥，早啊。"

"您好，早。"小哥客客气气的。

"请问……你有没有温大师的联系方式？手机号微信号，再不济微博号也行。"钟倾倾昂着头，眨眨眼，朝小哥使眼色，"有的话，卖一个给我呗。"

小哥听完，先是愣了下，之后笑起来，"你能出多少价钱？"

听着有戏，钟倾倾一本正经地伸出右手，朝小哥比划出一个"二"的手势。

小哥眉头微皱，猜测道："两百？"

钟倾倾摇摇头，"两千。"

"值这个价。"但随后，小哥失落地叹口气，"哎，可惜我没有温大师的联系方式，错失一个赚钱的机会。"

"……没有你瞎问什么？"钟倾倾送他一记白眼。

小哥摊手，如实回答，"好奇，想知道你能给多少钱。况且打算用钱买温大师联系方式的人，你是头一个，有点'奇葩'。"

"'奇葩'？"行吧行吧，钟倾倾烦躁得很，"你们这同事关系处得可真不怎么样。"

懒得再浪费时间，钟倾倾转身要走，小哥的声音却在后面响起，"直接找他要呗。"

"嗯？"钟倾倾回头。

"直接要，实在不行，就强要。"

强要这个操作，用在这里，画风实在有点歪。

还以为是什么好办法，钟倾倾转头走人，"小哥，聊天结束。"

"哎我说，强要真行得通啊，温大师性格好，不怎么拒绝别人。"见钟倾倾仍是不理他，小哥决定放大招，他追喊道，"教您一招，配合使用，准管用。"

"真的？"

小哥点头，"真的。"

而后服务生小哥教了一损招给钟倾倾。

钟倾倾抱着姑且一试的想法往餐厅里走，她来到温和面前，像是见到熟悉的老朋友，热情地同他打招呼，"嘿温大师，好久不见。"

明明昨晚才见过。

温和抬头看了她一眼，眼神避开。他双手交叠，端正地放在身后，微微弯腰，"您好客人，请问您有什么需要？"态度专业，将两人的距离无形拉开。

钟倾倾在心里哼一声，抱都抱过了，装什么不认识。她稍稍蹲下身去看今日出售的法甜，很快，她的目光就被陈列在橱窗玻璃展架上的法甜吸引，颜色鲜艳，色调搭配令人折服。钟倾倾心想，温和小时候一定学过美术，否则怎么会将多种色彩运用得如此具有美感。

"看起来都很好吃啊！"钟倾倾发出感叹，最后……"这个蓝莓果酱华夫饼，榛子蛋糕各来一份，还有热带雨林挞、倾心抹茶卷、水果芝士挞，也请给我一份。"她一口气点了五份法甜，全是摆放在玻璃展架上的，每日限量出售的精致法甜。

那些摆放在自助区里的面包吐司小蛋糕，她一个都不要。那些面包吐司，都是站在温和一旁的甜品小师傅做的。她呢，就喜欢吃温和做的法甜，再顺便跟他说上几句话，能逗他惹得他脸红红自然是最好。

温和看她点了五份法甜，诚恳建议道："这位客人，很高兴您能喜欢我做的法甜。但营养午餐讲究搭配，不宜过多摄取糖分，建议客人您适量减少，搭配其他食物享用。"

钟倾倾微微歪头，想了想，觉得温和所说甚是有理，"行，榛子蛋糕不要了。"

"好的客人，那么总共四份？"

钟倾倾叹口气，忍痛割爱，"好吧，水果芝士挞也不要了。"

"好的客人，那就是三份？"

钟倾倾皱眉，伸长脖子凑到温和跟前，"不能再少啦，三份，我吃得完。"

距离太近，温和往后退一步，一抹红又染上耳尖，"好的客人。"他将三份法甜分别放入樱花瓷盘里，再递给钟倾倾，"感谢您的光临，祝您用餐愉快。"

感谢光临？这言外之意，就是——你可以离开了。这是赶她走呢。

钟倾倾算是听明白了，她抬头看了眼时间，离小哥透露给她的时间点，还有半小时。于是她听话地端着三份法甜，挑了个既能直接看到温和，又便于观察整个餐厅布局和环境的位置坐下。

享用美味前，先拍照。

拍照记录，也是酒店试睡员的重要工作。

钟倾倾拍完法甜的照片，又选取角度拍了一些西餐厅的照片。

拍完照她才开始品尝倾心抹茶卷，抹茶应当是采用苦味较浓的有机抹茶，苦味夹杂在层层递进的甜之中，别有一番滋味。仿若人生，苦中作乐。

品尝完，钟倾倾满足地用舌头轻舔嘴唇。温和做的法甜，果真跟他人一般，看着赏心悦目，尝后更觉美味。

温和在忙。

他所负责的甜品区客人是最多的，钟倾倾知道，这些客人绝大部分和她一样，醉翁之意不全在吃，而在温和。钟倾倾双手托着下巴捧着脸，满脸笑盈盈地望着温和。看他一遇到女生离他很近很近，就耳朵红脖子红脸红红的，有趣极了。

她暗自感叹，"如此好看的小哥哥，性格竟然害羞还话少，暴殄天物。"可是很快，她转念一想，"害羞话少也挺好，毕竟眼巴巴望着这块唐僧肉的漂亮小姐姐，数不胜数。"可这又跟她有什么关系，她也真够操心的。

突然，温和离开岗位区。

钟倾倾抬头看时间，温和该去后厨房取食材了。

她站起来，跟在他的身后，悄悄地尾随他进入厨房重地。

这地方，凭钟倾倾酒店试睡员的身份是没办法进入的，但她可以刷脸。钟倾倾在品尝法甜时就给凌叔通了电话，凌叔是云舒酒店餐饮部的总负责人，他一直特别宠爱钟倾倾，她开口说请凌叔帮忙，还没说什么忙，凌叔就答应了她。

钟倾倾轻手轻脚地跟着温和，生怕被他提前发现而破功。

进入后厨房，温和在储存食材的地方停下脚步，他从裤兜拿出手机，进入企业微信，正欲扫一扫贴在冰箱旁边的二维码，打卡领取食材。钟倾倾眼疾手快，以迅雷不及掩耳之势冲到温和旁边，将自己手机的微信二维码置于温和的手机前面。

嘀——

扫描成功。

温和没料到半路会突然杀出一个钟倾倾，他愣在原地，半天没回过神来。扫描成功后，钟倾倾跳起来抢过温和手中的手机，温和毫无防备，手机落入钟倾倾手中。

温和一脸疑惑，钟倾倾却笑盈盈地看了他一眼，而后低头迅速在温和的手机上将自己添加为微信好友，操作完成后又利落地换上自己的手机，选择通过好友申请。整个过程，她只用了半分钟。

"给，手机还你。"圆满完工，钟倾倾满意地准备撤离。

温和仍然处在莫名其妙的状态中，刚才发生了什么，钟倾倾怎么会在这里。温和神情复杂地看着钟倾倾，"你怎么进来的？"

钟倾倾眨眨眼，"我自有办法。"

"你……在干吗？"

"加你好友。"

"为什么？"

钟倾倾歪头，实话实说："直接找你要，你不会给。"

温和不说话，默认。他低头翻了翻手机，又问："加我有事吗？"

"当然有事，加你是……"钟倾倾顿了顿，这让她怎么回答。她总不能如实说"你好温和，你长相讨我欢喜，加你是想深入了解你"，又或者"你性格挺有意思的，我对你脸红的技能超感兴趣"。

这些都不好说嘛。

"我想交你这个朋友，我朋友不多，缺朋友。"半真半假，钟倾倾憋了个理由。

但……温和满脸写着不相信。

钟倾倾灵机一动，"其实我想给你转钱……大师你太厉害，我从未吃过如此好吃的法式甜品，实乃人间极品美味。"

太浮夸？

因为温和脸上的表情更复杂了，红一阵白一阵，但他信了。

"不用转钱。"温和真诚地看着她。

钟倾倾心虚，低头，"你相信我，我只是想跟你发展纯粹的金钱好友关系。"

"我钱够花，谢谢。"

不缺钱？

钟倾倾抓了抓头，想：你不缺钱，但我缺你啊。

不过是加个微信好友，废话还挺多，"行，不转钱，但好友加都加了别删吧。"

温和犹豫一下，平时也会有女顾客找他要联系方式，她们直接要，温和都不给。只有钟倾倾能想到用这么迂回又特别的方式缠着他要，温和一时也找不到理由拒绝，最终他败下阵来，将手机放入口袋里，"好。"

钟倾倾如愿以偿，满意地笑开，"那我先走，你加油工作。"

从后厨房出来，钟倾倾又给凌叔打了个电话。

凌叔声音温和，"事情都办完了？"

"搞定，谢谢凌叔通融。"钟倾倾乖巧地回答。

"现在可以说说，你去后厨房有什么事了吧？"

钟倾倾笑，"我去找个人。"

"找谁啊？"

"温和。"

"是他，"凌叔意味深长地说道，"你去找他了……"

去年生日宴上，凌叔也在场。

钟倾倾听出他的弦外之音，解释道："凌叔，不是你想的那样。"

凌叔乐呵呵笑起来，"什么时候有了喜事，要第一个通知凌叔。"

"凌叔，"钟倾倾略微害羞地撒娇，"我们刚认识。"

"好，你什么时候回来的？"

"昨天下午。"

"待多久？"

"三四个月。"

凌叔有些惊讶，"三四个月？"

毕竟，平时逃课偷溜回来呼吸鹭城空气的钟倾倾，顶多待一个星期。

"是的。"

"这次又是什么原因？"

惯犯钟倾倾如实回答，"不想读了。专业理论，雅思托福，我都没问题。毕业前这半年学院安排的酒店实习在瑞士偏僻的村庄里，不好玩不好吃，不如回鹭城实习。而且凌叔，这样我不就能多陪陪你嘛。"

钟倾倾脑袋灵活，一直是学霸。凌叔知道无论多难的考试对她来说都是小菜一碟，但他还是担心她，"有跟学校沟通过吗？"

"凌叔放心，我这次不是翘课，有跟学校申请的。"

"你啊，任性。"凌叔叹口气故意道，"我不是担心你，我是心疼昂贵的学费。"

钟倾倾撇撇嘴，笑嘻嘻地说："凌叔您啊就是担心我，您可别不承认。"

凌叔是钟倾倾父亲钟暮云的伯乐和人生导师，年轻时凌叔烧得一手好菜，钟倾倾小时候最喜欢去他们家吃饭。他很宠钟倾倾，每当钟倾倾在国外遇到事儿时，总是他帮她解决。

"凌叔，"钟倾倾声音压低声音道，"爸妈不知道我回国，您帮我保密。"

"瞒多久？"

"晚点再说。"钟倾倾顿了顿，"他们也没时间关心这些事。"

凌叔想安慰她，"倾倾，其实……"

"不提他们。"话被打断，钟倾倾将话题转移，"我昨天在酒店看到了苏伽然，旁边还跟着几个人。奇怪，他怎么会在这儿？"

凌叔笑呵呵，"你说苏家那小子啊，他前段时间在酒店旁边买了个门面，打算开一家有猫的咖啡屋，说是你们年轻人喜欢，流行。现在在装修，那几个人估计是装修工。"

"不错啊，这位在家闲了大半年的公子哥终于要大展宏图！"隔壁家的熊"竹马"要创业，钟倾倾表示很欣慰。

"你别笑话他，我看这孩子，做事能成。"

这话钟倾倾赞同，虽说苏伽然平日里嘻嘻哈哈，一副熊孩子的模样。但他一旦决定要做好什么事，就会一丝不苟。

"凌叔，我回来的事，也先瞒着他。"

"好的。"

苏伽然性格大大咧咧，嘴上自带扩音喇叭，只有他不知道的事儿，没有他守得住的秘密。更麻烦的是，他喜欢缠着钟倾倾，每次她回国，他都像是她的腿部小挂件，必须随身携带。

挂断凌叔的电话后，钟倾倾给苏伽然发了条微信消息。

"小苏，听说你打算开家猫咪咖啡馆，我去是不是免单啊？"

苏伽然秒回。

"必须免单，老钟你快回来。已经装修好了，大概下个月安排营业。"

"好的小苏，等朕回来翻你牌子。"

"行嘞皇上，您可要记好了，连翻半个月哟。"

"大胆奴才，半个月？你是想累死朕的胃。"

"火锅串串麻辣小龙虾，川菜湘菜粤菜任你挑。"发送完这条消息，苏伽然立即补了三个字，"我买单。"

钟倾倾眉开眼笑："安排。"

一来一回，一唱一和。

从小到大，也就苏伽然懂钟倾倾的戏，每每都还幼稚地配合她演。当然，就算钟倾倾一句加油努力之类的话都没说，苏伽然也知道，她是在鼓励他。

多年默契，无须言语。

下午的时间，钟倾倾在酒店各区域进行考察。

忙完回到房间，已是傍晚。

她将观察记录下来的内容，拍下的照片，一同输入到电脑，再对内容进行了分类和编辑整理，顺便还写了几句零碎的酒店点评。做完这些，她放松地靠坐在电脑椅上，看着自己ID（账号）头像下面显示的"VIP（贵宾）酒店试睡员"字样，她感到骄傲。

酒店试睡员这份工作，在国外有个更体面的称呼：酒店品评家。

无论是临时体验者，还是有丰富试睡经验的老手，开启这扇职业大门，必须具有敏锐的观察力和感受力，同时还须要有热爱尝试和体验新鲜事物，且乐于分享所见所闻的职业精神。

至于江湖传闻，酒店试睡员不过就是去酒店睡睡觉，感受感受床垫软硬，测验测验睡眠状态，顺便再吃吃喝喝拍拍照，这些都不过是有关这个职业的冰山一角。

钟倾倾在云舒高端民宿酒店试睡体验的一周里，要对整个酒店的环境、服务、餐饮、卫生等方方面面都进行考察和体验，之后还要提交有深度有见解的试睡报告和住客点评。前者帮助酒店提升服务与品质，后者须要突出酒店优势吸引新客入住。

钟倾倾在瑞士留学时，学院教给她酒店管理的理念是："你永远没有第二次机会给人留下第一印象。"所以她的试睡报告里总是会一针见血地指出酒店的问题所在，而在 full house 客人点评页面处，她又非常懂得挑选酒店优势内容编辑展示。

当然，若是遇上试睡体验非常差的酒店，钟倾倾也会毫不犹豫地给予差评。即便酒店方想用金钱收买她，希望她能修改评论，她的回答永远是：No，这是原则问题。提供真实的酒店点评，这是最基本的职业操守。

何况她钟倾倾哪是缺钱的人。

工作完已经是深夜。

钟倾倾伸伸懒腰，从行李箱里拿出一颗浴盐球放入浴缸里。粉色浴盐球有个好听的名字，叫"沉睡的米老鼠"。薰衣草味，夹杂白桃的甜。浴缸里的水一点点蔓延成粉红色，如同一颗沉睡的少女心，渐渐复苏。

钟倾倾敷上 SK-II 的"前男友面膜"，心情愉悦地滑入浴缸。温热的水将她的身体包裹住，她闭上眼睛思绪飞舞。脑海里竟无端端地浮现出温和的脸，他害羞时低头脸红的模样越来越清晰，仿佛他此刻就站在钟倾倾面前。

想到这，钟倾倾下意识地双手交叉，捂住胸前二两白肉。

竟然有一丝不好意思。

她睁开眼，朝面前的空气眨了眨眼睛。

"温和，他现在在干吗？"

想知道答案的钟倾倾是个行动派，她哗地带水离开浴缸，随手拿起浴巾裹住身体，擦了擦手后她给温和发消息，"温大师，你在干吗呀？"

发完消息，钟倾倾四脚朝天地平躺在床上，等着温和回复她。

然而温和那头却迟迟没有回音。

钟倾倾点开微信，确认了好几次消息已经发出后，才怏怏地转而刷微博。

——土味情话，撩人必备，小姐姐要不要了解一下？

——想要撩小哥哥，不准备几句土味情话，恋爱没法安排！

…………

接连几条诸如此类的微博不断被钟倾倾刷出来，鬼使神差地，钟倾倾作为一个单身贵族竟然点进去看了，大概真的是好学。而作为一个学霸，钟倾倾很快就将推送的土味情话牢牢记在了脑袋里。

一刻钟过去，钟倾倾又打开微信看了看，温和仍然没回消息。

钟倾倾焦躁地在床上滚来滚去，一双大眼睛滴溜溜地转着，"为什么不回消息，是睡着了？可是才 11 点，是手机不好玩？"

"还是……发生了不好的事？"钟倾倾脑洞大开，一行红色加粗的大字从她脑海里飘过——"鹭城某男因模样生得过于俊俏，深夜遭恶人尾随入室谋杀"。她越想，细节越丰富，画面越恐怖。于是她又给温和发了条消息，"温大师，你还活着吗？活着请回答。"

五分钟过去，仍然毫无回应。

哼。

钟倾倾生气地将手机放在枕头底下，她单方面宣布，她和温和绝交。

然而此时的温和，刚洗完澡从浴室走到卧室，他拿起正在充电的手机一看，才发现钟倾倾给他发了好几条消息。

"温大师，你在干吗呀？

"温大师，你是睡了吗？

"温大师，你还活着吧？

"温大师，你是不是被坏人抓走了？"

满屏幕无厘头的即视感，温和想笑。

回想起她昨晚和今早的举动，温和确认，是钟倾倾的画风。

温和嘴角不自觉弯起一点弧度，礼貌回复道："活着，刚在洗澡。"

钟倾倾这方，刚将手机放置在枕头底下，就听到嗡嗡嗡的振动声。她拿起手机滑开屏幕，看到温和发来的信息，瞬间就将绝交的话忘得一干二净。她微蹙的眉眼放松下来，笑意在脸上漾开。钟倾倾在床上翻来覆去，像是吃了一颗跳跳糖，滋啦滋啦，好一会儿才平静。

"温大师，那你现在在干吗？"

温和如实回答，"准备睡觉。"

好吧，钟倾倾看了看时间，是不早了。

"晚安，温和。"

"好。"

好？

就回复一个"好"字，这让钟倾倾刚在微博学到的小套路，无处可施啊。

钟倾倾歪着头，"温大师，礼尚往来的话，你应当回复我'晚安，钟倾倾'。"

"不好意思，我不知道你的名字。"

"现在你知道了。"

明明可以拒绝，却莫名其妙被牵着走的温和，果然是性格好，"晚安，钟倾倾。"

中计啦。

钟倾倾现学现卖，回复："晚什么安，我巴不得想你想到夜不能寐。"

温和终于沉默。

钟倾倾抱着手机哈哈大笑，她猜，此时的温和，脸一定红成了猪肝色。

事实也的确如此。

钟倾倾满足地入睡。梦里，她在 full house 住客点评处留下评论："倘若法甜大师温和能够睡在身侧伴我入眠，那么此次酒店之旅，百分圆满。"

鹭城的三月是雨季。

一日钟倾倾忙完工作，突遇一场大雨。她没带伞，跑到逼仄的巷口等雨停。钟倾倾蹲在石阶上，能够躲雨的空间狭小，头上老旧的雨篷显然不给力，滑落下来的雨水溅湿她的头发。她抬头看天，雨水涟涟，压根没有要停的意思。

她叹口气，点开她和温和的对话框，打算找点乐子打发时间。

"温大师，下雨打雷，关窗收衣服啦。不关窗的话，风把我刮到你家，我可不走了。"

温和耿直，想起早上出门关了窗，"关了。"

本以为钟倾倾只是逗他一下，没想到她不依不饶继续道："温大师，你会弹吉他吗？"

温和如实回答，"不会。"

"那你为什么会拨动我的心弦？"

温和讪讪地笑，"我想不是我。"

连续两次翻车后，钟倾倾的好胜心被激活，"温大师，你今天不觉得累吗？"

"还好，不累。"

"可是你在我心里已经跑了一整天。"

温和冷静答题："今天下雨，没办法晨跑。"

"我想你一定很忙，很忙的话，那就只看前面三个字好啦。"

"不好意思，看完了。"

"我是可爱的女孩子，你是可爱。"

"我是温和。"

············

原本只打算回钟倾倾一条消息的温和，没想到一路被她带节奏闯关答题，屡答屡赢。而钟倾倾就很惨了，大型撩汉翻车现场，屡战屡败，车门焊死，偏不让钟倾倾上车。

钟倾倾气鼓鼓，"说，你是不是经常在微博上刷这些段子？"

温和不否认，"偶尔。"

"难怪你今天特别奇怪。"

"哪里怪？"

钟倾倾笑，"怪可爱的。"

温和：……失算。

总算钻到空子的钟倾倾，心情愉悦了许多。她把手机收好，继续等雨停。

然而雨一直下，并没有要停的意思。她蹲久了腿有点酸，想要站起来活动活动筋骨，抬头时却瞧见头顶上方出现一把红色大伞。

"温大师，你怎么在这？"救星驾到，钟倾倾眼冒星星。

"路过。"温和不看她的眼睛，"你去哪？"

"你要送我吗？"

钟倾倾站起来，往伞里走了走。她和温和面对面站着，两人之间仅隔咫尺。温和害羞地往后退，碰壁。巷口拥挤，两人站着刚刚好，一点多余的空间都不剩。他一抬头发现钟倾倾正盯着他的脸看，钟倾倾暗道：又红了又红了。温和不知所措，有点懊恼不该来蹚这浑水。

"温大师，你是要送我吗？雨好大！"钟倾倾期待地看着温和。

温和是有此意，毕竟倾盆大雨，"可以。"

说完，他转身要走。

"走。"钟倾倾心花怒放，不回酒店了，她要去 Shopping（购物）。

下雨天出租车难喊，钟倾倾头发又湿又黏，她右手五指插入头发中，试图将头发抓散，让它看起来不会黏成一团。然而她不知道，抓头发的举动在男人眼中有点勾人。温和撑着伞，人站得笔直，眼神盯着路上来往的车。但偶尔，他也会被吹到眼前的一缕发丝，乱了思绪。

十来分钟后，他们才等到一辆空出租车。

钟倾倾拉开车门，却见温和纹丝不动，她扯扯他衣角，"你怎么不跟我一起走？"

"我们顺路吗？"

"你都没问我去哪，你怎么知道顺不顺路？"钟倾倾撇撇嘴，"温大师，不如干脆送佛送到西。这雨一时半会儿也不会停，我下车后还得走一段路呢。"说完她又卖乖地补充了句，"您行行好，你看我头发都湿了，要感冒的。"

说得好像有道理。

温和不善拒绝，再加之钟倾倾卖惨，只好跟着她一块钻到了车里。

三月的天乍暖还寒，幸好车里开了暖气，被雨淋湿的钟倾倾暖和了许多。

钟倾倾靠在座椅上，拿出手机给方子琪发消息，"一小时后，美美百货，约吗？"

"约！我正在这附近做指甲。"

"好，待会儿见。"

"OK，房子找到了，待会儿见面说。"

发完消息，钟倾倾看了眼堵在路上长长的车辆，心想原本只需十五分钟就能到达的路程，堵车如此严重，估计得费上四十分钟了。钟倾倾淋了雨，有点偏头痛，她往温和那方挪了挪。

"我头痛，让我靠靠。"说完不等温和回应，她头落在了温和的肩膀上。

温和始料未及，伸手推了推，"男女有别。"

"我头痛。"钟倾倾闭着眼，"特殊情况特殊对待嘛。"

温和只好闭嘴，钟倾倾的头仿佛一颗炸弹，他一动就会炸。温和整个人硬邦邦的一动不动。钟倾倾听到他的心脏在胸腔里剧烈地跳动着，咚咚咚，每跳动一下，她都能听到那声响，惹得钟倾倾心下也莫名一阵慌乱。

鬼使神差，钟倾倾伸手挽住温和的手，"我睡会儿，到了你喊我哦。"

她竟然从温和身上感受到了踏实的安全感。

温和紧张，他伸手拿了瓶司机准备的矿泉水，一口喝下大半瓶。钟倾倾睡在他身侧，她能感觉到有液体从温和的嘴里一路经过喉咙再到达胃的过程，这种感觉很微妙，一点亲近一点暧昧，钟倾倾的脸上浮起浅浅的笑容。

司机突然换了电台，里面正放着清新甜蜜的韩语歌，温和小心翼翼地看了眼钟倾倾。

有点好看。

到美美百货时，雨已经停了。温和用手戳了戳钟倾倾的手臂，"到了。"

钟倾倾将手从他的手臂里拿出来，睡眼惺忪，"我睡着了吗？"

"嗯。"

居然睡着了。

钟倾倾的睡眠质量一直不高，容易惊醒。居然在如此吵闹的环境下睡着了。

"雨停了，就不麻烦你下车啦，虽然已经麻烦你多时。"钟倾倾轻轻柔柔地朝温和笑了笑，"谢谢你，温和。"

钟倾倾突如其来的礼貌和客气倒让温和不适应，"不用谢。"

"那我走了，回见。"

"好。"

钟倾倾看着车子掉头离开，越行越远。她在心里感叹，温和脾气真好，是温暖的人。

"刚才出租车里的小帅哥是谁？如实招来。"爽朗的声音在身后响起，钟倾倾回头看到方子琪，"来多久啦？"

"刚到，快看我做的指甲。"方子琪兴奋地伸出十指让钟倾倾看，"仔细看仔细看。"

钟倾倾凑过去，像看文物似的翻了方子琪手指一遍，"大拇指上的头像是你家周耀？"

"Bingo（正确），今晚他出差回来，这是给他的惊喜。"

钟倾倾摆摆手，没眼看，空气里都透着恋爱的酸臭味，"高科技，厉害！快找家店吃饭，吃完我好放你去恩爱哦。"

"宝贝。"方子琪暧昧一笑，"你也可以同车里那位恩爱，他怎么不同你一块下来，金屋藏娇？"

"胡说，他可纯情了，不像咱们。"

"宝贝你对自己是不是有什么误解，你很纯情啊。"

钟倾倾勾唇笑起来，"好吧，不像你。"

方子琪这下可算明白了，"钟倾倾，你'套路'我。"

钟倾倾大笑，"我们去吃日料？"

"你请。"

"我请。"

到日料店，两位大胃王仿佛久旱逢甘露，疯狂点菜。到后来，服务员忍不住问她们，"请问你们是两位就餐吗？还是会有朋友过来？要给你们添加碗筷吗？"

"不用不用，就我俩。倾倾，再来一个天妇罗怎么样？"

"安排。"

"你回来没几天，热门词汇倒是学得挺快。"

"我好学。生鱼片，来三份。"钟倾倾没说实话，其实这是她在学习土味情话的过程中，顺便了解的。

一旁的服务员小心翼翼，再次开口，"你们现在点的，差不多是四人份的食物量哦。"

"没关系，能吃完。"

"请放心，搞得定。"

钟倾倾和方子琪异口同声，继而相视一笑，"开吃。"

"这家日料店味道正宗，美味，比周耀好吃。"方子琪笑着说。

钟倾倾不理会，"也不看看是谁推荐的店。"

"哟哟，了不起的钟倾倾。"方子琪性格直接，她话锋一转，"车里那位，到底什么来头？"

"没什么来头。"

"那你遮遮掩掩的，弄得跟金屋藏娇似的，两人认识多久，亲密接触到哪一步？"

钟倾倾夹了个鳕鱼子，咬下去的口感，嘎嘣脆，咀嚼完后她才回答，"刚认识没几天。"

方子琪不可思议地看着钟倾倾，脸上惊讶的表情演得过于夸张，"才认识就一块坐车啊，老实交代，在车里你们都做了什么？"

钟倾倾回想起她在车里，挽着温和的手靠在他肩上睡觉那一幕，她脸上的表情不自然起来，"只是顺路坐车啦，方子琪请你克制一下。"

"倾倾，表情出卖了你哦。"方子琪扬扬得意。

钟倾倾无语，强调道："只是朋友。"

"皮囊不错卖相可观，你竟然只想跟他做朋友，天理不容。"

"好啦，有机会跟他恩爱。"钟倾倾夹起一个鹅肝手握，整个塞到方子琪嘴里。

方子琪被迫闭嘴，只好伸手竖起大拇指，表达她的感受。

不过今天的钟倾倾实在正经得反常，事出反常必有妖，方子琪等着看好戏。

"房子什么情况？"

等方子琪吃完嘴里的鹅肝手握，钟倾倾已经转移话题。

钟倾倾回鹭城第一天，就跟方子琪通了电话，托方子琪帮她找个干净靠海的短租房。她这次回国没打算回家住，而是想先找个短租房，逍遥自在一段时间，什么时候被发现，什么时候再回去。

"上等住房，交通便利，地理位置绝佳。最重要的是，满足你所有需求。靠海，短租，附近酒店众多。"说完，方子琪充满自信地撩了撩头发，"我办事，你放心。"

钟倾倾拿手机翻到相册，"上个月飞意大利时，给你买了鞋和包包，都是 Dior（迪奥）新款。"

方子琪眉开眼笑，"这个奖励我喜欢，'么么哒'。"

"后天能住进去吗？"

"没问题。明天周耀搬出来，后天我让他开车去接你。"

钟倾倾诧异，"抢了周耀租的房子？"

"是，明抢。鹭城短租房不好找，满足你需求的，瞧来瞧去周耀租的房子最合适。他房子租期还剩五个月，房租周耀已经给了，你拎包入住就行。而且，他租的房子有个大阳台，面朝大海，你应该会喜欢。"

　　几乎方方面面都替钟倾倾考虑到了，她感激地看着方子琪，十多年好友，说谢谢太客气，"走，跟我回酒店，包包鞋子带走。你最近有什么喜欢的东西，告诉我，我给你买。"

　　方子琪暗暗感叹，这么多年，钟倾倾表达爱和谢意的方式，仍然是花钱买买买。

　　"宝贝你别急着给我买买买，是你成全了一对苦命鸳鸯，在你的帮助下我们也许就要走向甜蜜婚姻生活了。周耀会感激你的，我被调到外地出差一段时间，后天就走，等我回来让周耀请你吃饭，我不在鹭城的时候，有事你尽管差遣他。"方子琪满面春风地说，"结婚红包可以准备一下了，指不定很快我就是周太太了。"

　　钟倾倾被她逗乐，"方子琪，你有毒。"

　　但也正是这颗有毒的开心果，陪伴钟倾倾度过了无数孤单落寞的时刻。

　　孤单落寞时，有人陪伴，于人生而言，是一桩幸事。

第二章

再靠近一点点

×
×

一周的试睡工作临近尾声。

钟倾倾在云舒酒店住的最后一晚，她在微信上向温和预订了一份红丝绒蛋糕，约他晚上在海边休息区喝酒，意外的是温和没有拒绝。后来她才知道温和是和周至衍有约在先，本来就要去那，她只是运气好。

夜晚的海边，人潮涌动。

温和端着红丝绒蛋糕朝钟倾倾走来。

钟倾倾把倒了酒的酒杯递给温和，"明天我就结束在这里的工作啦，碰个杯吧。"她带的酒是托方子琪去熟悉的酒庄买的，意大利帕西托，算得上钟倾倾的最爱。

"接下来去哪？"温和举杯，碰上。

"你心里。"钟倾倾笑，将酒杯放下，她双手撑住下巴，又调皮地看着温和笑。

温和避开她热烈的眼神，闷声不响，灌了自己好大一口酒。

"怎么？此路不通吗？"钟倾倾伸手拿过温和手中的酒杯，"温大师，这酒虽不烈，贪杯的话也是会醉的。"

手中突然没了酒杯，温和不知所措地四处张望。

终于，穿着粉色衬衣的周至衍姗姗来迟。

温和松了口气。

钟倾倾蹙眉，对半路杀出来的周至衍颇为不满。

不远处的周至衍对钟倾倾的出现感到好奇，走近后他眯起眼笑，"让我来猜猜看，你们是在谈恋爱，还是在谈理想？"

温和解释，"我们是朋友。"

钟倾倾不说话，喝了口酒。她兴致盎然地等着周至衍，想看他到底要耍什么花招。周至衍迎上她的眼神，那眼神里有几分挑衅的意思。

"朋友？我看有人不只是想和你做朋友，钟倾倾你怎么看？"周至衍故意将话头抛给她。

钟倾倾没在怕的，她仍是笑着，言语暧昧，"我和温大师的关系，不劳你费心。"

"哦是吗？"周至衍语气贱兮兮的，"所以你和温和现在是什么关系？"

"和睦相处，和平共处。"

"是不是还有社会主义团结友爱？"

钟倾倾撇撇嘴，挑眉，"还有爱到深处无法自拔。"

"诚实的好女孩。"周至衍满意地喝了口温和杯子里的酒。

围观群众温和耳朵上又飘了抹红，他看向周至衍，"你匆匆忙忙找我是有什么事？"

光顾着逗钟倾倾去了，差点把正事忘了。周至衍从包里掏出一袋东西递给温和，"桃子上周去香港给你买的，一天两次饭后吃，她很担心你。"

温和接过袋子，笑道："我没事，让她别担心。"

"酒店隔壁那群小朋友，你不能每次都惯着，下班就回家，不要总给他们开小灶做甜甜圈。"

"用不了多少时间。"

"鼻塞不是小事情，你抽个时间去医院检查。"

"没那么严重，只是小感冒。"

"那你自己看着办。"周至衍一脸无奈，"你别嫌我啰唆，我是奉桃子之命叮嘱你。"

温和眼神清澈，"不烦，我知道的。"

油盐不进，周至衍拿他没办法，便从口袋里掏出两张电影票，"找个人陪你去看场电影，放松放松。"

温和接过电影票，眉眼开朗起来，"漫威首映票，你怎么抢到的？"他的眼睛在放光。

"靠手速。"周至衍扬扬得意。

"你不去吗？"

"不去。"周至衍脸上微露不舍，"小公主今晚要加班，我去陪她。"

钟倾倾听着撇撇嘴，没想到这么贫的一个人，对女朋友倒是不错。

"好。"温和收下电影票。

周至衍是最强助攻选手，"两张票，你和钟倾倾一块去吧。"说完他朝钟倾倾挤眉弄眼，"钟倾倾，晚上你有空哦？"

钟倾倾条件反射想跟他杠，但识时务者为俊杰，她语气带着一点骄傲，"漫威吗？是我的菜。"

"那我把温和交给你了。"周至衍眯眼笑。

"好，今晚我会对他负责。"

温和被安排得明明白白。

半小时后，钟倾倾和温和到达电影院。

深夜的电影院，依旧喧嚣。

"我要吃爆米花。"钟倾倾精神满满。

"好。"

钟倾倾选了爆米花套餐，温和付款。她抱着爆米花，温和端着饮料，一前一后进入影厅。时间刚好，两人进场坐下时，电影开始。是漫威的系列电影，看过上部的钟倾倾对下部的剧情发展非常期待。

电影精彩，钟倾倾不时看向温和，低声和他交流剧情。然而温和浑身都感觉不自在，周至衍买的是情侣票，他和钟倾倾的座位连在一起，进场时他将爆米花放在两人中间，这才勉强有了阻隔物。

然而当钟倾倾拿起爆米花放入嘴里时，他总能听到清脆的声音在耳边响起。更何况钟倾倾还时不时看他两眼，凑到他跟前，跟他说话，痒痒地挠着他的心。钟倾倾倒是自在，一粒接一粒的爆米花送入嘴里，等纸桶空一半时，她问温和，"我全吃完没关系吗？"

"嗯。"

钟倾倾低头看爆米花，拿出一粒送到温和嘴边，"你吃一个，挺好吃的。"

温和偏头，声音吞吐，"我……我自己来。"

"好吧。"钟倾倾把手收回，将爆米花放入嘴里。

温和没有看电影吃爆米花的习惯，为了拒绝钟倾倾的喂食才说自己来的。此刻骑虎难下，他只好将手伸入纸桶里，拿了几粒爆米花。这时候，钟倾倾刚好吃完嘴里那颗，她也将手伸入纸桶。

两人的手在狭小的纸桶里相遇，钟倾倾感觉到温和手心里的温度，热热的。

温和尴尬地将手抽出来，他想装作若无其事地继续看电影，但脸上不自然的表情出卖了他，为掩饰这种不自然，他只好拿起饮料杯，"好渴。"

欲盖弥彰。

钟倾倾笑，笑温和可爱。

她抓起一把爆米花送入嘴里，咔嚓咔嚓，心情愉悦。她拿起饮料喝一口，不料用力过猛将吸管甩出去，看着掉在地上的吸管，钟倾倾打起温和的主意。

"温大师，能否借你的吸管一用？"

温和不说话，吸管怎么借，毕竟他用过，他吞吞吐吐，"这个，我用过……"

"没关系，我不嫌弃。"

温和蹙眉，不嫌弃也好像不太合适。

钟倾倾不知道他在磨蹭什么，她催促道："哎呀我渴，快给我。"

温和只好将吸管从杯子里抽出来递给她，完了他还一本正经地说道："不用还了。"

"谢了。"钟倾倾接过吸管，心里嘀咕，她也没打算还。

将温和喝过饮料的吸管放入自己杯子里后，钟倾倾突然调皮地靠近温和，问他，"你说我们这样算不算间接接吻了啊？"

温和没接她话，脸红成麻辣小龙虾。好在电影院灯光暗淡，不至于露馅。

但温和的表情却极不自然。

钟倾倾见温和不说话，她故意道："温大师，你该不会又脸红了吧？"

"没有。"温和不自然地用手摸了摸头发。

钟倾倾逗他，她凑到他跟前，盯着他的脸看了又看，"让我仔细看看有没有。"

"你别一直看我。"

"不好意思？"

"没有。"

······还嘴硬。

钟倾倾回到自己的座位上，咬着吸管喝水，她摇晃着腿，憋住心里的笑意。

后来的电影讲了什么，她一点都没看进去，她满脑子都是方才温和害羞的样子。

有意思得很。

电影结束后，温和将钟倾倾送回酒店。

"明天我就不来酒店工作了。"

"你去哪？"

"找了个地方先待上一段时间。"

"行李收拾好了？"

"都搞定啦。"

"回房间吧，很晚了。"温和声音很轻。

钟倾倾不说话，低头看向地面。她和温和站在昏黄的路灯下，世界寂静，两个人的影子斑驳在马路上，构成一幅美好的画面。

"温大师，你会想我吗？"钟倾倾抬头看温和，她的眼睛里星光闪烁。

温和不说话。

他不知道该说什么。

"沉默的话，就是会想哦！"

温和还是没说话。

钟倾倾笑容清甜，"好了我知道了，我也会想你的。温和，后会有期。"

他终于开口，"好。"

第二天钟倾倾睡到自然醒，周耀来酒店接她。

云舒酒店离周耀先前住的地方挺近，约一刻钟后，他们到达目的地。

"房子的情况，琪琪都跟你说过吧？"

"说过。"

周耀拿钥匙开门，"那你看看房子满不满意，有什么需要跟我提。"

"你们办事我放心啦。"

"好，那我把行李放到你卧室，左边是你的，右边是我室友的。"

"你不是一个人住？"钟倾倾有些诧异。

"不是……琪琪没和你说？"周耀忙问道，"要么你跟琪琪先住几天，房子我再继续找。"

"没事，是我没问她。再说我在国外租房，也和异性合租过。"见周耀紧张起来，钟倾倾拍拍他的肩，"怎么，怕交不了差老婆大人生气？"

周耀松了口气，开玩笑道："是，钟倾倾不满意的话，我回家可是要跪键盘的。"

"有这么夸张？！"

"有的，我们家妻管严。"

钟倾倾被他逗笑，"房子宽敞明亮，卧室靠海，我感觉不错。"

"你满意就好。"

"室友人怎么样？"

"性格好，爱干净，做饭蛮好吃。你看我肚子上的这圈肥肉都是他的功劳。"

钟倾倾环顾四周，整洁干净，她打趣道："那么恭喜钟倾倾女士，喜提田螺室友。"

"哈，希望你们相处愉快咯。"

"好，谢啦。"

"还有什么问题吗？"

周耀把钥匙拿给钟倾倾，准备走，他下午还有工作。

"有。"

"你说。"

"你室友他……"钟倾倾皱眉,迟疑道,"是不是喜欢男人?"

"啊?"

"看来不是,抱歉。"她顿了顿,又问,"他是娃娃爱好者?"

周耀明白过来。

室友的卧室里有三十多个毛绒娃娃,的确惹人好奇。

"那都是他在娃娃机上夹的,他工作的地方隔壁是所聋哑学校,娃娃是送给聋哑小朋友的,他还经常给他们做甜甜圈吃。"周耀感叹,"是很善良温暖的人。"

这一幕听起来熟悉。

周至衍曾经说过温和,"不要总惯着酒店隔壁那群小朋友,开小灶给做甜甜圈。"

钟倾倾眯起眼睛,"所以,你室友的名字是?"

答案呼之欲出。

"温和。"

"温和。"钟倾倾在心里同时说。

有些微妙的小情绪悄悄冒出来,是缘分。

周耀走后,钟倾倾回想起他说过的话,打开同城购物app(应用),下单了一台扫地机器人。温和爱干净,但钟倾倾习惯放任自我,东西一顿乱放不说,还不爱打扫卫生。

下单后,她想到温和爱做饭,但她不爱洗碗一事,她又买了一台洗碗机和消毒柜。钟倾倾想得长远,有了洗碗机和消毒柜,以后蹭饭可以心安理得。

最后为了满足自己的享受需求,她又买了一台按摩椅和一大堆零食。

买买买令她快乐。

花完钱,钟倾倾高高兴兴地整理行李。

大概傍晚时,扫地机器人、洗碗机、消毒柜、按摩椅,以及一大堆零食都送过来了,钟倾倾惬意地坐在新买的按摩椅上给温和发消息。

提前给他打个预防针还是有必要的。

"叮咚,您的朋友钟倾倾已上线。"

无人回应。

再发一条,"提问,如果晚上你回家,发现我霸占了你的房子,你会怎么办?"

温和回,带点冷幽默,"凉拌。"

明明不好笑,钟倾倾却捧着手机大笑,她突然很期待温和开门后看到她的反应。

温和回家时,已是深夜。

推开门的刹那,他差点以为自己走错家门。他退到门外,确定了三次门牌号,才又鼓起勇气走进去。他看着坐在沙发上,脸上敷着黑乎乎的面膜,手上抱着一大袋薯片的钟倾倾,无比惊讶。

她怎么会在这?

昨天晚上,她还跟他道别,说什么"后会有期"。

是,后会是有期,但这也来得太快。

快到令他措手不及。

温和震惊的模样,倒是让钟倾倾挺满意。她高兴地同他打招呼,"嘿,温大师,我们又见面啦。"她语气里满满的兴奋。

温和却……一言难尽。

"温大师,今天上班累不累?累的话来感受一下我新买的按摩椅,只需二十分钟,就能消除疲劳。"钟倾倾放下手中的薯片,向温和介绍道,"要不要试试?不错的。

"我还买了扫地机器人和洗碗机,以后它们能帮你干点活。

"温大师,你饿不饿?我买了很多零食,你来看看,看你喜欢吃什么,拿走。"

…………

钟倾倾不停地说。

温和伸手揉了揉凸起的太阳穴,他试图屏蔽钟倾倾的声音,冷静下来。

"周耀的朋友，是你？"

"对呀。"

"住这里的人，是你？"

"是我。"

"住几个月？"

"三四个月吧。"

"我们性别不同，合租你不介意？"

"不介意。"

"你知道我住这里？"

"昨天不知道，今天知道的。"

"好。"

温和在心里叹口气。

木已成舟。

是他没问清楚周耀，那朋友是男是女，叫什么名字。

"温大师，还有什么要问的吗？"钟倾倾一蹦一跳来到他面前，敷着面膜的黑脸只露出一双眼睛，可怜巴巴地看着他。

温和后退两步，"暂时没有。"

警报解除。

钟倾倾趿拉着拖鞋去洗脸，路过冰箱时，她讨好地回头问温和，"你要吃水果吗？我买了葡萄、哈密瓜，还有猕猴桃，你想吃什么？我拿给你呀。"

"不用，谢谢。"

温和此刻只想静静。

在他的观念里，男女有别，同住一屋共处一室是极大的不方便。更何况对方还是钟倾倾，她总喜欢时不时逗他一下，这让温和感到无所适从。他心想，他还是要跟钟倾倾约法三章，否则一切都会乱套。

钟倾倾洗完脸出来，看到温和面带愁容地坐在沙发上，似乎在等她。

"你在等我？"

"嗯。"

"有话要跟我说？"

"嗯。"

钟倾倾在他对面的沙发上坐下，"说吧。"

温和面无表情，"我们约法三章一下。"

"好，只是……"钟倾倾嘟嘴，脸撑得圆滚滚的，"温大师，你能不能不要这么凶呀？"

温和声音放轻，"凶吗？"

"超凶，巨凶。"钟倾倾猛烈地点头。

温和不自然地咳两声，不看钟倾倾。

"你我男女有别，但是共处一室，在合租期间，言谈举止请多注意。"

"没啦？"

"嗯。"

"服从。"

很意外，没有一二三条，而是只有一条，钟倾倾自然满口答应。只是她转念一想，突然朝温和微微一笑，"怎么，温大师是怕我非礼你？"

"没这意思。"温和脸上的表情极不自然。

钟倾倾笑而不语，心里美滋滋地往卧室走去。她和温和之间的距离，越来越近。

合租的第一天，钟倾倾早起乖巧地做了顿早餐。

温和起床，循着煎蛋的香味来到餐厅，餐桌上牛奶、蔬菜、煎饼、肉类一应俱全，他感到惊讶。

"你做的？"

钟倾倾放下锅铲，回头看他，"早啊，温大师。"

不可思议。

温和拉开椅子坐下，钟倾倾从厨房走出来。

太阳微微探出头，有柔和的光线落在钟倾倾的脸上，温和揉了揉惺忪的睡眼，一种奇怪的感觉涌上他的心头——这时候的钟倾倾，还挺好看的。

吃早餐时，钟倾倾直勾勾地看着温和，眼睛亮亮的。

"你别看我，你也吃。"温和不好意思。

"怎么样，好不好吃？"

"好吃。"

"没骗我？"

"我不骗人。"

钟倾倾心花怒放，在大师面前谦虚地表示："在瑞士读书时，我偶尔也会下厨。"但其实，这个偶尔的频率是半年一次。

"读什么专业？"

"酒店管理。"

温和心想，难怪会在云舒酒店遇见她。

"在瑞士待了几年？"

钟倾倾伸出手数了数，"很多年，初中毕业就去了瑞士。"

"这么早？"

"嗯。"

钟倾倾并不愿意分享太多有关留学的事，因为多半是不高兴的事。她初中毕业，就被送到瑞士，在异国他乡一个人读高中，读完高中又被安排考入瑞士的大学读酒店管理。从小，她的人生都是安排好的。所以在生活上，她要尽情任性。

"温大师，你要不要猜一下，我接下来会去哪家酒店工作？"

"云舒酒店？"温和脱口而出。

钟倾倾把手撑在餐桌上，直勾勾地看着温和，调皮一笑，"答对啦，你在哪我去哪。"

听到这话，温和的耳尖又红了。

"温大师，你耳朵又红了。"

"是你煎的饼太辣。"温和不自然地低头喝了口牛奶，模样可爱。

钟倾倾看着他，眨眨眼，"小可爱，你当真没谈过恋爱？"

温和避而不答，他放下牛奶杯，"吃完了，我去洗碗。"

"有洗碗机。"

温和："我去上班。"

"好啊。"

钟倾倾盈盈笑开，逗温和真是件有趣的事。

为了能和温和和平共处，钟倾倾接连几天的表现都很好。

温和早班她做早餐，洗完碗还会下楼倒垃圾。温和晚班时，她会把客厅里乱扔的东西收拾好，每天都命令扫地机器人工作。如此勤劳，连她自己都想夸自己小可爱。

本以为和钟倾倾合租会很糟糕的温和，渐渐放松警惕，对此有了改观。然而事实证明，温和到底还是天真，信了钟倾倾的邪。

好景不长。

钟倾倾觉得做精致的"猪猪女孩"太累，很快她就恢复本性，回归放飞自我的状态。

温和后知后觉，发现她的转变，是一日他早班回家，钟倾倾瘫睡在沙发上，她上衣半撩，半裙上撩，露出白花花的大长腿和肚脐眼。风吹过的时候，她的蕾丝胸衣若隐若现。温和假装没看到，匆匆回了房间。

还有一日，温和晚班回家，因为给聋哑学校的小朋友开小灶做了吃的，他回来时钟倾倾已经睡着。当晚有欧冠，温和想看球赛，结果当他在沙发上坐下后，只觉屁股下面软绵绵的但又夹着一圈硬的。

温和伸手一摸，将屁股下的东西扯出来，扯到眼前一看，是钟倾倾的胸衣。他用手指穿过内衣带，拎起来看了眼。猜测大概是C或者D，他的脑海里还自动脑补了钟倾倾上次在沙发上睡着的画面，是那时脱下来的？

温和的脸突然好烫，真是什么东西都能乱丢。

很尴尬。

以致温和也不便发作。

不过，除此之外，合租生活还算和谐。尤其是在"吃"这件事上，两人总能达成一致。

温和暗自总结过和钟倾倾一起吃饭的好处。

第一，行走的美食打卡机，整座城市的网红美食店，她尽数掌握。

第二，名副其实大胃王，从第一家吃到第三家、第四家，她的胃总能继续撑。

第三，言出必行，说好她请客，无论温和如何抢着付款，都被拦下。理由是：男女平等，她必须说到做到。

但温和总觉得，这是钟倾倾的套路。

每次吃完，钟倾倾都会笑盈盈地看着温和，"温大师，今天吃得也很满足和开心吗？"

听着总感觉有阴谋，但温和还是如实回答，"是。"

"那下一次，换你请我哦！"

下下次，钟倾倾再回请温和。

果然，有阴谋。

却美其名曰，礼尚往来。

于是合租后，温和和钟倾倾几乎每天都会在一起吃顿饭。

而温和不知道的是，钟倾倾只是怕孤独，一个人吃饭，会让她感觉很孤独。

鹭城的四月，是这座城市的旅游旺季。

钟倾倾工作忙碌，一连接了好几家酒店试睡的活。小阶段忙完后，她回到租房，发现阳台上的三角梅都爬上了窗沿，美不胜收。她换上舒服的衣服，躺在阳台的沙发上看海。

温和下班回来时，见路边有阿婆卖草莓，他买了两筐。提回来洗干净后拿到阳台。

"咦，温大师买了草莓，我喜欢吃草莓。"钟倾倾高兴地嚷嚷。

温和将草莓递给她，在她对面的沙发上坐下，"干净的，洗过。"

"是服务周到的小可爱。"

钟倾倾满足地往嘴里塞了一颗又一颗草莓，草莓很甜，她边吃边摇晃着小脑袋自言自语。"众生皆苦，只有你是草莓味。""草莓真甜，近我者甜。""你是小可爱，是甜蜜的草莓味。"这些都是她从网上看来的。

四月的海风温柔，海浪拍打着岩石。温和安静地看海，听到钟倾倾碎碎念，他听了又听，听明白后脸上蓦地染上一抹粉红，他总觉得钟倾倾口中说的小可爱是他。温和伸手拿了颗草莓放入嘴里，暗自埋汰自己，"干吗对号入座。"

"温大师，你脸怎么又红了？"钟倾倾突然看过来。

"有吗？"温和不自然地继续吃草莓。

"你刚才在想什么？"钟倾倾看着温和意味深长地笑。

"没有。"

"我可……"不这么看。

钟倾倾本想再逗逗温和，手机响了。

之后，温和看到钟倾倾的脸由平和渐渐转为严肃，她不断跟电话那头的人强调"不可以""不行""不能改""这是原则问题"。见惯了钟倾倾调笑和不正经的样子，这样认真和严肃的她，温和还是头一次看到。

挂断电话后，他问她，"发生什么事？"

"名阿泽酒店让我改差评，我坚持不改。旅游网站刚又打电话过来试图调解。"钟倾倾叹口气，"寒假回国时，我被派去名阿泽酒店试睡体验。作为星级酒店，大堂无人接待，冬天空调坏掉多次打电话给前台无人处理，热水过了十二点便停止供应，酒店走廊阴暗还没有清晰的指示牌，总之入住体验非常差。"

"你给了差评？"

"必须给差评，好就给好评，不好当然给差评。"

"我还以为……"温和不好意思地用手抓了抓头，"没什么。"

"你是不是以为酒店试睡员都是酒店的托儿，给好评、说好话、刷评论那种？"

"是，"温和顿了顿，"抱歉。"

"你不懂行不用抱歉，酒店试睡员这一行里的确有收钱提供虚假点评的存在，还明码标价。我在做试睡工作时，也会尽量挑优点、选好处写评论，但不好就是不好。一家酒店如果真没什么问题，是不必靠刷评论挽回声誉的，有时间和精力处理这些事，不如把酒店内核做好。"

温和点头，赞同，"是。"

"再说，我给过名阿泽机会的，前几天我自掏腰包入住他们酒店，想看看冬天试睡时我提到的问题是否有得到解决，结果……"

"还是没解决？"

"空调和热水问题解决啦，但这两个问题本来就容易解决。至关重要的是酒店大堂和前台服务，一个关乎酒店给顾客的第一印象，另一个关乎酒店的服务。"钟倾倾摇摇头，"外界还传名阿泽酒店是云舒酒店最强有力的竞争对手，在我看来差太远。"

是差太远，钟倾倾没说错。

温和暗自赞同。

名阿泽酒店擅长炒作，自开业以来就声名大噪。名阿泽曾经给温和抛过橄榄枝，开的年薪很诱人。但考虑到其他因素，温和要考虑几天再答复。然而第二天，他就看到"少年法甜大师温和即将加入名阿泽酒店""名阿泽酒店高薪拿下知名甜品师温和"等诸如此类的新闻。

之后无论温和是否加入，名阿泽酒店都利用温和做足了宣传。

云舒酒店却不同，给温和抛出橄榄枝后，酒店创始人抽空亲自见了温和，同他聊酒店理念——"术到极致，几近于道"。这也成了温和拒绝名阿泽加入云舒酒店的重要原因。前者华而不实，虚妄夸大。后者秉承专业专一、细致完美的匠人精神。

术到极致，几近于道；宠辱不惊，忘名忘利。这十六个字是温和的父亲生前教给他的。

"你看起来像纪检委。"温和难得看钟倾倾严肃的样子，打趣道。

"在我心里，酒店试睡员这份工作，就是酒店行业的纪检委。酒店试睡员不是为了自己而睡，这个职业的价值在于帮助酒店变得越来越好，给酒店经营者提供改善的意见和方向，同时也为别的客人选择酒店提供有效参考信息。"

第一次听钟倾倾具体提到她的工作,还是如此新鲜的职业,如果不是她说,他都不知道。于是温和便多问了几句,"你怎么会想到去做酒店试睡员的?"

"误打误撞。除了学习和上课,我的时间几乎都用来旅行。"钟倾倾没说,反正她每次回到家里也是冷冷清清、空空荡荡的。

她低低地冷哼一声,"我住酒店的时间比住家的时间还多。有一天接到 full house 旅游网站的电话,邀请我做酒店试睡员。要求是勤于点评,乐于分享所见所闻,帮助酒店提升品质。我听着挺有趣,更何况还能接触到更多国内外有特色的酒店,边玩边体验,两不误,就接了这活。"

温和笑,"对你所学专业也有帮助。"

钟倾倾点头,"以前没想过一定要干酒店这行。"她一脸无奈,就算做也不是出于本心,而是被安排,"但是做试睡员期间反倒对酒店管理有了新认识,大概也算缘分。"

"这样挺好。"

其实这些话钟倾倾从来没有跟其他人说过,在大家眼里,她是爱烧钱的任性富家女,一有空就满世界飞、满世界玩,就算是有好的家世和聪明的脑袋,也一辈子成不了大器,但温和却肯定地说她这样挺好。

钟倾倾的情绪稳定下来。

温和提议,"晚上去吃泡泡锅怎么样?"

听到泡泡锅三个字,钟倾倾眼睛冒光,愁绪一扫而光,"我请客,现在就走,去晚了得排队。"

温和笑,真好哄,"走吧。"

钟倾倾挣扎着站起来,却发现她整个人都陷在了豆袋沙发里,只好将手伸向温和,"你拉我一把。"

温和犹豫,"不能自己站起来?"

"废话,能站起来喊你干吗?"

想想也是。

是他想太多。

温和伸手，钟倾倾本想抓住他手臂，但转念一想他那么紧张，她突然决定逗他。她的五指滑入温和的五指里，与他十指相扣。她还命令道："喂，用力拉一下。"

得寸进尺。

温和侧着脸，将她一把拉起来。不料"用力过猛"，加上钟倾倾久坐腿麻，站起来后，她"软弱无力"地朝温和的怀里扑去。

果然有阴谋。

总是上她的当。

温和轻轻地推了推钟倾倾，"松手，男女有别。"

"不行别动，我腿麻了，让我缓缓。"钟倾倾埋在温和的胸里，憋住笑意。

钟倾倾身高 165cm，不算矮，但温和个子高，钟倾倾靠过去只到他胸口，靠不到他肩膀。一会儿后，她总算撤离温和的胸，撤离时她戳了戳他的胸跟它道谢，"谢谢小胸同志。"

温和一脸茫然。

小胸是几个意思。

敢情他平时跑健身房都是白忙活？

钟倾倾换衣服，温和前往车库取车。

一小时后，他们到达目的地。

钟倾倾推开泡泡锅店的大门，熟悉的气息扑面而来。这家是鹭城开的第一家水晶泡泡锅店，她很长一段时间没来光顾生意了。上次来，还是跟方子琪一起，拜访完中学班主任后到这里怀旧了一番，没想到温和居然知道这里。

"你怎么知道这家店？"钟倾倾好奇。

水晶泡泡锅的分店在新海路上就有一家，他却开车带她到这么远的老店来吃。

"读书时常来吃。"

"思礼的？"

"嗯。"

"哪一届？我也读思礼。"

"67班。"

"天呐！我65班！"钟倾倾情绪激动，"你比我低两届，所以温大师，你是我学弟啊。"

温和不明白她为何激动，只瑟瑟地答："是。"

"学弟！来，快叫声姐姐给我听听。"钟倾倾的手抓住温和的手臂摇晃着，像捡了巨大的便宜。

温和看她一眼，"你不像姐姐。"

钟倾倾瞪大眼睛，"我不管，我岁数比你长，就是姐姐，快喊声倾倾姐姐给我听。"

温和不理睬她，朝店内喊了声："老板娘，两位。"

老板娘听到声音从厨房走出来，"找地方坐。"

多年过去，这家老店还是只有她一个人，钟倾倾记得在思礼读中学时，这里每天都生意火爆。老板娘一个人忙不过来时，就会招几个学生兼职帮她忙。学生都是贫困生，老板娘给的时薪还挺高，也算是助人。

后来陆陆续续有人加盟，在各城区开了分店后，来老店点锅的人越来越少，偶尔有来点个锅的，吃的大概也是种情怀。

"吃不吃辣？今天只提供麻辣味的。"老板娘拿着纸笔，看他们一眼，表情酷酷的。

"吃！就要这个重麻辣味的。"

"好。"老板娘把菜单放在桌上，转身去厨房做锅，她表情依旧冷酷。

钟倾倾边看菜单边八卦道："我小时候来吃，她表情就是这么冷酷，你见她笑过吗？"

"没有。"温和想了想，好像没见过，这么多年，她都是这副表情。

"我听说早些年她丈夫去了台湾，她在等他回来。所以不管开了多少家新店，她都没有离开这里。你说，她丈夫还会不会回来？太平盛世，一个人凭空消失的可能性也不大呐。"钟倾倾拿笔在菜单上圈圈画画，又道，"但我还是希望他会回来，所有等待都有回响。"

温和听完，笑。

"你笑什么？"钟倾倾将菜单递给他，"你看看，你想吃什么。"

"好。"温和边看边问，绅士有礼貌，"黄花鱼你能吃吗？菠菜你吃不吃的？"

"都吃都吃，百无禁忌。"

"好。"

点完菜下完单后，钟倾倾又问温和，"你刚才笑什么？"

"你说得对。"

钟倾倾将信将疑，"笑我说得对？"这是什么逻辑。

温和不说话，思考片刻后，认真说道："她是值得敬佩的人。"

关于老板娘的传闻，温和也听过。他一直觉得老板娘是很深情的人，一生只爱一人，用情至深，这份深情理应有所回响。他每隔一段时间来这里点个锅，一来是怀念小时候一家人在这里吃泡泡锅的情景，二来也是想看看老板娘是否已经等到了那个人。

他小时候就觉得，不管多久，老板娘一定会等到那个人回来。

一生一世一双人，在他看来，是再美不过的爱情。

热气腾腾的泡泡锅上桌，钟倾倾的注意力立马转移。

她拿出手机拍了张飘满热气的照片发给方子琪，这泡泡锅的美味不仅是钟倾倾的最爱，也是方子琪的最爱。读初中时，为了下课能吃上一口泡泡锅的美味，下课前一分钟两人一同倒计时。

十，九，八……

冲呀，泡泡锅。

那是钟倾倾人生中为数不多的快乐时光，有好朋友相伴。

收到钟倾倾发过去的照片，方子琪很快回复她一个流口水的表情包。

发完表情包，方子琪才察觉到一丝不对劲。钟倾倾偷溜回国，肯定没有联系苏伽然，而钟倾倾最讨厌的事就是一个人吃饭。于是方子琪大胆猜测，"钟倾倾你是不是在外面有人了？说，你和谁一起去吃的？"

"小哥哥。"钟倾倾嘚瑟地回道。

然后……

钟倾倾的手机响了。

是方子琪。

钟倾倾后悔刚才的无脑嘚瑟了。

她接通电话，还未开口，方子琪已经在电话那头炸开了锅。

"钟倾倾！你胆儿肥啊，居然瞒着我在外面有了人。老实交代，这人姓啥名啥，身高体重三围多少，模样俊不俊，你们怎么认识的，在哪里认识的，认识多久了，都一起做过什么事。请你一字不漏，事无巨细，通通报上来。"

方子琪嗓门大，钟倾倾用手捂住手机听筒，不断降低音量键。

但从温和的表情变化来看，他应当是听到了。

"晚点说，我先吃泡泡锅。"

"你不方便说话啊？泡泡锅还没吃完？还跟他在一起？接下来要去哪里？什么时候带他来见我啊，我恨我在外地出差啊啊啊……"方子琪又一顿噼里啪啦。

钟倾倾一脸尴尬，"宝贝我先挂啦。"

幸好方子琪在外地出差，否则以她那风风火火的性格，她立马就能抵达泡泡锅现场。

然而，电话虽然挂断了，但依旧挡不住方子琪的微信攻势。

"要不要我传授点撩汉技能给你？"

"说。"

"直接扑倒。"

"……"

钟倾倾在心里翻了个白眼，她关掉手机，决心安静吃泡泡锅。不料抬头时，正撞上温和的眼睛，他在看她。钟倾倾回想起刚才屏幕上的四个字，脸竟有些发烫。但她先发制人试图掩饰，"你看我干吗？"

"不看了。"温和收回眼神，语气生硬地回道。

"……"

钟倾倾竟然无言以对。她总觉得哪儿不对劲，但又说不上具体哪里不对劲。直到很久后，她才后知后觉反应过来，温和是在反击，一点点反击，但也是同她一点点变熟悉。

锅吃得太饱。

温和将车停到离租房不远的街心花园，散步消食。钟倾倾下车，溜到他面前，凑过去，笑盈盈地问他，"小可爱，是想和姐姐在街心花园约会吗？"

自从钟倾倾知道自己比温和大两岁后，她就不再喊他温大师，还时不时以姐姐自称。

温和皱眉，伸手将凑到他跟前的钟倾倾推开点距离，他递给她塑料袋，"捡垃圾去。"

"捡垃圾是什么操作？"

"环保操作。"

"哈？"

温和有大长腿，说完他迈开步子边走边将地上的垃圾捡起来放入塑料袋里。钟倾倾只好小碎步往前跑去，看他熟练的手法，应当是经常捡垃圾。

"你经常做这事？"

"嗯。"

"这活有环卫工人做的。"

"我知道。"

"知道你还做？"

"散步用不到手，闲着也是闲着。"

钟倾倾停下来想了想，觉得温和说得有理，散步弯弯腰，应当更有助于消化。她将手中的塑料袋撑开，"那我跟你一起。"说完她抬头一看，温和已经走到她前面好远。他的身影在远处仿佛连着月光，皎洁无瑕，似他那颗纯净的心。

钟倾倾迈开步子。真是好温暖的人，她想要靠近这样的人。

她朝着他所在的方向，跑过去。

捡完垃圾，钟倾倾和温和坐在大树底下休息。

温和买了可乐给钟倾倾，"今晚辛苦了。"

钟倾倾调皮地将可乐拉环扯下来，套在温和的左手无名指上，"被小姐姐套牢啦。"

然而，就是这么幼稚的游戏，依旧惹得温和红了脸。

只是天色昏暗，那抹红藏匿于夜色之中。

他们的对面有街头艺人正抱着吉他在弹唱悦耳的民谣，钟倾倾跟着他轻轻哼唱，心情愉悦。温和在翻口袋里的钱，他几乎将身上所有的现金放到了那位街头艺人面前的盒子里。

那人朝他微微笑，"下一首，是你热爱的，梁博的《男孩》。"

"你认识他？"钟倾倾感到不可思议。

"认识。"

"捡垃圾时认识的？"

"是，不过他不是乞讨者。"

"嗯？"

"他是吉他老师，每周二、四、六的晚上会来这弹奏，盒子里的钱他会全部捐掉。"

"真不错。"钟倾倾由衷感叹。她翻开钱包，从一堆卡里抽出一张，"我没带现金，这张卡里还剩点钱，刚好不多，估计就剩三四千。"

温和惊诧，"捐卡？"还三四千。

钟倾倾点头，"我平时没带现金的习惯，回头他去银行取一下就好啦。"

听起来有点不尊重人。

温和无言，但他知道钟倾倾并无恶意。只是她的脑回路清奇，温和从她手里拿过卡，放到她包里，"心意到了就好。"

钟倾倾不明白，眼睛圆溜溜地瞪着他，"怎么你能捐我就不能捐？"

"以后换了现金再来，好吗？"

温和温柔地询问，令钟倾倾缴枪投降，"听你的。下次一定要来，他真不错。"

"是不错。"温和顿了顿，说了令钟倾倾此生难忘的一句话。他说："倘若一个人在劫难中存活了下来，那他应该多做对这个世界有贡献、有意义的事，活着就是感恩。"

第一次听温和说这么长的句子，第一次听他表达内心的一些感受。

钟倾倾心里有潺潺的情绪在流动，她歪着头看向月光之下的温和，感叹道："他是有故事的街头艺人。"

很久之后，钟倾倾才知道，有故事的原来不止是那位街头艺人。

还有，温和。

回到家，钟倾倾躺在床上，翻来覆去睡不着。

闭上眼睛，她的眼前浮现出温和踏着月光走向她的画面。

钟倾倾心里藏匿已久的那头小鹿，好似被月光沾染，渐渐现身。小鹿钻出头探了探，之后蹦出来，在她心里一路乱撞。钟倾倾感觉她那颗干枯已久的少女心在渐渐膨胀，怦怦怦乱跳不止。

糟了。

是心动的感觉。

她似乎真喜欢上了温和。

钟倾倾用枕头盖住头，这种感觉从未有过，却越来越强烈。

第三章

慢慢喜欢你

×
×

第二天，钟倾倾一觉醒来。

她伸手摸了摸自己心脏的位置，那头小鹿终于安静下来，不似昨天那么躁动。

其实钟倾倾也不是没谈过恋爱，只不过一次谈着谈着她最后和男朋友拜了把子，一次由于彼此投资理念过于合拍成了合伙人。两次恋爱，都在她未曾感受到"喜欢"这种情愫时，恋情就终止了。

她从被子里探出头，盯着天花板发了会呆后，没头没脑地给温和转了520元钱。

温和晨跑回到家，收到她的转账，感到莫名其妙。他决定无视，去浴室冲澡。

钟倾倾听到房间外的声响，她麻溜地爬起床，站在浴室门口，朝里面喊，"温大师，我给你转了钱，你待会儿记得收一下。"

温和不说话，浴室里水声哗啦啦。

钟倾倾撇撇嘴，又跑回床上继续睡。

等她再醒来时，温和已经到了云舒酒店。而她转给他的钱，他没收。钟倾倾懊恼地盯着手机看了又看，最后得出的结论是，温和果然不缺钱。上次在酒店后厨房，她开玩笑说要给他转钱，他就说了，他钱够花。

"不收白不收，竟然还有人嫌钱多。"钟倾倾碎碎念道。

一条表达喜欢的路被堵死。

没关系。

钟倾倾思来想去，那就给他买东西。

于是，在接下来的两三天里，温和不断收到快递。

大大小小加起来差不多二十个。

收到第一个快递时他还纳闷，谁给他买了东西。到第二个、第三个、第四个，他就已经猜到是钟倾倾所为，这种无头无脑的清奇画风，只可能是钟倾倾。所以温和一个快递都没拆，他在等钟倾倾结束最近的酒店试睡工作后给他一个解释。

三天后，钟倾倾工作完回到租房，见快递一个都没拆，她懊恼地问温和，"温大师，你怎么都没拆呀，快看看我给你买的这些东西，你喜不喜欢呀。"她像是送人糖果后的小朋友，在等着温和夸她。

可温和坐在沙发上，脸上毫无表情，"为什么买这些？"

钟倾倾嘴角弯弯，笑着说："我高兴，这世上所有的好东西我都想买给你。"

"谢谢。"温和礼貌地回应。

钟倾倾以为温和接受了她的心意，她蹦蹦跳跳来到他面前，眼睛亮亮的，"那你快拆开看看，我给你买了曼联最新的球服，你不是最喜欢曼联队吗？你会喜欢的。"

"好。"温和不忍心伤害她的好意，但无功不受禄，他一边拆快递一边轻声对钟倾倾说，"一共多少钱？我转给你。"

钟倾倾朝他摆摆手，"不用不用，我买的我送你。"

温和坚持，"无功不受禄。"

钟倾倾笑嘻嘻，"小可爱你帅啊，每天和你共处一室多养眼。"她朝温和眨眨眼，"这样算不算功劳？"

温和在心里叹口气，"我感到困扰。"

如此直接，钟倾倾再愚笨，也听出了这话里的意思，她一腔热情都被浇灭。钟倾倾牙齿咬住下嘴唇，问温和，"所以我送你东西，给你造成了困扰，是吗？"

温和不说话，默认。

"好我知道了。"钟倾倾脸上的笑意全无，"你不喜欢的话，都扔掉吧。"

说完她转身走进自己房间，关门的时候，砰的一声巨响。

温和重重地叹口气，他感到抱歉，但无论钟倾倾给他转钱还是给他买东西，都的确给他造成了困扰。他有些烦闷地倒了杯水喝，他知道钟倾倾是生气了，他也知道钟倾倾是好意。温和在客厅里走来走去，最后在房间里拿了个毛绒娃娃。

他敲钟倾倾的房门。

"干吗？"

"别生气。"

钟倾倾嘴硬，"我没生气。"

温和不说话，顿了顿，"给你看个东西。"

"什么东西？"

"出来看。"

"我不出来。"

还在气头上。

"好。"温和想了想，"那我放门口，你出来时再看。"

"笨蛋。"

钟倾倾噘着嘴打开门，温和正弯腰将娃娃放在地上。见她开门，便将娃娃递给她。

"送我的？"

"嗯。"

"这娃娃多少钱，我转给你。"她学温和刚才的口气。

钟倾倾脸上的表情还僵着，但心里的笑意一点点化开。

"喜欢吗？"温和顾左右而言他。

钟倾倾看了眼手中的娃娃，点头。

那好，"跟我来。"

钟倾倾跟着温和，到他房间，他指指房间里的娃娃，"你喜欢的，都可以拿走。"

哇，这些都送我吗？钟倾倾想这么问，但又很快不受控制地曲解他的意思。

呵，礼尚往来。

她买东西送他，他就用娃娃还她。

她只是用她一贯的方式表达对他的喜欢，怎么就好像是她做错什么。本来怒气就未全消的钟倾倾，一股怒气又冲上来。

"我刚说了，如果你觉得我给你买这些东西，对你造成了困扰，那么你全部扔掉。这些娃娃，我不喜欢，也不需要。"说完她将手中的娃娃也塞到了温和的手上。

温和伸手挠了挠头，有点不知所措，"也不是困扰，无功不受禄。"

钟倾倾好像懂了，"你是需要理由吗？"

"嗯。"

"我喜欢你，够吗？"

温和愣住，半天才憋出三个字，"开玩笑？"

"不是。"绕来绕去多麻烦，钟倾倾直来直去，"你不是想知道为什么吗？我喜欢你。从小到大，我喜欢方子琪，喜欢苏伽然，喜欢凌叔，为了让他们知道我的喜欢，我经常会给他们买东西，挑不好的时候就转钱让他们自己买。"

"方子琪和苏伽然是？"

"我的好朋友。"

"哦。"

温和松了口气，原来是朋友之间的喜欢。毕竟他和钟倾倾认识还不到两个月。而在温和的感情世界里，喜欢是日积月累，喜欢是日久生情。就像他父母，一碗牛肉面，知道母亲爱吃牛肉，所以父亲总会把牛肉全部夹到母亲的碗里。

喜欢是在所有的生活细节里。

"抱歉，"温和诚诚恳恳，"误会你了。"

"夜宵，你请。"

"好。那快递……"温和欲言又止。

"你不喜欢的话，可以退掉。"

温和走到快递堆里，随机拿了两个，"这两个我收下。"

"好，其他我申请退货。"

"谢谢。"

"不客气。"

温和微笑，"其实除了钱和买，表达对家人朋友的心意，有很多种方式。"

钟倾倾似懂非懂，"好的。"

她不懂，是因为从来没有人教过她这些，从小到大，钟暮云和舒小菁给她最多的就是钱，但也只有钱。

当晚钟倾倾给方子琪发消息，"求助，用钱和买都没办法解决的问题，怎么办？"

"还有用钱解决不了的问题？"方子琪敷着面膜，惊讶得脸都变形了。

"有的。"

"什么问题？"

"以后再说。"

没诚意，于是方子琪也给了她一个没诚意的答案，"'百度'一下，全知道。"

但，钟倾倾信了。

钟倾倾是行动派，她打开 Safari（苹果计算机自带浏览器），界面跳到百度，她输入文字"怎么追喜欢的人"。百度答"连续七天坚持给喜欢的人发消息，他会慢慢习惯你的存在"。钟倾倾朝手机屏幕翻了个白眼，"拉倒吧！连续七天，温和会不会习惯我我不知道，但我会习惯他。"

百度没意思。

钟倾倾以此类推，锲而不舍打开谷歌，搜了同样的问题。谷歌上说："小学生才主动，成年人靠勾引。"钟倾倾再搜："怎么勾引？"答："你是女人，你应该知道怎么勾引男人，这是属于你的天性。"

胡说八道。

钟倾倾生气，摸了摸自己的胸，"没错没错，是女人。"

最后还是豆瓣实在，明明白白告诉她，"女追男可不是隔层纱，而是隔着电网。"

其实钟倾倾去知乎也逛了逛，然而由于它给出的答案太长，看到一半时，她就困了。

进入深度睡眠前，钟倾倾想：撩汉是个技术活，她只能顺其自然。

周末的清晨，温和跑完步回来，钟倾倾起床没多久在洗漱。

满身汗的温和问她："能不能稍微快点？"他要冲个澡。

洗漱间和浴室连在一起，中间只隔着一层薄薄的浴帘。

钟倾倾满嘴牙膏泡沫，口齿含糊，"不能，我还要洗脸敷个面膜，你要洗进去洗就是。"说完，她转头看他一眼，"难道……你怕我会偷看你？也没什么好看的嘛。"

温和的脸腾的一下红到耳根，他欲言又止，最后憋出三个字，"你快点。"

钟倾倾笑出了声，退一步，"给我两分钟。"

四月的鹭城，百花齐放，上周路过花市，钟倾倾买了二十来盆鲜花放在阳台上。春风包裹着大海的湿润穿堂而过，细密的花香溜进房间的各个角落。

难得周末清闲，温和休息，钟倾倾也没有安排试睡的活。

洗完澡走出浴室的温和神清气爽，他打开冰箱盘了盘做蛋糕的食材，对钟倾倾说："淡奶油不够。"

"我来买。"钟倾倾打开手机 app，有同城到家就是方便，"需要多少淡奶油？一升一盒的来十盒够不够。"她边看边碎碎念，"反正以后都要用的对吧，那买一箱吧，一箱二十盒。"

温和无言。

一盒一升的淡奶油大约能做三个八寸的蛋糕，她要买一箱，全用完得做五六十个蛋糕。

"两盒就够。"

"两盒？"

"淡奶油有保质期，用完再买。"

"你专业听你的。"

"嗯。"

二十分钟后，淡奶油送达，温和开始教钟倾倾做蛋糕。

蛋糕是要送给凌叔当生日礼物的，他下周一六十大寿。而昨天为了让赫赫有名的甜品大师温和答应手把手教她做蛋糕，钟倾倾可谓煞费苦心。昨晚温和回到家后，他的专属女仆钟倾倾就守候在门口，准备为他服务。

温和脱鞋进屋。

钟倾倾朝他嫣然一笑，身躯微微向前倾，"温大师，欢迎您回家。"

莫名其妙，温和后退两步，充满警惕，"干吗？"

"从现在开始，我将为您服务。按摩椅已开启舒缓模式，它将为你洗去工作的疲劳。"

温和看她一眼，一言难尽。他迈开大长腿朝房间走去，钟倾倾站在他面前，"这边请，温大师，按摩椅在这边。"

"我不累。"

"您累。"钟倾倾站在他身前，目光坚定。

合租期间，温和虽然渐渐学会在言语上反击钟倾倾，但行为上还是慢半拍，拿她没辙。

强迫温和坐上按摩椅后，钟倾倾将洗好的水果端给他，"您是想吃哈密瓜还是樱桃？"

"我吃过了。"

"樱桃？"

又是同一个套路，温和反抗无效，"好。"

钟倾倾调皮地眨眨眼，挑了颗樱桃送到温和嘴边，要喂他吃。温和眉眼间都拧成了川字，"我自己来。"

"好。"

"请问温大师，需要我帮您按摩按摩头皮吗？"

温和听到头皮二字，头皮就发麻了。幸好他刚想找理由拒绝，就听到按摩椅发出嘀的一声，停止运行。解脱，温和从按摩椅上下来，钟倾倾跟在身后，"温大师，请问接下来您要做什么？我将持续为您服务。"

"洗澡。"

钟倾倾圆溜溜的眼睛直勾勾地望着他，温和看她一眼，难以置信，"洗澡也服务？"

"如果，温大师需要……"钟倾倾羞涩一笑，话不说尽。

温和懊恼，他这是自己挖坑往里跳。不知道钟倾倾接下来还有多少五花八门的花样，温决定跟她谈谈。而受钟倾倾的影响，他和她之间的相处方式也变得越来越简单直接。

"为什么做这些事？"

"有求于你。"

"你说。"

"我叔六十大寿，请你教我做生日蛋糕。"

"就这样？"

"对呀。"

"怎么不直说？"

平时钟倾倾都是直来直往，今天脑回路迂回，居然拐了弯。

钟倾倾吐了吐舌头，表情有点委屈，"不是你说表达心意的方式，不止钱和买吗？"

原来如此。

"我教你。"

温和嘴角上扬，孺子可教。

钟倾倾松口气，这个方法是她从网上学来的。是一对小情侣刚恋爱不久，女生有问题求助男生，便扮演女仆贴心伺候男生，以此表达自己的谢意。钟倾倾没想太多，觉得这方法有意思就效仿了，然而其实这方法多少带着点情侣之间甜蜜的小情趣。

而凌叔六十大寿，钟倾倾能想到亲手给他做生日蛋糕，也是源于温和的话和网友的建议，毕竟往年凌叔生日，她都是直接送大红包的，她哪懂这些小心思。

食材备齐。

温和开始教钟倾倾做蛋糕。

"先洗手。"

"来啦。"

钟倾倾走到温和身旁，挤了点洗手液，她随意揉搓几下便去冲水。温和正在冲水，她故意把手放在温和和水龙头中间的位置，于是温和原本快要冲干净的手又沾染了泡沫。

恶作剧得逞，钟倾倾得寸进尺，"小可爱你怎么连洗手都不会，需要学姐教教你吗？"

温和满脸无奈，忘了将手拿开。

任由水流穿过钟倾倾的指缝流到他手心。

钟倾倾得意扬扬地望着温和笑，"小可爱和学姐一起洗吧，省时间。"

气氛暧昧，温和将手拿开，他神情不大自然，别扭道："你先洗。"

钟倾倾将手擦干，看他一眼，真是害羞少年，她笑道："我洗干净了，你洗吧。"

"好。"

温和洗完手，便进入专注状态。

他用笔在便签纸上写下一串数字，而后贴在冰箱上。

"我们先做蛋糕坯。"

"好的。"

温和将做蛋糕坯需要的用料放到钟倾倾面前，"细砂糖、牛奶、色拉油，按第一行的数字称重，称完面粉过筛，鸡蛋蛋清蛋黄分离。"

钟倾倾看了眼冰箱上的纸条，一二三行的数字她都记了下来。

她拿出称重器和量杯，有模有样地准备用料，弄完后她问温和，"面粉过筛什么意思？"

"等等。"

温和眯着眼看她称好的细砂糖，目光严肃，"多了5g，你重新称。"

"不是吧……你用肉眼能看出来是多是少？我可是按照你给的数字

称的。"钟倾倾瞪大眼睛，难以置信，"再说多5g而已，不影响的吧……"

"必须精准。"

温和语气坚定，不容反驳。

钟倾倾撇撇嘴，将称好的细砂糖重新放到称重器上，果真多出5g，她张大嘴巴惊讶地看着温和，"你的眼睛能称重吗？"

温和笑道："熟能生巧。"

言语间的骄傲都快要溢出来了。

钟倾倾服气，乖乖全部返工。按照温和给的数字，分毫不差地反复计量。

用料备好后，温和给出第二步指示，"将色拉油、蛋黄、牛奶、面粉倒入盆内进行搅拌。"

"搅拌？容易！"

钟倾倾很快完成这一步骤，愉悦地等候指令。

"接下来打发蛋清，打到有鱼眼泡泡出现时，加20g糖。"

"鱼眼泡泡是什么东西？"

"我看着，打好了会喊你。"

钟倾倾将打蛋器放入蛋清，看着盆里的蛋清渐渐发生变化，她觉得做蛋糕这件事可好玩可有意思了，她高兴地摇头晃脑起来，感叹道："做蛋糕原来这么好玩啊。"

温和在一旁，打断她，"加糖。"

她飘走的注意力这才又回到盆里，"差点忘了。"

"认真，专注。"

"好啦。"

"转高速打发，提起打蛋器有小尖钩的时候加20g糖。"

"在哪里转高速打发？"

"打蛋器上有字。"

字迹很淡，钟倾倾找了半天都没找到，正在预热烤箱的温和提醒道："左上角。"

"啊，找到了。"

被温和提醒过要认真后，钟倾倾这次目不转睛地盯着盆里，"小尖钩小尖钩，你到底长什么样子，我还要打多久你才会冒出来。"她碎碎念。终于盆里的蛋清渐渐成了形状，钟倾倾将它提起来，仔细看了又看，"温大师，这样算不算小尖钩呀？"

温和看一眼，点头。

"一分钟后，加入剩下的糖，认真点，掐准时间。"

"好好好，认真。"

之后，在温和的协助下，钟倾倾将打发好的蛋清加入搅拌好的蛋黄中，蛋糕液完成。温和从口袋里拿出一小瓶液体，往蛋糕液里倒入几滴，之后将蛋糕液从高处倒入模子中，再放入烤箱。

烤箱灯亮。

钟倾倾站在烤箱前看它工作。

"等下做蛋糕装饰，考虑到你叔叔的年纪不宜吃太甜，装饰以水果为主，做起来也简单。"温和的声音在她身后响起，"要求和刚才一样，精准，认真。"

想得真周到。

钟倾倾回头，朝他甜甜一笑，"谨记温大师的教诲。"

"一刻钟后准备用料，蛋糕坯要烤一段时间。"

钟倾倾点头，又站到了烤箱前，盯着里面瞧。

看了一会儿后，她倒了杯水坐到温和旁边，和他唠嗑。

温和刚才在指导钟倾倾做甜品时，模样一丝不苟、全神贯注。他整个人散发出来的气场都有变化，不是平日里和她相处时羞涩的纯情少年，而是认真专注的甜品大师。

想到这，钟倾倾有些好奇地问他："温大师，你平时在酒店餐厅，是怎么做到专注地去做甜品的呀？毕竟餐厅人来人往，吵吵闹闹，难免会受影响。"

"喜欢，自然而然就会沉浸其中。"

钟倾倾想起来，有一次她去酒店餐厅找他，当时他正在做一款柠檬形状的法甜，他的心思全倾在上面，钟倾倾和他打招呼他压根没听到，仿佛整个世界被他屏蔽在外，而他只专注于做那个柠檬蛋糕。

"我赞同，做一行爱一行。"她歪头看温和，"而且，做一辈子甜品的话，多甜蜜啊。"

这是有科学依据的。

吃甜品会让人的心情变得明亮。

温和清澈的眼眸带着笑意，"我很乐意这样做。"

钟倾倾也笑，漫不经心地问他："你后来往蛋糕液里滴的是什么啊？闻起来好香。"

"调味品。"

"商店能买到吗？"

"不能。"

"是你自己调的？"

"嗯。"

"哇，温大师你好厉害！"钟倾倾夸张地称赞道，"那这算不算你的独家配方？"

"算吗？"

温和也不知道，他只是酷爱研究。

在做不同的甜品时，会根据它的味道添加一点他平时自己搭配出来的调味品，而这调味品其实就是几种食用香精的结合，算是额外用料。

钟倾倾若有所思，"你做的法甜好看又好吃，有没有什么诀窍。"

"精准。"

"具体一点？"

"用料精准，用时精准，用色精准，技巧精准。前者保证口感味道，后者保证外观美感。"

钟倾倾好像有点明白，"所以你刚才不断强调称重时必须精确到个位数，并且每个步骤所用时间都必须掐准了走？"

"每款甜品的制作方法其实大同小异，只存在小差别。具体用量用时却是不同的人长时间摸索出来的，严格按照精准用量用时走，口感基本不会差太远。"

"用色的话，你是有学过美术吗？"钟倾倾问出了她一直以来的疑问，温和做的法甜，不仅色彩搭配相得益彰，他还非常擅长使用别致不常见的颜色，总给人眼前一亮的美感。

温和点头，"我妹妹学画画，她的色彩书我都看过。"

"难怪，"钟倾倾回想，"上次你做的马卡龙颇具中国画色彩。"

钟倾倾记得有次去云舒酒店西餐厅找温和，温和刚做好一烤箱马卡龙。钟倾倾瞅着那一箱马卡龙的颜色，五彩缤纷，连连感叹。常见的马卡龙颜色多是鲜艳的少女粉、柠檬黄、果绿色，而温和做的却是颇有中国画色彩的竹青色、月白色、胭脂色马卡龙。

"你懂色彩？学过美术……"温和诧异。

钟倾倾摇头，"我没学过美术，大约是天生对色彩比较敏感，辨别能力还不错。"她一脸骄傲，"比如，我能轻轻松松辨别两百多种口红颜色，细微差别都能瞧出来。"钟倾倾没说，加上她记性特别好，每种口红的色号，归属哪个品牌，她都记得清清楚楚。

温和感到惊喜，自从那场大火后，他对颜色的精准把握越来越弱，想尝试新的空间都因此受到一些阻碍。而现在，偏偏钟倾倾对色彩感知非常敏锐。温和心想，兴许日后他跟她多聊聊有关颜色的话题，会有助于他对色彩感知的恢复。

"很特别。"温和由衷感叹。

所以……

所谓温和的独家配方，其实就是精准二字。

用料用时可直接传授，但用色和技巧却非一日成才。

在热爱的行业里，要想成为大师，绝非一蹴而就，而是须要花费许多时间和精力去学习去反复钻研的，甚至许多人，一生都在认真而执着地做着一件事。

烤箱里的蛋糕慢慢膨胀，香味已经蔓延到客厅。

钟倾倾蹦蹦跳跳地跑到烤箱前观察蛋糕坯的变化，"好神奇，它在慢慢膨胀。"

温和也来到厨房，"开始准备蛋糕装饰。"

"好啊好啊。"

"先准备用料，水果、淡奶油、细砂糖。"

钟倾倾元气满满，咧开嘴笑，"遵命，我去准备，精准认真！"说完她突然想到什么，回头问温和，"温大师，你难道是传说中的处女座？"

温和不说话，眼帘下垂，闭了下眼睛。是，他就是网络上被黑得最惨的处女座。

"难怪啦，细节要求完美。"钟倾倾打开冰箱门，"草莓，樱桃，加点菠萝，怎么样？"

"草莓为主，樱桃菠萝点缀。"

"蛋糕上能不能写个寿字？"

"能。"

水果部分的准备工作简单，钟倾倾很快就准备好。有了打蛋白的经验，打奶油时她处理得还不错。虽然在打奶油时，她不断发问，嗡嗡嗡像个无头苍蝇不断在温和周围盘旋。

"温大师，怎么一点反应都没有？一分钟了，怎么还是液体？

"温大师，液体奶油最后真的能变成一坨一坨的奶油吗？

"原来奶油就是这样打出来的啊，还要多久才打好啊？

"好像有变化了，你看看是不是有形状了？

"是奶油是奶油，好想尝一口，我能尝一口吗？"

…………

最后奶油成型，钟倾倾终于安静下来。

同时，蛋糕坯也出炉。

温和将蛋糕坯切成三圈，接着让钟倾倾一层蛋糕坯一层水果叠三层。最后表面那层的奶油处理，温和亲自来。而"寿"字，则交给钟倾倾来写。

蛋糕完成后，钟倾倾拿出手机拍。

拍完她看着温和，"温大师，和蛋糕拍合照吗？"

"我帮你拍吧。"

"不如一起。"

温和顿了顿，"好。"

钟倾倾找好角度，连拍几张，拍完她翻看照片时，连连感叹，"温和你怎么这么好看。"

突如其来的夸奖又惹红温和的脸，他客客气气礼貌地回应，"谢谢，你也是。"

"温大师，你是在夸我也好看吗？欸，你的脸怎么又红啦？"

温和轻叹口气。

"怎么办才好呢，怎么样才能让你免疫呢？不如以后我多逗逗你吧。"

温和："……"

一种逗宠物的既视感扑面而来。

气氛融洽，温和的手机突然弹出视频。

钟倾倾瞄了一眼，手机上显示来电的是一个叫桃桃的人。桃桃，听着就是女孩名。她心下涌起一股酸意，撇撇嘴，动手收拾厨房。听力却保持高度集中，听着温和的一举一动。

温和接起视频，眉开眼笑，往客厅走去。

"桃桃，你最近乖不乖啊？

"最近雨天多，出门带伞，别感冒。

"好好，我过两天开车去看你，给你买好吃的。

"我很好，我也有想你。

…………

"你先挂。

"拜拜。"

温和的声音很轻很柔，软绵绵的。

是钟倾倾从未从他那里感受过的温柔。

平时和温和相处，他也是温柔的，只不过那种温柔里带着客气礼貌，始终保持着距离。

挂断电话，温和过来和钟倾倾一起收拾厨房。

钟倾倾看似不在意地问他，"你对你女朋友好温柔哦。"

温和愣住，"谁？"

"你女朋友啊，刚才跟你通电话的不是你女朋友吗？"语气那么温柔，还说要给人家买好吃的，还说想她要去看她，电话都要等对方先挂，一股恋爱的酸臭味。

一开口，钟倾倾醋意横飞。

温和明白过来，"你说桃桃？"

"桃桃，名字可真好听。"

温和笑，"她不是我女朋友。"

不是女朋友啊。

哦，知道了。

开心啦。

钟倾倾的情绪在心里绕了又绕。

"是误会啊。"她眉眼舒展，嘴角笑意浮现，"收拾完厨房我们去吃香辣蟹吧？"

"好啊。"

晚上吃完香辣蟹回来时，钟倾倾带了瓶老板娘自酿的梅子酒。

她和温和坐在阳台上喝酒闲聊。

夜晚的海，神秘宁静，远方的灯塔闪烁着光，和天上的星星遥相呼应。

钟倾倾望着海边，想到前几日她在网上刷到的视频，视频里老奶奶坐着轮椅，老爷爷坐着椅子，已白发苍苍的他们并排坐在一起看海。这一幕让钟倾倾很感动，她从来不羡慕热恋中的小情侣，但她每每看到相互搀扶相伴到老的老人，总会羡慕不已。

"明天凌叔生日，你会去吗？"

"你认识凌叔？"温和感到意外。

"对呀，六十大寿。"

他恍然大悟，"你叔叔是云舒酒店的凌叔，凌远道？"

"是的。"

"之前都没听你提起过。"

"你也没问。"

温和摸摸头，"也是。"

"有件事想请你帮忙。"钟倾倾目光仍然放在海上，她声音轻轻的，"除了凌叔，明天在场所有人都不知道我回了鹭城，请你帮我保密。"

"好。蛋糕我拿过去？"

"明天我也会去凌叔设宴的地方，但蛋糕要麻烦你带过去，帮我悄悄告诉他是我亲手做的。"钟倾倾看向温和，露出一个勉强的笑意，"之后我会在酒店住两天再回来。"

明明在鹭城有家却不回。

回鹭城这么久也没见她和父母联系。

当时周耀也只说，他有个朋友回国，不方便回家住，须要租房短住一段时间。

还有最早，他遇到钟倾倾那天，她正在躲一个男人。

温和不是八卦的人，开口问也不太礼貌。他在心里暗暗想，今天晚上的钟倾倾和平时是不一样的，这一刻的她，褪去了喧嚣和吵闹，如同那夜晚的海，神秘又宁静。温和没想到，看起来没心没肺的钟倾倾是有许多故事的人。

"我知道了，明天我会看着处理。"

温和的话，像是一颗定心丸。

钟倾倾因为喝了点酒，脸蛋红扑扑的，她双手捧着脸，醉眼蒙眬地看着温和，"谢谢你小可爱，那么明天见。"

温和端起酒杯咕噜咕噜将最后的酒喝完，"去睡吧，我来收拾。"

"晚安。"

"嗯。"

凌叔六十大寿这天，钟倾倾早起整了点行李去找酒店住，出门时发现温和给她留了早餐，餐盘下面压着一张便条，写着："记得吃饭。"她心里涌起一股暖流。

这样，不管晚上会遇到什么糟心事，她都有力气去面对。

到酒店，钟倾倾给苏伽然发微信，"晚上缺女伴吗？"

苏伽然兴奋的声音传来，"你回国了？"

"回了，凌叔六十大寿我当然必须本人亲自到场。"

"怎么都没听你说起，我好提前去机场接你。你现在在哪，我来找你。"

"我就是为了给你一个惊喜。"

苏伽然笑，"我马上过来接收我的惊喜。"

随后，钟倾倾将酒店地址发给苏伽然，大约半小时，他站在了她面前。

"钟倾倾小姐，你的腿部小挂件抵达，请您收好。"苏伽然张开双手，要拥抱钟倾倾。钟倾倾从床上拿起两个大盒子，塞到他怀里，"去意大利给你买的，你看看喜不喜欢。"

一个包。

一件风衣。

"你怎么又给我买了东西。"

"你又不是不知道，我就这么点爱好。"

"任性。"苏伽然嘴上说着不要，拆开盒子看一眼后，眉开眼笑，"是我喜欢的款式。"

"晚上就穿这个风衣吧。"钟倾倾看眼时间，还早，"陪我去买裙子。"

"遵命。"

然而说是苏伽然的女伴，去买小裙子的时候，钟倾倾却给温和发消息，问他，"今晚你穿什么颜色的衣服？"

"白色。"

白色好，百搭。

最后钟倾倾挑了条黑色连衣裙，款式简单低调，裙边缀着一圈钻。黑色同样百搭，如此和苏伽然站在一起，两人宛若一对璧人。

只是在试穿时发生了一点小意外，钟倾倾穿的连衣裙尺码从从前的S码直线飙升到L码。付款时，苏伽然不经意瞅了一眼吊牌，看到"L"时，他表情诧异，继而抿嘴摇头后道："恭喜我们钟倾倾女士，喜提人生第一个L码，你们学校的伙食质量可真是突飞猛进啊。"

钟倾倾苦笑，心想能不胖吗，一天到晚吃温和做的甜品，还和他吃遍鹭城街头小巷。

晚上的宴会。

钟倾倾挽着苏伽然的手，面带微笑优雅地推开酒店大门。

人声鼎沸，觥筹交错。

一对璧人的出现，自然是吸引了无数人的目光，更何况来者是云舒酒店的创始人钟暮云的千金，以及鹭城旅游局局长苏怀生家的公子。巧的是，当钟倾倾和苏伽然挽手推门而入时，钟暮云正和苏怀生站在一起碰杯，相互寒暄。

人群移动，有人笑着祝福，有人披着羊皮套近乎。

"钟家和苏家今年有望大喜临门啊。"

"令公子气宇不凡，令千金一貌倾城，郎才女貌，绝配。"

"暮云，怀生，有喜事，可别忘了喊我们喝杯喜酒啊。"

…………

苏怀生满面春风，今年春天来鹭城旅游的人比去年翻了一番。他笑呵呵地同众人碰杯，"有喜事我苏某一定亲自给大家发喜帖请大家来喝喜酒，届时还请各位赏光出席。"

"苏局长客气，您一句话，我们上刀山下火海都得来。"

"好好好，义气义气，干了这杯。"

"干杯，干杯。"钟暮云满脸笑容地跟着打哈哈，但却是心不在焉。钟倾倾什么时候回国的，现在住在哪里，打算在鹭城待多久，他这个当爹的一无所知。他看着钟倾倾和苏伽然朝这边走来，微微眯了眯眼，继而恢复常态。

"爸，钟叔。"隔着一段距离，苏伽然开口喊道。

苏家父子关系向来亲密似兄弟。听到苏伽然的声音，苏怀生从人群中走出来，高兴地走过去拍了拍苏伽然的肩膀，"你小子急急忙忙出门，原来是去接倾倾了，快过来陪你钟叔喝一杯。"

"好啊。"

而钟倾倾快走到钟暮云身边时，她才开口喊道："爸，苏叔叔好。"

钟暮云点头，"嗯。"

因为钟倾倾和苏伽然的到来，四周的长辈又开始一轮夸赞。

"苏局长好福气啊，伽然都长这么高了，模样随您，俊朗。"

"钟董事长福气也很好，倾倾刚出生瞧着就是美人胚子，现在更是越长越水灵喽。听说今年又拿下洛桑学院年级前十，名副其实真学霸。"

"般配般配。"

"算起来、伽然和倾倾是青梅竹马吧？"

"青梅竹马两小无猜，两人感情好的话年底就把订婚宴办了吧。"

············

订婚宴？

钟倾倾迷迷糊糊地听着，从进入酒店，她的目光就一直在搜索温和。好不容易看到不远处的温和，想跟他打个招呼的钟倾倾，突然听到订婚宴三个字，她茫然地看一眼面前的一众长辈，他们真够敢想的。

偏偏这时候苏伽然咧开嘴笑，露出他洁白整齐的牙齿，"有好消息的话一定通知各位叔叔阿姨。"

听到这话，人群中有人笑开，"看来这门亲事八字有了一撇，另一画倾倾怎么看？"

什么怎么看······

问题抛出来时，温和恰巧从钟倾倾身边经过。她想伸手拦住温和，同他打个招呼或者聊会天，结果现在她硬生生只能先回答这个莫名其妙的问题。一旁的苏伽然还十分配合各位长辈，天真地拉着她的手臂看着她。钟倾倾只好无奈地目送温和离去，继而看向各位长辈。

"什么订婚宴？我和小苏······是情比金坚的革命友谊，摧不毁的。"钟倾倾向来直接。

长辈显然对这个回答并不满意，讪然一笑，"倾倾可真会开玩笑。"

钟倾倾也懒得再解释自己是不是开玩笑，反正苏伽然的玩笑话她早已习惯。

而背对着钟倾倾，还未走远的温和听到这句话，他不自觉地轻轻一笑，虽然今天的钟倾倾穿得得体的黑色连衣裙，比起平时穿大长 T 恤时的她多了份内敛和安静，但没错了，这才是钟倾倾的画风。

钟倾倾的母亲舒小菁走过来时，这个话题已经消停。

短暂的寒暄后，苏怀生带着苏伽然去认识一些人，苏伽然的新店刚开始弄，需要人脉。钟家三口避开人流，来到酒店外一角。

舒小菁率先发问："你什么时候回国的？"

钟倾倾撒谎，"昨晚。"

"住在哪？"

"酒店。"

"怎么不事先说一声？"

钟倾倾低头冷笑，"说了······你们不也在忙？"

舒小菁双手手指缠绕，不看她，"妈妈可以派人去接你。"

"不劳烦。"

一直未开口的钟暮云眉头一皱，"怎么跟你妈妈说话的？"

钟倾倾不说话，沉默。

想起刚出国留学，那时候钟倾倾才初中毕业，未满十八岁。送她出国的人是凌叔和苏伽然，钟暮云和舒小菁因为忙于酒店事业，抽不出时间送她。那一年回国，接她的人又是凌叔和苏伽然，钟氏夫妇的理由仍然是"忙于事业"。

是难过，是失望，但在留学的前几年里，钟倾倾仍然期待钟氏夫妇有一天能出现在机场，无论是送她走还是接她回，可结果，都不如意。

后来，她再也不期待。

失望的次数积累变多，所剩无几的憧憬和期待，早晚都会消失殆尽。

再后来，她连行踪都不再汇报。

反正也不在意啊。

有时候，钟倾倾甚至悄悄想过，是不是若有一天她死在异国他乡，只要凌叔不通报，他们就得好几个月后才知道。

见钟倾倾不说话，钟暮云的语气缓和了些，"今晚回家睡？"

"不了。"

"你妈今晚在家，我还有个合同要谈。"

"妈妈今晚回家，别睡酒店了。"舒小菁温柔地看着钟倾倾。

舒小菁眉眼长得极有灵气，眼睛水汪汪的，即便人到中年，仍然像一汪清泉，明亮干净。

钟倾倾差点心软，但想想，还是叹了口气，"酒店房费付了两天，我明早的飞机回瑞士，行李搬来搬去也麻烦。你们不用管我，各自忙吧。"她言语冷静，没留余地，"我去找凌叔，今晚还没见到他呢。"

说完，她转身离开。

风将她的裙摆吹起，她假装将难过留在了风里。

等钟倾倾走远，舒小菁问钟暮云："今晚是谈哪个合同？我怎么不知情。"

钟暮云拿出一根烟点上，目光深沉，"哪有什么合同要谈，这不是瞒着倾倾……"

舒小菁明白过来，看他一眼，"你少抽点烟。"

"好。你先过去，我抽完烟进去。"

"嗯。"

钟倾倾回到酒店内场，走了一圈，终于在主席台附近找到凌叔。

她上前，向凌叔祝贺，"凌叔生日快乐，祝您身体健康，长命百岁。"

凌叔笑呵呵慈爱地摸了摸钟倾倾的头，"谢谢你亲手做的生日蛋糕，我很高兴。"说完他稍稍靠近钟倾倾，"温和不错，凌叔看好你们，加油。"

和上次略微害羞的态度截然不同，钟倾倾喜笑颜开，"好的，加油。"

"等下会有惊喜，可以期待下。"凌叔神秘兮兮地说道。

"不能提前预告吗？"

凌叔摇摇头。

之后吉时已到，宴会主持人将凌叔喊走。

晚宴开始，宾客入座。

凌叔上台说了一大堆感谢词后，温和推着六层高的生日蛋糕出现。钟倾倾一眼就看到六层蛋糕的第二层，是她亲手为凌叔制作的水果蛋糕。她暗暗感叹，温和的手艺真巧，将她的心意和庆生蛋糕融为一体。

凌叔看她，朝她眨了眨眼。钟倾倾心领神会，盈盈笑开。

的确称得上是惊喜，原本以为那个蛋糕见不了光，只能私下悄悄拿给凌叔。结果那个手巧的人却用这样巧妙的方式，将她的心意展示在光亮之处，众人面前。钟倾倾心里的欢喜一点点蔓延开来。

她单手撑在桌上，看向温和。

今晚的他穿简单的白衬衫，袖口随意挽至手腕处，下身着普通的黑色西裤，但剪裁精致，加之温和本来就高，腿长，整个人看起来神采奕奕，帅气非凡。

温和的出场也引起了不小的骚动。

"传说中的少年法甜大师温和，久闻不如一见，长得是真帅气啊。"

"温家少爷比他爸当年还要气宇非凡，只可惜啊……"

"莫非凌远道想退休了？云舒酒店餐饮部是打算以后交给温和来管吧。"

············

台下，众说纷纭。

台上，切蛋糕，倒红酒庆祝。

很快，庆祝仪式结束。温和搀扶凌叔下台，之后自助用餐。

宾客起身，人群涌动。

钟倾倾蹦蹦跳跳来到温和身边，眼睛亮亮地看着他，"今晚有功，我要敬你一杯。"

温和笑，"举手之劳。"

"我不管，我必须敬你，今晚你让我高兴。"

温和转身拿酒杯，倒满酒，"好。"

然而酒杯碰酒杯，两人刚准备一饮而尽，苏伽然爽朗的声音从背后响起，"老钟，交了新朋友是不是要介绍介绍。"

钟倾倾笑开，回头看苏伽然，骄傲地介绍道："鹭城最优秀的法甜大师，温和。"

"你好，我是温和。"温和彬彬有礼，向苏伽然伸出手。

苏伽然握住他的手，笑容明朗，自我介绍："你好，苏伽然，老钟的腿部小挂件，我们形影不离。"

正面相会，温和想起来，这位就是钟倾倾最早在酒店躲着不敢见的人。为什么当时躲着不见，温和感到好奇。难道是因为他方才经过他们身边时，大家所说的订婚宴？温和暗自揣测，莫名有些不爽。

苏伽然的自我介绍，过于亲密，钟倾倾撞了撞他的胳膊，以示不满。怕温和误会，她解释道："他啊，我认识二十多年的兄弟，娘胎里认定的哥们。"

温和笑，"我知道，青梅竹马，两小无猜。"

温和记得，刚才经过时他俩身边时，那群人就是这么形容钟倾倾和苏伽然的。

苏伽然听了，开心地说道："没错，我们是青梅竹马。"

钟倾倾不想再解释，讪讪地笑着，将话题转移，"今晚的自助餐看起来不错。"

"每道菜都是凌叔精选。"温和应道。

"那还等什么，尽情享用吧。"

之后三人成团，苏伽然跟着钟倾倾，钟倾倾跟着温和。

边吃边有小姑娘同他们打招呼，但大多是跟两位男士。钟倾倾佯装不满，"你们两个人气挺旺啊，怎么凌叔今天宴请的客人生的都是女儿，就没有我的小粉丝。"

小挂件苏伽然温情上线，"老钟，我永远是你的小粉丝。"

钟倾倾撇嘴，"小苏你跟我同岁。"她看向温和，"温大师才比我小。"

温和夹起一块生鱼片放入餐盘，只笑笑不说话。

钟倾倾将他盘里的生鱼片夹起放到自己盘里，逗他，"小粉丝，叫声姐姐听听。"

温和无奈，只好又夹了块生鱼片放餐盘里。

钟倾倾笑，扬扬得意。

苏伽然站在一旁看着，心生疑惑，"你们认识多久了？"

"有一段时间了。"钟倾倾含糊其辞。

"你们怎么认识的啊？"

"酒店海边。"钟倾倾心虚，话不多说，"怎么了吗？"

"没事没事。"苏伽然摆摆手，眯起眼睛笑。

苏伽然也夹了生鱼片，当他一想到刚才钟倾倾逗温和的模样，就觉得不简单。太熟悉了，钟倾倾和温和给人的感觉像是认识了好几年，可苏伽然从前从未听她提起过温和。凭着苏伽然对钟倾倾的了解，他敢肯定她有事瞒着他。

"倾倾！"

突然，一道清丽娇滴的声音响起，三人齐齐看向声音的来源。

钟倾倾摆出标准的礼貌笑脸，"小姑好。"

风情万种的小姑今晚穿了一条钻光闪闪的鱼尾连衣裙，将她的身材衬托得婀娜多姿，只是她一开口，钟倾倾身上的鸡皮疙瘩就微微显现。

"我们倾倾回来了怎么也不跟小姑说一声，几个月不见，小姑甚是想你。"

家庭温情戏，钟倾倾很配合，"小姑我也想你。"随后她指了指站在小姑身边的新面孔，"这位是？"

钟暮雨高兴地介绍道："我的男朋友，你未来的小姑父。"说完她还用手捂住半边脸，作害羞状。

钟倾倾心想，又换男朋友了啊，但明面上还是给足了小姑面子，她乖巧地同对方打招呼，"未来的小姑父你好。"

对方伸出手，同钟倾倾握手后，径直将手伸向温和。

"好久不见，法甜大师温和。"

温和礼貌地同他握手，"你好。"

钟倾倾看他一眼，凑近他小声嘀咕："谁啊，你们认识？"

结果不等温和回答，对方自我介绍道，"我是名阿泽酒店的蒋泽，倾倾，很高兴认识你。"说完他立即看向苏伽然，"没猜错的话，这位应当就是苏局长的公子苏伽然？"

"您猜得没错。"苏伽然耸肩，伸出手，"你好你好。"

"之前酒店好几个项目合作都多亏了苏局长的帮忙，之后有机会还请你在令尊面前多替蒋某美言几句。"

"蒋董客气。"苏伽然哈哈笑着，"倾倾的未来姑父嘛，好说好说。"

钟倾倾见苏伽然傻呵呵的模样，推了推他，"未来的事，谁知道。"

"倾倾说得是，我会好好对暮雨的。"对方倒是语言高手，顺着她的话哄人。

果然，小姑听了，高兴地往他身侧靠。

钟倾倾在心里叹口气，起初见蒋泽相貌堂堂，一表人才，还想着她那情路坎坷的小姑这次可算攀上一个好男人。但他一开口，言语老到，再加上他是名阿泽酒店的董事长，钟倾倾本能地产生排斥情绪。

她猜，这桩爱情啊，可能不会是爱情故事，而是会成为爱情事故。

把一生都托付给爱情的女人，注定是要失望的。

寒暄几句，差不多了。

钟倾倾开口："我想去那边看看有什么好吃的。"

蒋泽立即明白她的意思，"那就不打扰小朋友们享受美食了。"只不过在钟倾倾他们走之前，他喊住温和，笑着对他说，"温大师，能否借一步说话？"

"好。"温和礼貌回应，朝他走过去。

恰巧这时苏怀生经过，"伽然，过来，你李伯伯想见见你。"

苏伽然看一眼钟倾倾，"你一个人，可以吗？"

钟倾倾朝他比了个 OK 的手势，"去吧，我没事。"

苏伽然不放心，"我待会儿来找你。"

"好。"

温和和苏伽然走后，钟倾倾顿觉索然无味。环顾四周，来来往往的人都在应酬寒暄，她对此不感兴趣。她抱了瓶红酒，跑到酒店一旁的花园亭里一个人待着。晚风习习，她喝着酒哼着曲，反倒自在。

温和找到她时，她已经喝完半瓶红酒。

见他走过来，她脸红彤彤地朝他喊："温和，你来了啊，我要来迎接你。你来，我要来接你。"她跟跟跄跄地起身往他的方向走去。

温和见她这副模样，估摸她喝得有点醉。他加快步子，伸手握住她的手腕，以防她跌倒。

钟倾倾朝他眨眨眼，一个劲地冲他笑，"不用扶朕，朕自己能走。"

"你喝了多少？"温和好奇。

钟倾倾摇了摇手中的红酒瓶，"不多不多，还能喝。"

温和试图将她的红酒瓶抢过来，钟倾倾却像小朋友似的将酒瓶抱在怀里，"我的，不准抢。"说完她顿了顿，又将酒瓶从怀里拿出来，献宝似的递给温和，"你要喝的话，给你喝，其他人我都不给，谁让你是温和呢。"

温和被她的举动逗笑，他拿着酒瓶，坐下来看她笑。

钟倾倾见温和笑，她也笑，只是她笑着笑着，像是在哭。

今天的酒好苦啊。

越喝越苦。

温和看不到钟倾倾眼睛里的泪水，但她的声音明明更像是在哭。

"倾倾，你怎么了？"温和小心翼翼地问她。

钟倾倾抬头看他，这是温和第一次喊她倾倾，她整个晚上堆积起来的委屈仿佛要在这一瞬间倾泻。她不想要逞强了，她只想要温和的安慰。

"我爸和我妈，在我面前演戏呢。"她叹口气。

钟暮云和舒小菁以为瞒过了她，但他们之间的相处太客气了，客气得不像是夫妻。更何况，他们早已分居，这事她其实是知道的，只不过他们不说，她也懒得拆穿。

"演戏？"

"是啊，在我面前，在大家面前，上演恩爱夫妻的戏码。"

温和明白了，"这也是你回鹭城不回家的原因？"

"不全是，一部分。"

"另一部分？"

"我回不回家又有什么关系，反正家里只有我一个人，我住哪里都是一个人。根本就不用刻意瞒着他们，不告诉他们我已经回鹭城的话，就算我在这里待上两三个月，他们也不会发觉，他们啊，除了工作，根本就不关心其他。我啊，在他们心中，连工作都不如。"

温和没想到，钟倾倾不回家住选择租房的理由竟然是这样。

面对她的悲伤，温和自知他能为她做的太少，眼下他只能将酒瓶递给她，"再喝两口，就忘了。"

何以解忧？唯有杜康。

反正，温和已经决定今晚亲自将她送到酒店。

钟倾倾抱着酒瓶听话地又喝了两口，喝完递给温和，"你也喝。"

温和低头看一眼瓶口，上面还沾着钟倾倾的唾液，这喝下去的话是间接接吻啊。钟倾倾双手捧着她红彤彤的脸，见温和迟疑又迟疑，他眼神盯着瓶口，她大约猜到几分，哈哈大笑起来，"你的脸现在是不是和我的脸一样红红的……"

温和嘴硬，"怎么会？"

"我们温大师，真是容易害羞啊。"

"我没有。"

"别狡辩了，我都看到你脸红到了脖子根。"钟倾倾歪着头看温和，"好啦，我没事了。"

本就是借着一点醉意宣泄情绪，温和没出现时，钟倾倾憋屈的情绪全压在心口堵得慌。温和来了后，她的坚强溃不成军，在他面前，她痛痛快快地哭诉，哭诉完她又好了。

有时候钟倾倾觉得，自己是天下第一坚强。但在喜欢的人面前，又瞬间变成了天下第一脆弱。那些在其他人面前必须假装的逞强，在他这里，通通不用。

"没事就好。"

温和伸手像安慰小朋友似的，轻轻拍了拍钟倾倾的背几下。

拍完，他沉默了一会儿后，问她另一个疑惑，"你来酒店那天为什么躲着苏伽然？"

"他啊……"钟倾倾用手在嘴上比画了一条缝，"这里没上拉链。"

"这样。"

温和顿了顿，是他想多了。

苏伽然忙完事过来找钟倾倾时，她和温和正打算离开。

"你们都在啊，怎么要走了吗？"

"是啊，你怎么才来。"

"被蒋泽拦住多喝了几杯，他啊可烦人。"说完他看向温和，"他找你是想挖墙脚吗？"

苏伽然不提这事，钟倾倾都差点忘了。蒋泽找温和，除了这事，她想不到能有其他事。

"蒋泽向你抛了橄榄枝？"

温和不否认，那就是了。

钟倾倾想了想，猜测道："你和云舒酒店的合同快到期了吗？"

"是。"

没想到一猜就准，钟倾倾问他："你接下来有什么打算，能告诉我吗？"

温和却答非所问，"我没想到你是钟董的女儿。"他的确没想到，云舒大酒店和云舒民宿酒店都是钟倾倾家的产业，他以为她只是一个普普通通的合租伙伴。

钟倾倾笑，"我是他的女儿，会影响你做决定吗？"她竟然还有一丝期待。

"所以你到底会不会去名阿泽酒店？还是继续留在云舒。"苏伽然急性子，听他们绕来绕去他嫌烦。

"我不会去名阿泽。"

听到这个答案，钟倾倾眉眼放松，盈盈笑开。

然而她不知道的是，选择云舒还是选择名阿泽，对他来说本来就不成问题。他从来都没想过要去名阿泽酒店。他的问题是，选择留在鹭城，还是离开鹭城。

温和在心里轻叹了口气。

夜色已深，路灯下三人成影。

钟倾倾开口，"走吧，我跟凌叔打个招呼。"

"我送你。"温和和苏伽然同时开口。

钟倾倾笑，"受宠若惊，今晚俘获两位护花使者，你们猜拳吧，谁输了谁送我。"

"输了的送？"

"对。"

温和笑，与众不同，是钟倾倾的画风。

　　最后苏伽然输了，由他护送钟倾倾回酒店。也好，今晚她的男伴从头护她到尾。反正温和，过了今晚，他们又同住一屋檐。

　　走之前，苏伽然问钟倾倾："钟叔舒姨还在应酬，要过去跟他们说一声吗？"

　　钟倾倾摇摇头，"你给他们发个消息吧，我就不过去打扰他们了。"

　　"好吧，明天你几点的飞机？"

　　"上午最早那趟。"

　　钟倾倾在心里叹口气，对不起伽然，撒谎了。

　　苏伽然迟疑，"明天我新店签合同，恐怕不能送你去机场……"

　　"你忙你忙，凌叔安排了车。"

　　苏伽然眉眼放松，"那我放心了，走吧，我送你回酒店。"

第四章

四月樱花开

×

×

第二日，钟倾倾从酒店回到租房，她和温和的同租生活步入正轨。

四月是鹭城的樱花季。

温和最近做的法甜都和樱花有关。

樱花小卷，春樱酥，雨后粉樱蛋糕，樱花奶冻。

光听名字就让人垂涎三尺，为了满足嘴馋的钟倾倾，温和下班回来，偶尔会给她带上一份樱花法甜。钟倾倾得寸进尺，每每吃完，她都会缠着温和下次还要带。温和性格是真好，不断满足她。最高频率时，温和一星期给钟倾倾外带了六天樱花小卷。

温和做的樱花小卷，用凤梨做奶馅，樱花酱和慕斯融合，樱花奶冻镶嵌在慕斯表面。一口咬下去，既Q又软，凤梨和樱花酱的用量恰到好处，回味无穷。

这日钟倾倾提前去新的试睡酒店踩点，这是一家米其林推荐级别的精品民宿。遇到诸如此类的精品民宿，在时间充足的情况下，钟倾倾一般都会提前去民宿进行信息采集工作。

这类民宿的主人，大多是有眼界、有阅历、爱钻研的人，他们做民宿是诚心诚意花心思在做的。钟倾倾喜欢跟这些民宿主人交流做民宿的心得体会。在做酒店试睡员时，能够遇到这类精品民宿的机会并不多，所以每每遇到，她总会格外认真地对待。

清晨时分，钟倾倾便已到达酒店。

她先是对民宿的周围环境进行了简单考察，之后才走进民宿里。她环顾四周，发现这家民宿的装修风格特别有趣，放眼望去，吉他遍布。一部分是画在墙上颜色各异造型各异的吉他，一部分是挂着摆着的吉他实物。

看起来像是音乐主题民宿。

想来这间民宿的主人一定喜欢吉他，说不定还是音乐发烧友。

音乐主题民宿，在鹭城，钟倾倾还是头一次遇到。她迫不及待地想要见到民宿主人。其实常规民宿住客能够遇到民宿主人的概率并不是太大，但拥有酒店试睡员的这重身份，会使遇见的概率大大增加。

因为这类精品民宿的主人，往往很愿意倾听专业的意见，特别需要人帮助他们更好地做好一间民宿。恰巧，钟倾倾平时在星级大酒店进行试睡体验工作时，毫无例外会对自己酒店试睡员的身份保密，但到了这类民宿酒店，她有时会主动约主人聊天。

今儿来之前，她就提前跟这家民宿的主人打过招呼。

不凑巧的是对方和朋友有约在先，不能单独招待她。但对方也说了，她若是来了，到民宿找他便是，他和朋友就约在民宿里喝茶聊天。

钟倾倾采集完试睡前要了解的信息后，在服务员小姐姐的带领下见到了民宿主人。

没想到，这家民宿的主人竟是先前抱着吉他做公益的街头艺人。

更没想到的是，此刻坐在他对面的朋友，竟是温和。

"嘿，好巧！"钟倾倾拉椅子坐下，看了温和一眼。

"是你……"显然，主人也认出了她，他热情谦虚地朝她笑，"我是宋礼安，很高兴认识你，欢迎你前来小店试睡考察。"

"喊我倾倾就好。"钟倾倾盈盈一笑，"我记得你是吉他老师，怎么开起了民宿？"

"民宿是主业，副业是教吉他。"

钟倾倾想到刚才看到的数把吉他，"教学地点就在民宿里？"

"是。"

新鲜。

钟倾倾对此感兴趣，"你是怎么想到把吉他和民宿融为一体的？"

"兴趣爱好的结合。做民宿是兴趣，弹吉他也喜欢，再说另找个地方教吉他浪费资源。"

"也对。来往住宿的人还能体会到不一样的民宿情趣。"

和宋礼安聊了会工作后，钟倾倾看向温和，"你今天休息？排班表上不是后天才休……"

"临时换班。"

"哦！"

钟倾倾将注意力转移到桌上的樱花小卷，"你做的？"

"嗯。"

她柔声抱怨道："也不带点回家，我都好几天没吃了。"

"一星期给你带了六次。"难得温和反击。

钟倾倾撇撇嘴，"一星期七天，当然要带七次才对，谁让你做的樱花小卷这么好吃呢。"

"吃吧。"温和笑着将桌上的樱花小卷拿给她。

宋礼安看着两人你一句我一句的，他眼睛笑眯眯地成了一条缝，"什么情况？"

温和不明白，反问他："什么？"

"你们住一起？"

"嗯。"

"多久了？"

"差不多两个月。"

"怎么都没听你提起？上次见她，我还以为就是一朋友。"

"是朋友。"

"不是都住一起了吗？"

"是啊。"

绕来绕去还没绕明白，宋礼安故作嫌弃地看了眼温和，"我问嫂子吧，你们交往多久了？"

……嫂子？

钟倾倾差点被樱花小卷给噎着。

但这称呼她喜欢。

她嚼完嘴里的那点蛋糕，乐呵呵地冲宋礼安笑，"再叫一声听听，我就告诉你。"

"嫂子。"宋礼安倒是配合。

钟倾倾听着傻笑。

温和听了，一脸不满。这要是传出去，总归对钟倾倾名声不好。他一本正经地认真解释道："我和她是同租室友，一屋檐，但一人一间房。"

"所以……你们不是在谈恋爱？"

"嗯。"

"你什么时候能带女朋友来见我？"宋礼安有点失望，瞅着两人相处明明透着一股小情侣的熟悉感，可居然不是。他叹口气，"哎，认识你这么多年，从来没见过你女朋友。"

钟倾倾可会抓关键点，"他从来没谈过恋爱对吧？"

宋礼安点头，"是啊。"

钟倾倾想起上次问温和"当真没谈过恋爱"时，他还嘴硬转移话题，这回赖不掉了吧。

温和默不作声。

宋礼安突然语气沉重，"人要学着放下，包袱太重无法前行。"

钟倾倾眨眨眼，捕捉不到准确的信号。她心想，兴许除去工作，她下次来应该找宋礼安了解了解温和。喜欢一个人，就要多去了解他的喜怒哀乐。

这沉重的话题，温和显然不愿多说。他站起身，"我还有事，午饭不在这吃。"

见温和起身，钟倾倾也站起来，谄媚地冲他笑，"我知道这附近有家不错的店，就在春苑街上，一起吃吧？"

温和刚想拒绝，宋礼安从兜里掏出两张票递给温和，"这两天春苑街两旁的樱花全开了，我这有两张园子里的樱花票，你们一块去看吧。"

旁观者清。

宋礼安看得出来钟倾倾对温和的小心思，宋礼安对钟倾倾第一印象不错，于是决定助攻。舍己为兄弟，将原本打算和女朋友去看的樱花票拱手让出。

"樱花啊，我喜欢樱花。"钟倾倾接过宋礼安手中的樱花票，"谢啦。"

宋礼安笑，"不用谢。"

"走吧温大师，午饭我请。"钟倾倾撞了撞温和的胳膊。

话都已经说到这份上，温和不好再拒绝，"走吧。"

钟倾倾回头朝宋礼安使个眼色，助攻一级棒，"明天来这边工作时再找你。"

"没问题。"

午饭后，出发去樱花街。

樱花季，春苑街街道两旁密密麻麻的樱花都已盛开。

浅粉的，嫩黄的，纯白的，桃红的，果绿的，争相斗艳，好不热闹。

钟倾倾和温和并肩走在街头，春风时而卷着樱花瓣，在空中飘舞，时而又像翩跹的精灵将花瓣吹落在两人的肩膀头发上。钟倾倾调皮地凑到温和肩膀处，将花瓣吹走，又跳起来伸手将他头发上的花瓣拂掉。

她一会儿笑盈盈地靠近他，一会儿离他远远地冲他笑。

惹得温和耳尖红红。

钟倾倾是真喜欢樱花，当她走到铺满樱花花瓣的春苑正街时，她兴奋地冲到温和面前，一个劲地摇晃他的手臂，高兴地嚷嚷："温和你快看，绿色的樱花，好美啊！还有那儿，桃红色的樱花，拍照拍照，你给我拍照。"

"开美颜模式啊！

"拍了吗？你怎么没喊321……

"重来重来。

"3，2，1……

"哎呀，你这'直男'角度拍照不行啊。

"这样，显腿长，这样，显脸小。

"再来，再来。"

…………

在拍照这件事上，钟倾倾和其他女人一样，要求多且复杂。

温和好脾气，尽心尽力帮她拍，从春苑街拍到春园里。

春园里来赏樱的游客众多，有人美心善的小姐姐路过他们时，主动提出要帮他们拍合照。钟倾倾自然是乐得高兴，连连说好。后来才知道原来这位小姐姐是摄影师，计划是拍下一百对赏樱的情侣。

"男生再靠近女生一点点。

"女生自然地将头靠在男生的肩膀处。

"欸对，笑一笑，给我甜蜜自然的笑容。

"很好很好，换一个姿势。

"男生看着女生，眼神专注点。女生微微低头，保持微笑。

"非常棒，保持。好，纯美，清甜。"

小姐姐拍完后，将单反拿过去给他们看，"你们是我目前为止拍到的颜值最高的情侣，真般配真好看。"说完，她看眼钟倾倾，"加个微信吧，照片我处理好了发给你们。"

钟倾倾笑嘻嘻，"好啊。"

由于加微信，钟倾倾也懒得解释她和温和不是情侣。

加上好友后，小姐姐还在感叹，"两位郎才女貌，不介意我将这组照片分享到微博吧？"

"恐怕不行。"钟倾倾摇摇头，她暂时还不想让更多的人知道她在鹭城。

"好吧，有点可惜。"

大约是春花浪漫，人心都无端生出爱意的芽苗。

钟倾倾和温和走在一起，不断被人误会是小情侣。起初温和还会一本正经地解释两人只是朋友，后来他也懒得解释了。最可爱的是，有个五六岁的小丫头，因为找不到爸爸妈妈，一个劲地拉着钟倾倾和温和，让他们帮她找爸爸妈妈。

温和热心肠，在园子里找了一圈才找到小丫头的爸爸妈妈。结果人家为了感谢他们，非要晚上请他们吃饭。小丫头呢，则一手牵着钟倾倾，一手牵着温和不放手，好像他们才是一家三口。后来道别时，小丫头还依依不舍地亲吻钟倾倾和温和。

亲吻完，她瞪大眼睛，看着钟倾倾和温和。

　　她奶声奶气地问他们："你们怎么不亲亲？每次我亲亲完爸爸妈妈，他们都会互相亲亲。"

　　这可把钟倾倾和温和问懵了。

　　就算是平时天不怕地不怕的钟倾倾，这瞬间也尻了。

　　"哥哥和姐姐害羞，这么多人看着呢。"小丫头的爸爸妈妈出来打圆场。

　　"那爸爸妈妈平时怎么不害羞！"

　　"爸爸妈妈是因为爱你啊。"

　　"哥哥姐姐不爱我吗？哥哥姐姐为什么不爱我，是不是因为我不可爱……"说着说着，小丫头自我代入，圆溜溜的眼睛里仿佛有了泪水。

　　这下，连小丫头的爸爸妈妈都期待地看着钟倾倾和温和了。

　　钟倾倾最怕小孩哭，她心一横，踮起脚尖在温和脸颊旁轻轻擦过，她闭着眼，紧张不已，心跳如雷，温和的脸则瞬间红成了油焖大虾。

　　终于，小丫头心满意足，挥舞着小手跟他们 say goodbye（道别）。

　　而钟倾倾和温和，谁都没有再提这个轻轻擦过脸颊的亲吻。

　　回去的路上，由于这条路堵车严重，两人选择乘坐地铁。上了地铁，钟倾倾就开始处理照片，每处理一张她都要在好几种滤镜中选来选去，她不停地问温和："你说哪种好看？这个？还是这个？"

　　温和觉得，许多滤镜之间其实只有细微的差别，"有区别吗？都差不多吧。"

　　"当然不一样。这个色温数值比较高，这个曝光数值比较低。"而后钟倾倾说了一大串温和不大懂的数字。但他却快速反应过来，"这些滤镜的颜色你都能辨别？"

　　钟倾倾点点头，骄傲脸，"不瞒您说呐，我手机里所有相机应用中的滤镜我都能分辨，不仅能分辨颜色，对应的滤镜名称我都记得住。"

　　"厉害。"温和不得不承认，钟倾倾这项隐藏技能，有点厉害。

　　由于兴趣相投，钟倾倾和温和的同租生活越来越融洽，两人的关系也越来越熟络，这一点从温和言语反击钟倾倾的次数增多可以看出。钟倾倾有时候在想，是不是她把他骨子里的那点犀利给勾了出来。

后来打破这平静生活的，是钟倾倾母亲舒小菁突然的联系。那时候钟倾倾正和温和逛完超市准备回去。明明才下午三四点的光景，天色却灰蒙蒙的，像是勾染了墨，预测将有一场大雨来临。

"我去前面小商店买个烧烤架。"

钟倾倾抬头看了眼天，乌云密布，空气沉闷，"恐怕会有大雨，你快去快回。"

"你在这等我。"

"顺便带杯茉莉奶绿。"

是前面奶茶店的招牌饮品。

"加不加冰？"

"不加。"

"好。"

温和往前跑去。

天色越来越暗，钟倾倾待在原地等他。

身后的便利店正放着一首清新甜蜜的韩语歌，刷韩剧时钟倾倾有听过这首歌，旋律大致都还记得。她愉悦地跟着调哼起来，天气虽然不好，但一想到晚上回去要和温来一场烧烤大餐，她的心情就分外甜。

乌云飘至头顶，有雨滴往下落。

口袋里的手机，突然发出嗡嗡的振动声。

是舒小菁发来的消息。

——"倾倾，在上课吗？"

大周末的上什么课，钟倾倾无语。这么多年，舒小菁对她的生活，还真是一无所知。

"今天周末。"钟倾倾简短回复消息，不想多说。

之后，舒小菁那边迟迟没有回应。

钟倾倾纳闷，舒小菁这会找她干吗？明明上次凌叔六十大寿后才见过面，按照往常舒小青三个月才和钟倾倾联系一次的频率，这突如其来的联系，定有蹊跷。钟倾倾心下一紧，没来由地心慌。她收起手机，猜测舒小菁定是一如既往地在忙工作，打算闲下来有空再回她。

钟倾倾叹了口气，低着头，左脚脚尖在地上画着圈圈。

果然，她还是没有工作重要。

从来都是。

钟倾倾从六岁起，就与父母关系疏远，六岁前的时光，温情满满，六岁后，因为政府拆迁，钟家得到了大笔资金。

鹭城是闻名全国的旅游城市。

钟暮云颇具商业头脑，那一年，政府大力扶持旅游业。在拿到拆迁款后，他和舒小菁商量，将分到的房子改装成旅馆模样，之后以"云舒家庭旅馆"命名营业。

云是取自钟倾倾父亲的名，钟暮云。

舒是钟倾倾母亲的姓，舒小菁。

透着一种商业的浪漫。

钟氏夫妇在酒店经营管理上的确有一套，生意做得如火如荼。加上与钟暮云情同手足的苏怀生刚当上鹭城旅游局局长，明里暗里关照自己的兄弟。云舒家庭旅馆很快越做越大，步步紧抓商机。

发展到现在，云舒大酒店已经是五星级酒店，而云舒高端民宿酒店也势头极旺，加上靠海的绝佳地理位置，它被称为鹭城的网红酒店。

忙于工作的钟氏夫妇，几乎将所有的时间都献给了酒店事业，自然无法悉心照顾钟倾倾。

在国内时，他们将钟倾倾交给凌叔和保姆照顾。到瑞士留学后，他们用钱解决一切问题。钟倾倾刚到瑞士那会，她有过很长一段时间的叛逆期和抑郁期，她恣意任性到处闯祸，她沉迷于金钱带给她的快乐。

可金钱带给人的快乐，始终太空虚。

人始终是需要爱和陪伴的，这些温情的东西更能滋养生命。

"你手机怎么回事，拨过去一直占线？"舒小菁又发来一条微信。

她人不在瑞士，手机自然是占线，钟倾倾只好撒个谎，"上周去游泳，手机掉水里，现在放在售后修理，还没去拿。"

舒小菁没多想，也不会多想，"你在瑞士，还好吗？"

"还好。"这突如其来的温情问候让钟倾倾感到不适，她直截了当，"有什么事吗？"

"有事。"

八成不是好事，钟倾倾心想。

果然。

"倾倾，我和你爸，办离婚了。上周去办的手续，这几天忙，拖到今天才跟你说。"

都这时候了，还是先忙工作。

无所谓，反正她也只是被通知，并没有发表意见的权利。

但凡事总有个原因。

"原因？"

"聚少离多。"

呵，聚少离多。

搞得跟明星夫妇离婚似的。

钟倾倾其实一直都知道，父母的关系岌岌可危。早两年回国，不是钟暮云不住在家里，就是舒小菁有事无法回家。两人几乎不同时住在家里，只有大年三十那晚，他们会一同回家三人一起过个年，但最后也是分房睡。

这个结果，迟早要来的。

"好，我知道了。"钟倾倾简单回复。

舒小菁沉默一会儿后，"倾倾，照顾好自己。"

"行。"

反正，也并不是真的在乎她是否有照顾好自己。

是一贯的不在意和不关心。

都习惯了。钟倾倾安慰自己，都习惯了啊，她早已料到会有这么一天，所以啊没什么好难过的。父母从夫妻关系变成合作关系，情意散了买卖不散。而后给她发这么一个通告，还真像明星夫妇离婚。

钟倾倾竟然有点想笑，她嘴角往上扬，却发觉眼睛酸涩。

……竟然，笑不出来。

狂风袭来，暴雨倾盆而下。

温和去买烧烤架和奶茶还没回来，钟倾倾心里压着一股闷气，沉甸甸的，堆积在她胸口。她迫切地想要找到一个出口，释放这股闷气。

下一秒，钟倾倾冲进暴雨里。

雨水将她浑身浇透，冰凉冰凉的，透进心里。

钟倾倾以为，她会哭，但她没有。就好像，她以为父母分开，她不会在意不会难过，但也不是。她的情绪后知后觉地袭来，直到蔓延至心脏，她承认，她难过了，很难过。

这天的雨好似那晚的酒，都是苦的。

温和提着烧烤架和奶茶跑到便利店门口时，发现钟倾倾不在，他这才看到钟倾倾站在不远处的雨中。温和察觉到不对劲，甚至都忘了应该先买把伞，就把东西扔下冲进了雨里，跑到钟倾倾面前。

他有些着急，"倾倾怎么了，发生什么事？"

钟倾倾不说话，抬头看温和，一双眼睛，湿漉漉的，毫无神色。

温和看着她，鬼使神差地伸出手，将她抱入怀中。

紧紧地抱住她，好让她感觉到，她不是一个人。

温和好温暖。

被他紧紧抱住后，钟倾倾哭不出来的委屈，像是开了闸的洪水，汹涌而来。

"倾倾你别哭，别哭，我在这里。"温和抬头摸了摸她的头。

可是，温和越安慰，钟倾倾哭得越厉害。温和不知道，比起让人伤心的事情，更令人泪如雨下的，是他说的那一句"我在这里"。

而温和见钟倾倾越哭越厉害，他慌张地开始给她擦眼泪。可是他身上也已经被雨水打湿。再怎么擦，也都是湿漉漉的。

雨水混合泪水，温和越擦越乱，钟倾倾见他手忙脚乱慌张的模样，扑哧一声笑了。

笑了，温和松了口气。

钟倾倾看着温和，挂着泪水的眼睛闪闪亮亮。

初夏的暴雨，来得快去得快。

雨停，温和到便利店里买了两条大毛巾，一条递给钟倾倾，一条裹在自己身上。

"擦擦头发，别感冒。"说完他摸了摸奶绿的温度，"还热着，喝点暖胃。"

温和贴心地将吸管放入奶绿里后递给钟倾倾。她喝了口奶绿，感觉整个心脏都溢满了暖。然而这暖意，并不来源于这杯温热的奶茶，而是来源于刚才冲进雨里一把抱住她的温和。那个瞬间，钟倾倾总感觉，是她的盖世英雄踏着七彩祥云来拯救她了。

她那有关少女的梦与幻啊，通通有了诗意。

而她看向温和的那双眸子里，从此熠熠生辉，有了光。

回家。

温和将热水器通上电，"你先洗澡，我去换件衣服。"

钟倾倾乖乖点头，"好。"

水很快升温，钟倾倾拿了睡衣去浴室。

温热的水从头淋到脚，钟倾倾闭着眼睛感受热水带来的暖意。她回想起凌叔六十大寿时，钟暮云和舒小菁之间的相处就已经变得特别刻意，钟倾倾一直都知道，自从云舒高端民宿酒店营业后，钟暮云和舒小菁就格外忙碌，女儿都顾不上，自然也顾不上对方。

久而久之，矛盾变多，感情变淡。

分开，是迟早的结局。

钟倾倾双手合在一起，捧起一捧水，朝脸上洒去。

父母的决定，分离的结果，钟倾倾难过归难过，但她还是试图理解。

钟倾倾名字里的"倾倾"二字，其实是取了舒小菁的菁字。据说，钟暮云给她取名时，原本是要取"钟爱倾"的，结果舒小菁在家里唤钟倾倾名字"爱倾爱倾"时，她总觉得是在喊"爱卿爱卿"，一种古装片的即视感，于是后来就改成了钟倾倾。

钟倾倾，就是钟暮云和舒小菁的爱，他们曾经深深爱过，她就是最好的证明。

爱，是一生一世的。

但有一些爱，没有来日方长，曾经真挚热烈地美好过，也是闪耀的存在。

钟倾倾洗完澡，温和递给她一杯红糖姜茶，"趁热喝。"

他刚才在厨房煮的，想着她淋了雨，喝点姜茶驱驱寒。

"你喝了吗？"

"喝了。"

温和看着钟倾倾，欲言又止。

他想起她下午站在雨里哭得稀里哗啦的模样，想来一定是发生了很难过的事，毕竟他所认识的钟倾倾，脸上总是挂着大大的笑脸，遇上什么事，也总是一句："没有什么事是买个包不能解决的，如果有，那就买两个。"

犹犹豫豫，还是问了。

"事情严重吗？你现在好些没……"

"不严重。"钟倾倾摇摇头，"你快去洗澡，因为我你浑身都被淋湿，抱歉哦。"

温和笑，"不用在意。"

钟倾倾的手指不断摩挲杯沿，她看着温和的背影，感叹这世上怎么会有如此温暖的人。他的温暖流经她的世界，使她那颗空空落落的心仿佛有了归处。钟倾倾在心里悄悄地想，好想好想，一直一直，赖着温和的暖呐。

喝完姜茶，温和还在淋浴间，钟倾倾想要等他，但实在太困。钟倾倾的眼皮都在打架，她拖着沉重的步子走到房间，人往床上倒去，一秒入睡。

细细密密的忧伤情绪缠绕着她，只有睡眠能够暂时拯救她。

偏偏，梦魇找上门。

恍恍惚惚的钟倾倾，做着乱七八糟的梦。

她梦到小时候，约莫是她五岁时，那年过年，鹭城难得下了场雪。她和钟暮云、舒小菁一家三口坐在烤火箱上玩扑克牌。三双脚靠在一起放在烤火箱里，暖烘烘的。薄薄的棉被盖在上面，除了扑克牌，上面还放了些糖果和果仁，钟倾倾边吃边摸牌。

他们玩的是鹭城最常见最容易的牌，叫"跑得快"。规则很简单，谁手中的牌跑得最快，谁就是赢家。

钟倾倾那时候虽然只有五岁，但牌技不错，脑瓜子忒灵活。加上运气好，总能摸到一手好牌，赢牌的次数，自然就很多。

然而，在她持续赢牌后，钟倾倾发现，父亲钟暮云时不时偷偷地将牌从棉被里面，递给母亲舒小菁。为的就是让一整个晚上都处于陪跑陪玩状态的舒小菁，也能赢一两次。

但这样，就惹得钟倾倾不高兴了。

父亲明明已经故意让着母亲好几把牌了。让，钟倾倾还能接受，作弊可不行，不公平。

钟倾倾嘟着嘴，"爸爸，你作弊。"

钟暮云装蒜，假装听不懂，"什么？什么作弊？"

"哼，我都看到了，你悄悄地把牌从被子下面过给妈妈。"钟倾倾的嘴巴翘得老高，不满极了。

"没有啊，爸爸只是腿痒，烤火烤久了皮肤干燥嘛。"钟暮云还在挣扎。

"那行，你掀开被子，让我看看呗。"

钟暮云不说话了。

因为此刻，他的手里正抓着一张牌，打算递给舒小菁。舒小菁推了好几次，都没推掉。听钟倾倾这么一说，舒小菁的脸面快要挂不住了，她正欲开口说点什么，却被钟暮云打断。

"哎，我们倾倾真是火眼金睛啊，什么都瞒不过你的法眼。爸爸投降，爸爸承认错误，坦白从宽，我们乖倾倾，答应爸爸，要对爸爸宽容处置，好不好？"

"哼，我想想，考虑考虑。"钟倾倾哼了声，而后她看着舒小菁，"那妈妈呢？"

"是爸爸一厢情愿要帮助妈妈的，爸爸想哄妈妈高兴，妈妈什么都不知道呢。我们倾倾要处罚就处罚爸爸一个人吧。"钟暮云挤眉弄眼，讨好地拿起一颗糖，剥掉糖纸放入钟倾倾嘴里。

甜蜜蜜的水果糖在嘴里化开，钟倾倾的气立马就消了。

她的吃货属性，应当是出生时自动携带的。

"那你们以后可不许这样，作弊是不对的，你们教坏小朋友。"钟倾倾一本正经地说道。

钟暮云配合她，猛烈点头，"我们倾倾说得对，作弊不好。"

"妈妈，你也不能输了牌，就接受爸爸不正确的帮助，你要自己打赢牌，靠自己哦。"钟倾倾小时候就颇有一副教育家的模样，说完钟暮云，她又一本正经地同舒小菁说道。

看来，钟倾倾得寸进尺的毛病，也是从小就养成了的。

然而，一整晚都在输牌的舒小菁，本来心情就不好，一听这话立马炸毛。钟倾倾的性格多少是更随舒小菁的，她眼睛瞪大，看着钟倾倾。钟暮云一看形势不对，立马推了推舒小菁。但他开口说的却不是舒小菁，而是钟倾倾。

"倾倾，都说了这件事跟你妈妈没关系，对妈妈不能这样没礼貌。妈妈她都输了一晚上的牌了，她还小，你就让让她啊。"钟暮云语气微微严肃起来。

钟倾倾撇撇嘴，好委屈啊，"妈妈明明都快三十的人啦，我才五岁，我才是小朋友。"

"她在我心里，就是小朋友。"钟暮云说道。

"哼，哼，哼。"钟倾倾将牌扔掉，"我才是小朋友。"

钟暮云将牌捡起来，看着她，故意逗她，"等你长大，你也去找一个在他心中你永远都是小朋友的老公。"

"有老公了不起哦。"钟倾倾伸出舌头，朝舒小菁做了个鬼脸。

"好啦，老公，别逗她了。好啦，倾倾，爸爸妈妈跟你道歉，保证以后都不作弊，公平玩牌。"听到钟暮云说自己永远是他心中要宠着的小朋友，舒小菁的心情瞬间好了起来。

有人日常宠，输牌算什么啊。

钟倾倾冷眼看着眼前发生的一切，用现在流行的话来说就是，她想给他们一个白眼，并毫不犹豫地踢翻他们的这碗"狗粮"，拒绝秀恩爱。

在梦里，钟暮云和舒小菁还是羡煞旁人的恩爱夫妻，钟倾倾记得那时候，舒小菁的脸上时常挂着幸福的笑，是时刻被宠爱着的幸福和满足。

好怀念啊。

好想回到过去。

好想那个时候的爸爸和妈妈。

钟倾倾喃喃说着梦话，有泪珠顺着她的脸颊流下。

这个梦哀伤但幸福，钟倾倾不愿从梦中醒来。

梦里的画面很快切换到瑞士。

在梦里，几个外国留学生将她围住，挡住她的去路，其中一个女孩笑着朝她竖起中指，骂她婊子。钟倾倾想反抗，却一点力气都使不上。围观的人个个冷眼看看，甚至脸上还带着讥笑，没有人站出来帮她。

钟倾倾骨子里的骄傲不容许她低头。

不管对方说什么，她仍旧昂着头，眼睛眨都不眨地看着她们。她将她们的脸仔仔细细地看了又看，她要将她们的长相全都记下来。然后，一个耳光落在她的脸上。

"看什么看，你这是什么眼神，挑衅？"

钟倾倾的头都被她打偏了，真用力啊，钟倾倾拼命想要挣扎，可是无论她怎么叫喊，都挣脱不开。钟倾倾闭上眼，到底什么时候才会结束？

梦，又到底什么时候会结束。

钟倾倾的眼泪不断往外冒，泪水顺着她的脸颊落到枕头上。

她陷在梦里，醒不过来。

她的盖世英雄，怎么还没来。远方的七彩祥云，云上空空落落。

……算了吧。

钟倾倾想要放弃，然而就在这时候，她的眼前出现一道光，有人迎着光朝她走来。

是温和。

她看清楚了，是温和的脸。

温和洗完澡，靠在沙发椅上看了会书。正打算睡觉，去客厅检查电源时，听到钟倾倾房间里传来细碎的声音。

凑近点听，似乎是在哭。

温和靠近门边，哭声又大了点。

他推开房门，确定是钟倾倾在哭，他不清楚钟倾倾是醒着在哭，还是做了噩梦。

"倾倾，你还好吗？"他站在门口，声音轻而温柔。

没有得到回应，但细碎而绵长的哭声却没有停止，在这寂静的夜里，尤其清晰。

是做噩梦了吧？温和猜测。

他走到钟倾倾床边，拧开她床边的小台灯，用手拍了拍她的背，"倾倾，醒醒。"

钟倾倾哼唧几声，身子稍稍动了动，但还是没醒过来，温和见她整张脸的五官都扭曲在一块，想来是令她非常难受的噩梦。他试着加大力气推了推她，"钟倾倾，快醒来。"

终于……钟倾倾艰难地睁开了眼睛。

她透过迷蒙的黄色光亮，看到了温和。她把头缩进被窝里，用薄棉被将脸上的眼泪擦拭干净后，再从被子里钻出来，她探出小脑袋仔细看了看，的确是温和啊，踏着光而来的，的确是温和。

"温和？"她瓮声瓮气，像是自言自语，"我是醒了，还是你出现在了我的梦里？"

温和嘴角浮起笑意，"是醒来了。"

钟倾倾吐出一口气，"还好只是梦。"但想想，随后又叹了口气，"原来只是梦。"

温和听着，丈二摸不着头脑，"你做了什么梦？"

钟倾倾坐起来，拿了个抱枕抱在怀里，这样更有安全感，"温和，你想听吗？"

"你说。"

接着，钟倾倾将第一个梦的内容说给他听。听起来是幸福圆满的梦，但温和因为知道钟倾倾父母关系不和的事，所以他猜她突然梦到这些，是跟下午发生的事有关。

那样脆弱无助的钟倾倾，温和自认识她以来，只见过两次。

一次是凌叔六十大寿时，一次就是今天下午。

想来钟倾倾的软肋，是她的父母。

"怎么突然梦到这些？"温和想牵引她一步步将糟糕的情绪发泄出来。

有时候，委屈一旦说出口，沉甸甸的情绪也会随之缓缓消散。

"他们离婚了。"

钟倾倾努力平静地说道，说完又故作无所谓地补充，"其实也不是什么大事，我也不是特别难过，一点点吧，作为一个只是被最终通知的人来说，一点点难过还算正常吧。对吧温和，还算正常情绪吧？"

钟倾倾嘴上说着"没事""正常"，声音却哽咽了起来，水汽弥漫在她眼睛周围，随时都有可能凝结成泪珠掉下来。

温和看着钟倾倾，莫名心疼，他情不自禁想伸手将钟倾倾揽到怀里。

但他克制住了这种冲动。

真奇怪。

下午见她在哭，他扔下东西跑过去将她抱在怀里，想给她依靠，就已经够奇怪了。

他回回神，声音既轻又柔，"父母分开，你会难过，是很正常的事。"

钟倾倾松口气，试图坦然接受现实。

"你爸妈选择分开，是他们之间的夫妻缘已尽，但他们和你之间的缘分还未尽。你父亲仍然是你父亲，你母亲仍然是你母亲，这些不会改变，你没有失去他们任何一个人。"

温和说的话，虽然有些绕，但有道理。钟倾倾点头，"我好像懂了。"

"嗯。"温和垂下眼帘，"好好珍惜，至少，至少他们还活着。"

说这句话时，温和语气里满是无奈，有细微的叹气声从他的鼻腔里呼出。

是啊，至少他们还活着。

活着，就已经是上天给的恩赐。

他多想拥有这份恩赐，只可惜，上天不给。

"温和，你是有心事吗？"钟倾倾敏锐地捕捉到温和轻轻的叹息。

温和却不说，"都是过去的事。"

后来，在温和的温柔引导下，钟倾倾一股脑跟他说了许多小时候的事。说着说着，时间来到凌晨一点。糟糕的情绪已经洗去一大半，钟倾倾的情绪逐渐稳定下来。

温和说得对，钟暮云和舒小菁选择分开，但钟暮云仍然是她的父亲，舒小菁也还是她的母亲，这些都不会改变。钟倾倾将怀里抱着的枕头放平，使劲朝它打了几拳。

"好啦！我钟倾倾又是一条好汉，满血复活。"

温和起身，看了一眼挂着墙壁上的钟，问她："饿不饿？"

"有点。"受伤的心，需要美食的治愈。

"走，弄点吃的。"

温和很快就走到厨房。

钟倾倾从床上爬起来，屁颠屁颠跟在他后边。

冰箱里的食材挺多，吃什么这个问题交给钟倾倾，温和则负责将它做出来。最后，钟倾倾随手选了几样食材，而温大师自然是交出了满意的答案。只是这一吃，时间来到凌晨两点，还好今天钟倾倾和温和都没有工作。

"吃饱啦，满足！"钟倾倾放下筷子，还喝了口浓汤，"温大师，今晚谢谢你。

"谢谢你在我脆弱的时候，陪伴我，给我温暖。"

温和笑笑，"我来收拾。不早了，去睡吧。"

"勤劳的小可爱，晚安。"钟倾倾调皮地朝他眨眨眼，就在她转身朝房间走去的瞬间，她突然想问温和，"小可爱，你为什么对我这么好？"

并不是多难回答的问题，温和竟然迟疑了。他想了想，才回道："因为我们是朋友。"

钟倾倾靠着门边，兀自笑了笑，除了温和给出的标准答案之外，还能有什么答案呢。

然而，她的确，在某个瞬间期待过，不一样的答案。

第五章

湖水起涟漪

×
×

第二日醒来，钟倾倾发消息给周至衍，约他见面，说有点事想问他。

周至衍看到消息，微微皱眉，"你和温和俩人挺有意思哈，同住一屋檐，完全不知道对方行踪的吗？"

钟倾倾也皱眉，"什么意思？"

"我和温和今天有约，你没事的话一块来吧。"

"行嘞。"

钟倾倾光着脚丫走到门边，冲正在洗漱的温和说："你等等我，我和你一块去。"

温和满嘴牙膏泡沫，张嘴茫然地看着她。

"我也约了周至衍。"

温和用清水将嘴里的泡沫冲干净，"你也约了他？"

"对呀。"

"什么时候的事？"都没听他说，温和更茫然了。

"刚刚。"

"刚刚？"

"哎对，别问了，总之等我就是。"

接着钟倾倾利索地穿衣洗脸化妆，但即便是风风火火加快速度，等她整装待发，温和坐在沙发上都已经看完了微博上所有的今日新闻。

幸好路上不堵车，最后两人准时到达约定地点。

推开餐厅大门。

钟倾倾远远看见周至衍和一陌生女孩坐在一起，想来应当是他家小公主。女孩气质清纯，大眼睛里仿佛盛满星光，像是森林里的小鹿，漂亮且浑身灵气。只是钟倾倾越看越觉得她长得很熟悉，尤其是那双眼睛……

像……

温和。

钟倾倾看着温和，不确定地随口一问："坐周至衍旁边的女孩，是你妹妹？"

"你怎么知道？"温和满脸不可思议。

"真是你妹妹？"

"是。"

"亲妹妹？"

"对。"

这就巧了，"我胡乱猜的。"

走近后，温和温柔地看着妹妹，介绍道："这是我的室友钟倾倾，这是我的妹妹温桃。"

爱屋及乌，明人不说暗话，钟倾倾喜欢这个漂亮的女孩，钟倾倾嘴角弯弯，一显侠女风范："我是钟倾倾，以后由我罩着你。"

一旁的周至衍笑着边配合她，边替温桃回应："钟女侠，你喊她桃桃就好。"

桃桃……

这个熟悉的称呼。

钟倾倾想起上次那通来自桃桃的电话，她还吃了桃桃不少醋，现在想起来，天呐，她竟然吃温和亲妹妹的醋。果然，因为喜欢，人人都是爱吃醋的小气鬼。

四人行，钟倾倾和周至衍你一句我一句地贫嘴，妙趣横生，喜笑颜开。

一顿饭大家都吃得高高兴兴。

钟倾倾发现，温和和温桃兄妹俩，不仅长得像，连性格都同样偏爱安静，一顿饭的时间，温桃总共就说了三句话。

第一句是，"哥哥最喜欢吃藕，我点的。"

第二句是，"至衍，你多吃点。"

说这句话的原因是，浑身散发着宠妻狂魔气质的周至衍，整顿饭不停为桃桃夹菜、服务。他称她为小公主，他给她的也是对待公主般的宠爱。钟倾倾起初还觉得，如此漂亮有灵气的小仙女被周至衍拐到手还真是可惜，但渐渐发觉周至衍的深情细腻后，钟倾倾对他刮目相看。

而桃桃说的第三句话，是对钟倾倾说的，"让我哥抓娃娃给你。"

差点忘了。

温和在抓娃娃这件事上特别优秀。

饭后，钟倾倾习惯性抢着买单，周至衍将她拦住，"女侠，这事你不能跟我抢。"

钟倾倾朝他眨眨眼，嘴角一抹坏笑，"这事不能跟你抢，难道能跟你抢桃桃？"

周至衍佯装惊讶，"不可思议、不可思议，没想到你好这口。"他双手抱拳，"女侠，还请手下留情。"

钟倾倾笑起来，"这位兄台，戏不错。"

最后，悄悄把单给买了的人，是温和。

一方商场是鹭城规模最大的商场，这里的娃娃机数量是其他商场的三倍。

温和买了一大堆游戏币后，问温桃："桃桃，你喜欢哪台娃娃机里的娃娃？"

温和却轻轻拉了拉钟倾倾的手臂，指着摆放在眼前的娃娃机，笑着问她："这里面的布朗熊你喜不喜欢？"

温桃笑起来有两个酒窝，格外好看。

钟倾倾受宠若惊，笑得灿烂，"你喜欢的，我就喜欢。"

而后温桃就站到了一堆小猪佩奇的娃娃机前。

温和投币，眼神专注地看着娃娃机里的抓钩。钟倾倾也站在一旁仔细地看，只不过她一会儿看看小猪佩奇，一会儿看看温和。温和这个专注的眼神，平时只在他做法甜时才会出现。而她尤其喜欢他专注的模样。

她记得温和同她说过一句话，"我这一生，都属于法甜，我将对它如同艺术品一般虔诚郑重，直到极致。"

一生专心做一件事，一生专情爱一个人。

专注的匠人精神，是温和始终坚持的理念，也是钟倾倾追求的方向。

温和不愧是娃娃机杀手，很快温桃就手提两个小猪佩奇。她高兴地挽着哥哥温和的手，四处寻找"猎物"，而被她看中的娃娃，几乎无一幸免，个个落入她手中。

温和和温桃流连于各娃娃机前，钟倾倾和周至衍站在不远处观战。

"你找我要问什么？"周至衍突然开口。

"温和。"

"我知道，除了他你还能问我什么。"周至衍呵呵笑，"具体什么事？"

"你最聪明，聪明的一休。"

周至衍心领神会，"钟倾倾，你这样不对，暗讽我以后会秃头。"

钟倾倾哈哈笑起来，"果真是聪明啊。"

"说吧，什么事？"

接着，钟倾倾将在民宿时宋礼安说的话，以及昨晚温和安慰她时发出的感叹，一并告诉了周至衍。周至衍听完，努了努嘴，眼睛眯了眯，若有所思。

"你应该已经问过小宋了？"

"是，问过。"

在春元街看完樱花的第二天，钟倾倾到宋礼安的民宿进行试睡体验。因为想了解更多有关温和的事，去之前，她特地约了宋礼安聊几句。然而提到温和的事时，宋礼安却礼貌表示，温和的事还是直接找温和本人了解比较好，他不便多说。

"可是依温和的性格，我哪能问出来。"钟倾倾叹口气，一副委屈巴巴的模样。

周至衍似笑非笑地看她一眼，"你这么肯定我会告诉你？"

"天堂无路，地狱总归有门吧？"

周至衍的脑袋转得快，"嘿，我说钟倾倾，你这又拐着弯骂我啊，你就不怕我也不说。"

"怕，当然怕。"识时务者为俊杰，钟倾倾服软，"我很想了解他，拜托了！"

"喜欢他？"

"喂……"

"早看出来了。"

"那你还问……"

"猜归猜，听你说出来，不一样。"周至衍耸耸肩，眼神飘向正在抓娃娃的温和和温桃，"你看温和抓娃娃是不是特别厉害？"

看温桃手上硕果累累，就知道温和战绩显赫。

"挺厉害。"钟倾倾点头，继而觉得不对，"你问这个干吗？别转移话题。"

"温和之所以抓娃娃这么厉害，是因为桃桃，桃桃患过抑郁症。在桃桃患抑郁症期间，温和找了很多方法治疗她，给她做甜品，带她旅游散心，但都作用不大。后来，温和发现桃桃喜欢商场娃娃机里的毛绒娃娃。于是那段时间，他每天都带着桃桃去商场里抓娃娃，直到桃桃房间里的娃娃都快摆不下。"

……一整个房间的娃娃！

温和是"宠妹狂魔"。

钟倾倾不解，"桃桃要那么多娃娃做什么？"

"跟它们说话。"

"和娃娃说话？"

"是。"周至衍叹口气，"桃桃虽然患上抑郁症，但她内心深处并没有完全放弃自己。"

"怎么说？"

"她将她的悲伤、恐惧、无助，说给每一个娃娃听之后，身上厌世消极的情绪，相应就会减少一点。桃桃病情好转后，悄悄跟我说，她不想再给她哥哥增加负担。因为温和，所受到的冲击和伤害，并不会比桃桃少。"

钟倾倾眉头紧皱，"导致这样的情况，是发生了什么事？"

周至衍重重地叹口气，语调沉闷，"父母去世。"

"啊……"钟倾倾伸手捂住嘴巴，眼神慌乱，想说什么，但最终什么都没说。

偏偏这时候，温桃提着满手的娃娃，浅笑盈盈地转身看向钟倾倾。

"倾倾，你喜欢哪个？哥哥给你抓。"

周至衍站在一旁，小声打趣，"你小姑子对你印象不错。"

"啊？"钟倾倾一脸懵。

"先过去吧。"

"好的。"

有些故事不着急一朝了解，有些人值得她慢慢去喜欢。

之后，四人一同看了场慈善画展。

温桃是插画师，平时教兴趣班的小孩画画，今天的主要行程就是陪她看展。

走进展厅，周至衍替温桃向温和与钟倾倾介绍道："这场慈善画展的主题是'孩子的内心世界'，展出的画都来自十岁以下的孩子，这其中也有温桃教的孩子的作品。"

钟倾倾歪着头，既然是慈善画展的话，那么……

"这些画可以买下来吗？"她直截了当。

"可以。"

"限购吗？"

周至衍看了她一眼，神情复杂："不限购。"

"那好。"钟倾倾在心里盘算着，待会儿多买几幅，她嫣然一笑，"看展吧。"

最后，钟倾倾一口气刷卡买下二十幅画。她美滋滋地将这个好消息告诉温和，毕竟她购画所付的钱，画展会全部捐给慈善组织。

然而温和并没有如她所期待的那样夸奖她，他想到她平时疯狂购物也是这模样，皱了皱眉。

周至衍对她挥金如土的行为表示惊讶，"你买了二十幅画？"

"对啊。反正不限购，就多买点呗。"钟倾倾说得轻松，她不解的是温和和周至衍给出的反应，难道这时候不应该夸夸她是有爱心的小天使嘛。

"是不限购，但你这挥金如土的大手笔，very（非常）土豪行为。"

钟倾倾以为周至衍说她太烧钱，她急忙摆摆手，"别看这二十幅画，没花多少钱。"其实真没花多少钱，加起来还没钟倾倾一个限量款的包包贵。"再说，买画的钱画展会捐给慈善组织，而这些画，我刚好能够送给我朋友，他新店开张，这些画挂他店里，多合适啊。"

听她这么一说，周至衍理解过来，"一箭三雕，算是合理利用。"

而一直处于安静状态的温桃笑了笑，"倾倾真有爱心。"

终于听到夸奖，钟倾倾露出骄傲脸，"这些孩子画得很好，我想我朋友会喜欢。"

温桃双手交叠放在背后，眼睛亮亮地望着她，"你最喜欢哪一幅？"

"《斑斓》。"钟倾倾毫不犹豫地说出它的名字，她只看了这幅画一眼，就被它的用色吸引。

恰好这幅画现在就在他们眼前。

温和看了看，问她："你是喜欢它的颜色？"

钟倾倾眯起眼睛笑，"知我者，莫若温和也。"

眼前这幅《斑斓》，是一个七岁孩子画的一颗心脏，心脏里面藏着他对这个世界的想象，有零食有宠物有游戏机，还有他和父母。最有趣的是，心脏的血管不是红色的，而是五彩缤纷的，颜色丰富，色彩交织。

"这位小朋友用色真别致，前途无量。"钟倾倾再次感叹。

连温桃都附和："是啊，色彩斑斓，构思别致。"说完她还格外补充了句夸哥哥温和的话，"像哥哥做的甜品，颜色特别，感官精致。"

"你呀，温和在你心中就是超人哥哥。"周至衍笑着刮了刮温桃的鼻子，满是宠溺，"你说得对，温和做法甜时，用色就很鲜艳特别。"

钟倾倾举起手，积极地表态："我投赞同票。"

看完画展出来，外面刚下过一场暴雨，地面湿漉漉的。

温桃今天穿的是长裙和细高跟鞋，刚走出画展，周至衍就贴心地让温桃在原地等他，他去地下车库将车里的温桃的运动鞋拿过来给她换上。

钟倾倾简直不敢相信，这是她认识的周至衍。

细心，体贴，还深情。

而平时同她斗嘴的周至衍，明明就是一个爱抬杠的不正经青年。

她瞪大眼睛，夸张地看着温桃，"你是会魔法的小仙女吗？否则怎么能将他驯服？"

温桃却笑靥如花，害羞地表示："阿衍很好的。"

阿衍……

铁血女侠钟倾倾瞬间融化在这两个字里。

温和却一副习以为常的淡定模样，他问温桃"晚上你和他一起吃？"

温桃乖巧地点头，"有个小朋友最近病情反复，约了阿衍去看看，晚上我们去他家吃。"

"好，下次放假我再打电话给你。"

"嗯嗯好。"

"乖哦。"温和伸手摸了摸温桃的头，眉眼间都溢着温柔。

钟倾倾一直觉得，温和的温柔是分两种的，他对温桃是一种自然而然本能的温柔，而对除温桃以外的其他人都是有分寸感的温柔。

有分寸感的温柔是绅士行为，没有分寸感的温柔是渣男行为。

温和的温柔属于前者。

周至衍将运动鞋拿来给温桃换上后，四个人一起去了一趟超市。听周至衍说，温和每次和温桃暂时分开时，都会去超市给温桃买一大堆吃的用的，虽然明知道周至衍不会亏待温桃，但温和还是坚持亲力亲为，以实力宠妹。

从超市出来，温桃将温和夹到的娃娃，只留下了几只，其他都递给温和。

"拿去给他们。"

"好。"

后来，钟倾倾问温和才知道，"他们"指的是聋哑学校里的小孩。

最后分别时，钟倾倾突然从包里拿出一个礼物盒递给温桃。

"送你。"

温桃眨眨眼，感到意外，她看着温和。

"收下吧。"

她这才收下，乖巧地对钟倾倾道谢。

后来温和问钟倾倾："你什么时候去买了礼物？"

钟倾倾笑着回答，"去洗手间时，顺便看了看首饰，再顺便买了两条项链，一条给桃桃，一条给自己。"怕温和有负担，"我总不能只给自己买不给桃桃买吧，多不仗义。"

"谢谢你。"钟倾倾总有一堆一套一套的道理，温和说不过，只好礼貌表达谢意。

"客气客气！"

钟倾倾给温桃买了见面礼，晚上那顿饭温和自然是抢着买单。这次钟倾倾也懒得跟他抢。

饭后，回去的路上，她主动和温和提议："要不，捡会儿垃圾去？"

温和当然说好。

自从和温和走近后，钟倾倾感觉她身上的铜臭味都少了许多，取而代之的是自然而然的环保意识和小善举。此时她提着塑料袋，毫不嫌弃地将地上的废物垃圾捡起放入塑料袋里。记得第一次跟温和捡垃圾时，她还小声抱怨了好几句"好脏"。

近朱者赤。

你看，人和人之间的影响，更多时候是潜移默化的。

晚风习习，春意拂面。街心花园里的月季和玫瑰开得正盛。

钟倾倾随意地跟温和搭话。

"桃桃和周至衍的感情看起来很好啊。"

"嗯。"

"没想到周至衍还有两副面孔。"

温和笑道:"多的是你不知道的事。"

钟倾倾顺着竿子爬,"那你跟我说说桃桃和周至衍的爱情故事呗。"

温和不说话,看起来像是在思考。

钟倾倾催促他:"说说看嘛,这有风的夜晚多适合讲故事。"

"从哪说起……"

"比如,他们怎么认识的?"

"至衍住我们隔壁。"

"发小?"

"差不多。"

"周至衍怎么追桃桃的?"

温和凝神回忆,"是桃桃追的至衍。"

"这……"钟倾倾摇头,满脸不相信。

"可能算不上追,至衍读书时很多女孩喜欢,桃桃暗恋他好多年。"

周至衍虽然总爱和钟倾倾斗嘴,但客观来讲,钟倾倾承认,他就是女孩喜欢的那类男人。讲话幽默风趣,外形条件不赖,对事物有自己的观点和见解,活得也明白。而桃桃,不爱说话,性格安静,面对总是逗她笑的周至衍,的确招架不住。

后来在温和的讲述中,钟倾倾竟听得有些感动。

温桃暗恋周至衍多年,但性格安静的她其实有些自卑,再说喜欢上哥哥的死党,万一被拒绝岂不是很尴尬,所以她选择悄悄地关注周至衍。每一次他来找哥哥玩,她都会很开心。她特别喜欢听周至衍说话,他总是能将她逗得呵呵笑。

而招女孩喜欢的周至衍,其实也喜欢温桃。可她是温和捧在掌心的妹妹,在温桃心中,哥哥温和就是超人,能为她解决所有问题。周至衍虽然和温和是兄弟是死党,可周至衍觉得,他一定要做得非常好,令温和非常满意,温和才会将妹妹交给他。

就这样,两人互相暗恋多年。

追温桃的男孩，温桃理都不理，她躲得远远的，也不招惹。

优质学长周至衍，拒绝所有女孩，只为温桃，可谓"弱水三千，只取她一瓢"。

后来两人捅破这层朦胧的窗户纸，是因为温和温桃的父母去世。温和从小就懂事，但因为这件事，周至衍也跟着一夜长大，是在那个瞬间，他无比确定，从此以后，他要成为温桃的依靠，成为她的盔甲。

后来温桃患上抑郁症，周至衍不离不弃，甚至为了更好地治愈她，周至衍毅然改学心理学。

温情长久的陪伴，胜过许多华丽的告白。

温桃和周至衍自然而然地走在一起。

而表面看起来没个正形，爱抬杠爱贫嘴的周至衍，实则深情到极致。

"所以，周至衍现在是心理咨询师？"

"嗯。"

钟倾倾开玩笑道："我改天找他咨询咨询的话，打个八折应当没问题吧？"

温和却当了真，以为她还没从父母离婚的悲伤里走出来，"父母在，心有所依。都会过去的。"

见他一本正经的模样，钟倾倾想笑，但忍住了，毕竟人家是在安慰她。她伸出脚踢着公园里道路上的小石子，突然想到什么，她略小心地问温和，"桃桃，抑郁症时，多大啊？"

"十四岁。"

"你比桃桃大多少？"

"四岁。"

钟倾倾在心里算了算，温和父母去世时，他十八岁。已经成年，但突然要承担起整个家庭的担子，命运于他，仍是有些残忍。

温和说温桃和周至衍的故事时，提到了温桃的抑郁症，但他并没有同钟倾倾说他父母去世这件事。钟倾倾是将他和周至衍所说的话结合起来去理解的。

生离死别，生死不见，是人生大痛苦。

温和不愿提，人之常情。

捡完垃圾回去的路上，钟倾倾给周至衍发消息，"温和父母的事，有时间还请告诉我哈。"

"钟倾倾，好好说话，调回正常模式。"钟倾倾态度180度大转变，周至衍反倒不习惯。

"……受虐狂。"

"虐虐更健康。"

不过，钟倾倾之所以态度有所转变，是因为她一贯认为——

品性好的人，是值得尊重的。

"上网搜索'甜厨学院大火'，你能得到一些答案。"周至衍给钟倾倾发来一条消息。

钟倾倾坐在车上单手托腮，"为什么帮我？"

她很好奇。

新的消息在几分钟后抵达。

"你看他的眼神里有爱意。"然而正经不过三秒，"其实主要是你脸皮厚，这是我看好你能攻下温和的关键要素。"

钟倾倾翻个白眼，咬牙切齿，"不敢当不敢当，跟您比脸皮厚，我甘拜下风。"

"承让！"

钟倾倾又翻了个白眼：……算了！杀人犯法。

晚上路况飘绿，钟倾倾很快到达小区门口。

下车后，钟倾倾四处张望。

温和不解，"你在看什么？"

"有人跟着我们，一个戴鸭舌帽的男人。"

钟倾倾说得有鼻子有眼，温和忍不住跟着她的目光四处搜索。结果找了一圈后，别说戴鸭舌帽的男人，就连个人的影子都没见着。

"走吧。"温和劝她。

钟倾倾耸耸肩，一路碎碎念，"真有人跟着我们，跟了一整天。在商场和画展人多的地方，我还不确定，直到刚才。欸，难道你没发现吗？戴个鸭舌帽，鬼鬼祟祟的男人啊。"

温和不说话不回应，就听她叨。

"我跟你说，我对外界感知很敏锐的，酒店试睡员其中一项职业要求，就是必须要有超敏锐的感知度。比如酒店房间里床的舒适程度，浴缸的干净程度，还有很多小地方啦，都须要细心地发现和感受。不对不对，我好像跑题了……"

说完，钟倾倾又朝东南西北四个方向看了看，"好像走了，真奇怪，为什么跟着我们……"

温和心大，"可能只是凑巧。"

但钟倾倾越想越不对劲，因为这并不是她第一次感觉有人跟着她。仔细回忆的话，这种情况是从凌叔六十大寿之后才开始的。她能感觉到偶尔有人跟在她附近，起初她还瞎想会不会是名阿泽对她给差评的报复行为，但想来想去都不大可能。

一来，钟倾倾是 full house 网站上的 VIP 酒店试睡员，她的个人信息对外绝对保密。不仅如此，普通酒店试睡员须要做的不定期出镜接受媒体采访，在个人微博上分享第一手的酒店图片影片或者自拍合照等所有须要露面的工作内容，她都可以避免。

钟倾倾在瑞士数一数二的高等学府学习酒店管理，而瑞士是酒店管理学的发源地，是酒店管理的神坛圣地。钟倾倾每次提交的试睡报告内容专业，文采斐然，对酒店提供的改进意见更有价值，自然她享受到的权利和待遇，和普通酒店试睡员有所不同。

不是名阿泽酒店的话，又是谁在跟踪她和温和，对方的动机是什么？

在外浪迹一整天，进屋后钟倾倾利索地洗完澡敷起了面膜，是黏糊糊清洁力超强的黑泥面膜。她脸上手上都涂了厚厚一层，所以当她的手机有人发来视频时，她只能大声呼喊温和，"温大师，小可爱，快来看看谁给我发视频。"

温和走到客厅，看了眼她的手机，不情不愿地开口道："隔壁家熊熊熊小苏。"

这几个字温和念的时候，有种卖萌的感觉，喜感十足。

"挂掉，帮我挂掉。"

温和照做。

结果对方立即发来消息，一条二条三条，生生不息。

钟倾倾只好让温和将她手机拿过来。

她开始指示温和，"帮我开锁。"

温和无奈，看她一眼，"密码。"

想到自己的开机密码，钟倾倾不好意思地笑起来，"005277。"

温和输入数字，小声揶揄道："挺自恋。"

显然温和知道这串数字的意思。

钟倾倾嘴角浮起坏笑，又想逗温和了，"喂我听到了，一串数字而已，你说哪里自恋啊？"

"我不知道。"温和摇头，跟她相处久了，偶尔也能识别出一两个她的套路。

"那你跟我道歉，你都说不出什么意思，就说我自恋。"钟倾倾噘起嘴，语气糯糯的。

温和笑而不语。

钟倾倾伸手，双手厚厚的泥浆面膜，她威胁他，"不道歉的话，全抹你身上。"

温和到底战斗力不如钟倾倾，见她的手越来越近，他投降道："都'我爱倾倾'了，还不自恋啊。"

说到底，温和也是迟钝，钟倾倾朝他伸手，但他可以跑啊。

不过，听到"我爱倾倾"这四个字的钟倾倾十分满足，尤其是从温和嘴里说出来。

"好啦，我知道啦。"

她一边自我陶醉地笑着，一边在心里自言自语：知道你爱倾倾啦。

幼稚的文字游戏，钟倾倾却乐此不疲。

就在这时，微信蹦出消息，又是一条两条三条。

担心苏伽然找她有急事，钟倾倾只好将手洗干净后回他消息。

结果她打开手机——

全是语音。

"老钟你在忙什么，为什么掐断我的视频。

"我今天新店开张，人超多生意超不错，我已经等不及要和你分享这个好消息。

"你怎么还不回我消息，快回我消息。

"我给你看看我店里的镇店之宝加菲猫啊，你要不要猜猜它叫什么名字？

"算了算了我告诉你，它叫青青，不是钟倾倾的倾倾，而是'原谅绿'的青青，你快看它是不是很可爱。"

·········

手机开的是外放，温和在一旁听着，微微扶额。

钟倾倾倒是习惯了，平时她在瑞士，苏伽然在鹭城，隔着距离和时差，苏伽然也总是想到什么就一股脑全发给钟倾倾。

"老钟已阅。"钟倾倾言简意赅。

接着苏伽然再次发来视频邀请，钟倾倾早已料到，为了不暴露她在鹭城，她将视频邀请换成语音通话。

"怎么，不方便？"

"在午睡，还没起啦。"

此时鹭城夜幕降临，瑞士时间是下午时分。钟倾倾平时有裸睡的习惯，为了消除苏伽然的怀疑，她只得谎称自己是在睡午觉。

"好吧行，那语音聊会儿。"说完他低声笑起来，"原来你连午睡都是裸睡哈。"

没料到苏伽然会这么直白地说出来，她连忙制止他："喂，换个话题。"

"老钟你还害羞啊，你小时候露屁股的模样我都见过。"

天不怕地不怕的钟倾倾，此时居然觉得有点难堪，她紧张地看了眼温和，温和低头假装在看手机。钟倾倾松口气，以为温和没听到。实际温和听到裸睡两个字时，他忍不住蹙眉，露出不悦的神色。他心想，钟倾倾连裸睡这么私密的习惯，都和苏伽然分享吗……

莫名有点生气。

想回自己房间，但又想听听他们在聊什么。

"小苏，我托朋友买了点画，晚两天给你寄过去挂店里。"

"什么画？"

"鹭城做的一个慈善画展上的画。"

苏伽然咋舌，调侃她："我们老钟什么时候从奢侈品行业转到公益事业了啊？你这是想参选今年鹭城先进人物的评选，野心勃勃啊。"

"停停停！别拿我开涮。做公益多好的事啊。"

"捐只加菲猫怎么样？"苏伽然嬉皮笑脸，"开玩笑，多做公益是好事。"

这话温和听着心旷神怡，随后他离开客厅，回了房间待着。

这边，钟倾倾和苏伽然还在日常闲扯。

"老钟，你怎么突然对公益感兴趣？"

"受朋友影响。"

"哪个朋友？我认识吗？"

是骄傲的事，钟倾倾如实回答："你认识，是温和。"

"法甜大师温和？"

"是他。"

"画，你是托他买的？"

"是呀。"

苏伽然脸上的笑容渐渐消失，"你提到的慈善画展，是一方商场附近做的儿童画展？"

"是啊。"苏伽然问得这么具体，钟倾倾心下慌乱，"怎么啦？"

他语气放缓，"那个画展我朋友也去了，她认识温和。"

钟倾倾想起看画展时，温和是有遇到一个女人上前跟他打招呼，当时自己就站在他身旁。

"你朋友有和你说什么吗？"钟倾倾心虚地问道。

"她说百闻不如一见，温和俊朗帅气，只可惜身旁早有佳人相伴。"

"我听说他和他妹妹一同去的。"钟倾倾伸手摸了摸耳垂。

"你这都知道。"苏伽然顿了顿，"老钟，你和温和关系怎么样？"

"还好还好，朋友嘛。"

然而这个答案，苏伽然听着却心存疑虑。

"你店里打烊了吗？"免得露馅，钟倾倾将话题转移。

"快了，店员在做收尾工作。"

"有没有招到漂亮女孩？"

"有，有个女孩长得像林允儿。"

钟倾倾两眼放光，"有照片吗？我要看！"

"哈哈哈。"苏伽然明朗地笑起来，"老钟，你其实是男人吧。"

"美好的事物值得人人欣赏。"钟倾倾理直气壮，"快发我啦。"

接着，苏伽然将那女孩的简历照发给钟倾倾。

钟倾倾看后，感叹道："清纯可人，满脸胶原蛋白，连寸照都这么漂亮，我觉得不错。小苏，好好把握。"

"把握什么？"苏伽然装傻。

"喂小苏，如今你事业稳定，可以谈场甜甜蜜蜜的恋爱啦。"

"可是，公主未嫁，骑士怎能先娶。"

钟倾倾感到意外，"……你居然还记得。"

这句话的原话其实是"公主未嫁，骑士不娶"。是钟倾倾高中毕业后第一年，参加初中同学聚会时，同学们纷纷催促钟倾倾和苏伽然两个单身人士谈场恋爱，再不济互相解决下单身问题也行嘛。

苏伽然当时咧嘴笑开，露出他整齐的大白牙说道："公主未嫁，骑士不娶。"

听到这句话，同学纷纷开玩笑，"苏伽然你这是要守护钟倾倾到底的意思啊。"

同学们都知道，苏伽然住钟倾倾隔壁，他是她的护花使者，不允许任何人欺负她。读书时，每个接近钟倾倾的男生，他都会将对方的底细摸得一清二楚，一旦发现对方有喜欢钟倾倾的意向或要追她的苗头，苏伽然就会代替钟倾倾将对方逼退。

所以去瑞士前，钟倾倾只有苏伽然这一个异性朋友，也未谈过恋爱。但这并不代表，苏伽然之后不管她的事了，只不过隔着距离，苏伽然的手到底伸不了那么长。

同学还在开玩笑，"苏伽然，如果钟倾倾这辈子都不结婚，你是不是也打算终身不娶啊？"

苏伽然耸耸肩，"我可以啊。"

"哇哦！我们苏少简直……最佳护花使者。"现场一阵欢呼。

节奏太慢，绕来绕去还没推动剧情，方子琪决定加把火，"哎我说你们怎么这么轴，一个未娶一个未嫁，不如你俩在一起呗。"

方子琪这一推动，现场又是一阵欢呼。

苏伽然又耸耸肩，看向钟倾倾，目光里有期待，"我可以啊。"

钟倾倾愣了半秒，用力推了他一把，"喂兄弟，我们同性相斥，我和子琪才是异性相吸。"

苏伽然爽朗地笑起来，"我当然记得。"

这是他作为护花使者，给她的承诺和守护。只有亲眼看到她获得幸福，他才会去寻找属于自己的幸福。

钟倾倾又点开那张寸照看了看，眉清目秀，相由心生，应当是温善纯良的人。于是她再次劝说道："那女孩给我的感觉不错，伽然你试试看嘛，开始你人生中的初恋。"

苏伽然微微皱眉，他人生中的初恋，早已有了命定的女主角。

"老钟，咱俩别五十步笑百步。你在瑞士谈过的两段感情，没谈多久不说，最后都跟对方谈成拜把兄弟。这些年我也没见你真心喜欢过谁，恋爱中女孩子的样子你也通通没有。"

"啊哈。"苏伽然活了二十多年还是单身，听他这么说，钟倾倾饶有兴趣地笑起来，"你倒是说说看，恋爱中的女孩都什么模样？"语气充满质疑，她压根就不相信。

苏伽然听出她话里的讥笑，"没吃过猪头总见过猪跑。"

"追你的女孩倒是不少。"钟倾倾好奇，"到底什么样的？"

"患得患失。有时似飞蛾扑火，勇敢无畏；有时又敏感怕失去，无理取闹。"

"这么文艺，小苏你网上抄来的吧？"

苏伽然笑道："被你发现了……"

难怪，钟倾倾竟觉得有些道理。

患得患失。

既勇敢无畏又害怕失去。她不由得对号入座，跟她现在的状态类似。

似飞蛾扑火，勇敢无畏地喜欢温和，逗他，调戏他，打听他的过往。但同时，她又小心翼翼地担心，太主动的话会不会把温和吓跑。温和的情绪变化，她也越来越敏感和在意。其实以钟倾倾的性格，看上谁或喜欢什么，她都是直接表达的，要谈恋爱，那就开始，不谈，那就拉倒。

可温和偏偏纯情慢热，钟倾倾只好耐着性子慢慢来，温水煮青蛙，来日方长。

钟倾倾也有想过，温和到底哪里好？她一直觉得，喜欢一个人是需要很多理由的。

比如，温和好看，喜欢他是因为初次见面就被他那张脸所吸引。

比如，温和会做法甜，喜欢他是因为他做的法甜好吃到总能勾着她的胃。

比如，温和干净纯粹，喜欢他是因为每次逗他时，他害羞慌张的可爱模样。

比如，温和善良、热心公益，喜欢他是因为她总能透过他的举动看到更大爱的世界。

比如，温和温暖，喜欢他是因为他在她最脆弱无助时，给她依靠和怀抱，他总是恰到好处地温暖她，而这却是她成长过程中最缺失的东西。

…………

这些都是钟倾倾喜欢温和的理由。甚至，钟倾倾还可以列举一大堆。可她总觉得，哪怕没有这些，她也会被温和吸引。似乎，并不需要多具体的理由，她就是肯定，她会喜欢上他。

好似那个月光笼罩的夜晚，她心底的小鹿被他唤醒。

那一刹那，荷尔蒙悄然变化，少女心怦然复苏，是心动的感觉。

莫名其妙，毫无道理。

"小苏，我大概已经陷入恋爱……"

滋滋滋，一阵强烈的干扰音突然涌入钟倾倾的耳朵里。

她听到苏伽然断断续续的声音传来，"老钟……你说什么？"

"是信号不好吗？"

钟倾倾四处张望，她走到靠近窗户的地方。

"现在听得到吗？信号有没有好点。"

"你说……什……么……"

"我有喜欢的人啦。"

"什么？大声点。"

"我说，我有喜欢的人啦。"钟倾倾提高声音，重复了一遍。

说完，苏伽然那头彻底没了声音，最后语音断开。

钟倾倾撇撇嘴，打算折回房间，抬头却看到刚洗完澡端着一杯水的温和，突然停在了原地，他的目光正停留在钟倾倾的身上。

脸颊有些红。

像是感应到了她的喜欢。

就在刚刚，钟倾倾说她有喜欢的人时，温和正从客厅经过。

气氛有些微妙。

但钟倾倾没在怕的。

她仰起脸朝温和微微一笑，"温大师，晚安，祝你好梦呀。"

温和将嘴里的那口水咽下去，喉结滚动，竟有点性感。

"晚安好梦。"

温温柔柔的四个字，惹得钟倾倾心里一阵酥麻。

当"晚安好梦"四个字自温和嘴里轻轻柔柔地说出时，这一瞬间，她对他的喜欢好像又升华了一点，果然是进一寸就有进一寸的欢喜。钟倾倾想起她在某部电视剧里听到的台词，"我喜欢你有一阵了，但刚刚决定爱你。"

她心动的痕迹，是这样清晰。

好梦就免了吧。今晚的钟倾倾，注定夜不能寐。

失眠的夜里，她满脑子都是温和。

想到白天周至衍同她说的话，钟倾倾打开电脑搜索有关"甜厨学院大火"的相关新闻。

这场大火伤势严重，造成两人死亡，二十余人重度烧伤。死亡的两人就是温和的父母，火灾发生在教学楼，消防员还未赶到现场时，是温和父母不断地冲到大火中，将一个又一个被困在大火里的学生救出。直到再也没有力气救人，他们倒在了火海里。

据后来新闻媒体采访的消防员战士所说，温和的父母在他们赶到前，几乎将所有的学生都疏散，救了出来。还有令人感动的一幕是，温和父亲的手始终紧紧牵着温和母亲的手，直到生命结束。当时火势汹涌，无法救援，消防员战士隔火遥望，感动得泪都要涌出来。

生前，他们是恩爱夫妻；死后，他们仍然执子之手。

从新闻报道来看，引起这次火灾的原因，纯属意外。最后政府将所有烧伤人员安置好，温和和温桃获得大笔安慰金。那一年，温和十八岁刚成年，温桃十四岁还未成年，从此温和的世界里只有妹妹。

钟倾倾关掉电脑后，思绪涌动。

她抱着枕头坐在地板上，竟然想哭。十八岁的温和独自一人照顾身患抑郁症的妹妹是怎么熬过来的？她感到心疼。

钟倾倾靠着墙壁坐下，此时此刻，她想离温和近一点，更近一点。她在心里感叹，温和是犹如天使一般的存在，他有翅膀，他的身后还有光芒。

即便遭受命运的残酷对待，他对这世界仍然保持着有温度的爱意。

太多情绪在深夜流淌，钟倾倾整晚未眠。

距离她拿下瑞士洛桑学院全球泛酒店商业硕士，只剩一月余时间，反正醒着也睡不着，她便干脆开电脑写了一整晚硕士论文。这篇论文，她选择从酒店试睡员的角度来谈酒店管理，也算是对她这些年进行酒店试睡工作的交代和总结。

在钟倾倾的学业规划里，她还必须拿下洛桑的高级管理人员工商管理硕士，但拿下它，其中有一项硬性规定是必须有两年以上管理层工作经验。它意味着钟倾倾要跟酒店试睡员这份工作暂时说再见。

钟倾倾计划，拿下商业硕士后进入云舒酒店工作，而她酒店试睡员的身份和试睡实践经验，是她为进入云舒酒店准备的诚意。

天色渐亮。

钟倾倾将论文的部分初稿完成后，伸了个懒腰。

门外有了动静，她猜温和已经起床。

钟倾倾离开电脑桌，看了看镜子里的自己，果然熬出了熊猫眼，她拍拍自己略显浮肿的脸，打算敷个眼膜。

她推开房门，温和见到她有些惊诧，是没想到她会起这么早。

"早啊。"他同她问好。

钟倾倾依靠在房门边，满面春风地看着他微笑，"早啊，小可爱。"虽然一宿没睡，但她心情甚好。也是，还有什么比早起看到心爱的人更令人愉悦的呢。

温和避开钟倾倾直白的眼神，看向别处，"昨晚睡得好吗？"

"还行。"

"睡得很晚？"

钟倾倾似笑非笑，想到昨晚脑海里不断浮现的一个词，"夜不能寐。"

"这样。"温和声音低沉了些。

之后他往厨房走去，打开冰箱看了看后，又折回客厅。他思来想去，仍是决定问钟倾倾，"是因为苏伽然？"

"啊？"正在调面膜的钟倾倾，丈二摸不着头脑。

温和提醒道："夜不能寐。"

"唉不是。"钟倾倾摇头，"我在写毕业论文。"

……不是就好。

但写毕业论文是什么操作，温和问道："要毕业了？"

"对。我下个月毕业。"

"加油。"温和笑着鼓励她，"我做早饭，一起吃？"

"好耶。"

田螺少年很快将早饭准备好，钟倾倾看着桌上丰盛的早餐，感叹道："羡慕桃桃，有你这么好的哥哥。"

温和笑道："你可以找个会做饭的男朋友。"

"比如，你吗？"本是无心之话，被钟倾倾一问，平添了几分暧昧。

温和不回答，将热好的牛奶递给她，"喝完补个觉。"

双手抱住牛奶杯，钟倾倾发现温和虽然话不多，但眼里总能看到事。知道她晚睡，便给她温了牛奶。钟倾倾喝了口牛奶后，目不转睛地看着温和，这个人的关心和暖意啊，似那春风般，润物细无声。

"你看我做什么？"被盯着看的温和，不好意思地说道。

"好看。"钟倾倾直言不讳。

温和起先不说话，后来声音低低地回了句："我知道。"

"知道就好。"钟倾倾弯弯嘴角，"小可爱，你说你到底喜欢什么类型的女孩啊？"

"没想过。"

"那你想想，喜不喜欢我这款？"

温和学她逗他的样子，故意摇了好几次头。

钟倾倾嘴巴嘬得老高，"喂，你都还没想……"

"那我想想。"

说想想，是真有想想，绝不是敷衍。之后温和正儿八经地将这个问题思来想去一番，只是得出的结论并没有告诉钟倾倾。有些事，他必须确认又确认后，才能说出口。

饱餐后，田螺少年自觉刷碗，钟倾倾看着他刷碗的背影，突然想从背后抱住他。在她儿时的记忆里，看到几次舒小菁从背后抱住正在刷碗的钟暮云，他们的脸上都洋溢着甜蜜的幸福。而当时站在一旁看的钟倾倾，心里也甜丝丝的。

钟倾倾这人，想来敢想敢做，敢作敢当。

而被钟倾倾突然一把抱住的温和，惊诧地差点将手中的碗打碎。他身体变僵硬，别扭地挣扎了几下，但他越挣扎钟倾倾抱得越紧。温和手上沾满清洁剂泡泡，他也只能用手肘推推她，还不能太用力。

水龙头的水哗啦啦往下流，温和的耳朵又被染上了红胭脂。

"你在做什么？"他声音微微颤抖。

"抱你。"又是理直气壮的语气。

"我知道。"温和懊恼，他到底在说什么。

"那你问什么。"钟倾倾脑子转得极快，论贫嘴，温和压根不是她的对手。

"男女有别。"

"我知道。"

"那你还不放开。"

"这就放。"

…………

终于，钟倾倾将手松开，往后退一步。

温和放下手中的碗，关掉水龙头，他转身看向钟倾倾，认真地同她说道："下次别这样。你是女孩，我们男女有别。以后你要嫁人时，我怕他误会你。"

"就算误会，也是误会我。"钟倾倾一听温和说她要嫁给别人，她就生气。

"你是好女孩，我不希望你被误会。"温和的眼睛里装满真诚。

而他眼里细细碎碎的小光芒，惹得钟倾倾整颗心都融化成一滩春水。

被她小心藏好的爱意扑腾扑腾振翅欲飞。

"我喜欢你，温和。"

钟倾倾低着头，平时总和温和开玩笑，逗他，说完她赶紧补了句，"我说真的。"

接着，她一鼓作气，将心里话全盘托出。

"你不用回应，也不用给我回答。我说这些，只是想让你知道，在这世上，除了桃桃喜欢你，我也挺喜欢你。如果我的举动对你造成困扰，或者影响我们的同租生活，我可以搬回家住。总之我喜欢你，是希望它能够为你带去愉悦的有趣的体验。"

从钟倾倾一板一眼的总结发言来看，她的确很认真。而钟代表发完言后，第一次因为害羞，她脸红红地溜回了自己房间。

温和怔在原地，这是他认识钟倾倾以来，第一次听到她如此认真地跟他表达欢喜。

从前她总逗他，言语上的，行为上的，这都让温和觉得她略显轻浮，不够严肃，像是在开玩笑，像是觉得逗他好玩。但后来跟她相处一段时间后，温和已经能从她的眼神里分辨出，此时的她是严肃且认真的。

嗵！

一颗石子落入他平静的湖里，激起一圈一圈涟漪，久久未消散。

"继续住吧。"他发了条信息给钟倾倾。

钟倾倾看完信息后，高兴地抱着枕头在床上滚来滚去。

他不讨厌她。

那么，总有一天，或许他会喜欢她。

第六章

今日有竹马

×

×

睡了个回笼觉醒来，钟倾倾收到苏伽然发来的消息。

"老钟，你在鹭城？"

刚刚睡醒，还处在发蒙状态的钟倾倾，瞬间激灵。她盯着这行字看了又看，决定告诉苏伽然事实，瞒来瞒去总不是办法。

"是，我回来了。"

下一秒，苏伽然发来视频通话邀请，钟倾倾选择接受。

苏伽然爽朗的声音传来，"哈哈哈……老钟你猜我怎么知道的。"

"不猜不猜，直接说。"

"我昨晚做梦……"苏伽然故意神神秘秘地停顿。

"梦到什么？"

"梦到你说今早的飞机回鹭城，让我去机场接你。"

"……"做梦这种解释钟倾倾无言以对。

"老钟你啥时候回来的？"

"前些日子。"钟倾倾含糊其词，好在苏伽然也没追着问个明白。

"什么时候走？"

"喂，着急问我什么时候走是怎么回事？"

"喂，你回来都没告诉我是怎么回事？"苏伽然委屈兮兮。

"除了凌叔，我谁都没告诉。"

"钟叔菁姨不知道你回来？"

"不知道。"

"原谅你。"苏伽然脸色缓和，"你说你瞒着大家回国，该不会是在做什么特工任务吧？"

钟倾倾白眼朝上翻，"瞎说什么，我是爱国爱党的良好公民。"

"欸欸！保持刚才的样子，等我截个图，新鲜出炉的表情包。"

钟倾倾咬牙切齿，"你敢……"

苏伽然得意扬扬，"我手机里，最多的就是你的表情包。"

"你是不是暗恋我？"

"明人不说暗话，你说得没错。"

"明人不说暗话，咱俩没戏。"

"换个词，这么多年，都是这四个字。"

钟倾倾眉毛上挑，笑："想都别想。"

苏伽然捂住胸口，"心碎。"

"哈哈哈。"钟倾倾笑得前俯后仰。

"你怎么瞒着大家回来？"话题还是被苏伽然转移了回来。

"回来准备毕业素材，不想被打扰。"

这话是实话，钟倾倾酒店试睡员的身份，只有凌叔和温和知道。

"好吧。"苏伽然接受了这个理由。

"你在看什么？"

屏幕里的苏伽然四处张望，"你这是住在哪，看着不像是酒店啊。"

"我没住酒店。"

"这房子看起来也不像是你一个人住。"

"合租。"

"也是。"苏伽然煞有介事地点点头，"你怕孤单，一个人住会寂寞，那你和谁住？"

"合租室友。"

……说了等于没说。

面对不断提问的苏伽然，钟倾倾按了按凸起的太阳穴，"有完没完啊小苏，查户口呢。"

苏伽然努努嘴，"地址发来，我开车来找你。"

"现在？"

"没错。"

"我下午约了人。"钟倾倾面露抱歉，她和 full house 网站的运营总监有约在先。

"那明天。"

钟倾倾心想，明天温和上晚班，苏伽然来得早的话，两人应当碰不上面。有些麻烦能省则省，她点头，"行，明天见。"

苏伽然不死心，"最后一个问题？"

"你问。"

"跟你合租的室友是男是女？"

钟倾倾哄他，"明天见到不就知道啦。"

"好吧。"

挂断视频后，钟倾倾左思右想总觉得苏伽然做的这个梦有点奇妙。

不，不是奇妙，而是诡异。

睡觉前调了闹钟，第二日钟倾倾早早起了床。

她在客厅走来走去，等着温和上班后，她好收拾屋子，迎接苏伽然的到访。结果左等右等，温和丝毫没有要出门的打算，他悠闲地泡了杯茶，坐在阳台的沙发上，捧着一本书在看。

钟倾倾纳闷，"你今天不是上晚班？"

"换班了。"

"什么！换班了？"钟倾倾瞳孔放大，声音提高了八个度。

"是啊。"温和抬头看她，见她瞪大双眼，满脸震惊，他不解地问道，"发生了什么事？"

钟倾倾顾左右而言他，抱着一丝希望问他："你什么时候出门？"

"不打算出门。"

……糟糕！

钟倾倾脑袋一片浑浊，这情况在她意料之外。她将双手插入头发中胡乱地抓了几把，决定接受现实。反正苏伽然知道她住在哪里后，迟早会和温和撞见。

躲，是躲不掉的。

温和见钟倾倾一副暴躁不安的样子，他放下书，轻声细语地问她："说说看，是什么事让你这么不安。"

被看出来了……

钟倾倾努努嘴，"我朋友待会儿要过来。"

"我在不方便？"

"不是。"她将混乱的思绪理顺，"我朋友，苏伽然，你见过的。"

"是。"

"他不知道目前跟我合租的人是你。"

"是我有什么问题吗？"

"你没有问题。"

"你在顾虑什么？"

是，她有顾虑。

被温和这么一问，钟倾倾终于找到串起这些感受的轴。

不是温和有问题。

是苏伽然有问题，钟倾倾的顾虑是苏伽然。

从小时候起，苏伽然就以钟倾倾的护花使者自称。无论是同她多次讲话的男同学，还是她新认识来往频繁的男性朋友，通通都要先过苏伽然的法眼。他必须确保这些人接近钟倾倾的目的非常纯粹后，才能放心让她同他们成为朋友。

然而最终结果是，这些人压根就受不了钟倾倾身边有这样一个纯度测量仪，于是这么多年，在鹭城除了苏伽然，钟倾倾并没有其他异性朋友。

后来钟倾倾去了瑞士，苏伽然没法时时刻刻都保护她，所以他一有空就飞往瑞士。看望钟倾倾的同时，考察同她接近的所有异性。苏伽然的出发点总是好的，不要早恋好好学习等，再说他也的确替她赶走不少烂桃花，钟倾倾也没过多阻止他的行为。

直到钟倾倾读大学时，她不再住学校而是开始在外租房。可她一个人住又怕孤独，于是找了合租的房子，合租室友是一男一女，三人各自一间房。

以为有其他女孩在，苏伽然不会过多担心。结果苏伽然刚听说，下一秒就买了机票飞往瑞士，"同住一屋檐，男女授受不亲，这可不行。"

其实还有一句，苏伽然当时没说，"近水楼台先得月。"

到瑞士后，苏伽然开启审问和搜查模式，钟倾倾的室友是瑞士本地人，先租下这套房子，被人询问和搜查，感到莫名其妙又生气。他扬言让钟倾倾搬出去住，苏伽然当时还不了解在洛桑附近租到合适的房子有多难，他还理直气壮地嚷嚷："老钟搬走，房子我给你找。"

"你闭嘴，我去跟他道个歉。"

"道什么歉？"

"闭嘴。"

那是钟倾倾第一次和苏伽然置气。

她刚被安排到瑞士第一年，反抗情绪重，见谁都是一副白眼，好似全世界都欠她。身边的同学都躲得她远远的，甚至有高年级的同学，因为看不惯她眼睛总是长在头顶，目中无人的样子，下课后将她堵在暗处辱骂她欺负她。

她难受，但也不在乎，而是变着法子烧钱，买包买鞋买首饰买各种奢侈品。

她几乎病态地用烧钱的方式，来填满独自来到异国他乡留学的孤独感，同时也在报复父母强迫安排她人生的委屈。

那段时间，如果不是方子琪逢年过节就飞往瑞士来陪她，她真怕自己堕落，一蹶不振。钟倾倾太需要朋友陪伴，而她能给方子琪的，就是一堆堆的奢侈品。

上大学后，钟倾倾仍然和同学处不来，但却和这两位室友相处愉快。两位室友性格温暖随和，钟倾倾喜欢被他们照顾，她很珍惜这来之不易的情谊。

结果苏伽然一来就胡闹，纵使钟倾倾知道他有万般为她好，可他们已经是成年人，处理方式不能太小学生。

想归这么想。

等气消了，钟倾倾主动找苏伽然和好。她心里所有的柔软都给了她在乎的朋友。

"我在瑞士没有朋友，他们是我得之不易的朋友。小苏，我不想搬走。"

苏伽然垂下头，意识到自己给钟倾倾带来烦恼，"帮我向 Albert 和 Judy 道个歉，我看他们不像坏人。"

后来钟倾倾同方子琪说这件事，方子琪开玩笑，"小苏该不会真喜欢你吧，说不定他平时开玩笑表白都是真的。是谁说的来着，每一句玩笑话里都有真心话。而且他对你有占有欲，还很强，你看他对我就没有，周耀欺负我，他个没良心的居然还帮着周耀。"

钟倾倾眼神闪躲，"不可能啦，我跟他是娘胎里就认定的兄弟。"

方子琪咋舌，"他未必这么想。"

钟倾倾重复道："他只是开玩笑。"

或者说，她希望苏伽然只是开玩笑，她不能失去苏伽然这个朋友。

温和问钟倾倾，"你在顾虑什么？"

钟倾倾的顾虑是，温和和苏伽然对她来说，都很重要。

她不知道苏伽然知道她的合租室友是温和后，他会有怎样的举动。而且钟倾倾性格直接，她喜欢一个人是藏不住的。钟倾倾上两次谈恋爱时，苏伽然都曾给对方发过"呵护钟倾倾，你需要做到以下内容"之类的清单。他还经常给她男朋友发微信，叮嘱对方照顾好钟倾倾。

钟倾倾的第一任男朋友，同她第一次吵架就是因为苏伽然，他直接将清单转发给钟倾倾，"你这个男闺密有点意思啊，连你喜欢穿什么颜色的内衣都知道。"其实钟倾倾只是喜欢内衣外衣穿同色系，恰好她常穿白色粉色而已。

钟倾倾起先也不明白苏伽然什么意思，后来方子琪提醒她，"他可能只是想知道你和男朋友发展到了哪一步……"钟倾倾这才恍然大悟。

虽然最后这任男朋友和钟倾倾分手的理由是因为她太爷们，跟她谈恋爱仿佛跟兄弟在谈友情，但在恋爱过程中，他们曾经因为苏伽然的无理举动吵过三次。

钟倾倾的第二任男朋友，性格倒是自信满满，压根不把苏伽然放在眼里，得知他爹是旅游局局长后，男朋友还高高兴兴地同他谈投资谈合作。于是最后，不仅苏伽然和这任男朋友成了合作伙伴，他们还拉着钟倾倾入了伙。

恋爱告吹。

钟倾倾不知道，温和和苏伽然的相处会是怎样的，但她隐隐担心，她希望他们相处愉快。虽然温和还不是钟倾倾的男朋友，但她一定会努力将他拐到手，而这过程中，她希望尽可能地减少不必要的麻烦，少走弯路。

"我希望你们相处愉快。"钟倾倾回答道。

原本以为发生了什么坏事，悬着半颗心的温和，听到回答，眉眼放松："没问题啊。"

"不是……"钟倾倾欲言又止，"小苏性格有时候有点怪。"

"没关系。"温和露出他招牌的温暖笑容。

"好吧。"兵来将挡水来土掩。

顾虑解决完，温和看钟倾倾一眼，见她还穿着薄薄的睡衣，他皱了皱眉，提醒她："把睡衣换一下。"

钟倾倾低头看一眼自己的穿着，应了一声"好"。

结果，还没走到卧室门口，门铃响了。与此同时，钟倾倾的手机铃声也响起。

"老钟开门，我在门口。"电话那头传来苏伽然的声音。

真着急。

温和双手插在裤袋里，要去开门。

钟倾倾一个箭步冲到他前面，笑嘻嘻地将门打开。

——门开。

苏伽然站在门口，看到傻笑着的钟倾倾和表情淡定的温和并排站在他面前，苏伽然愣了半秒，但很快就伸出双手朝钟倾倾扑过去。

"老钟，想死你了！"

一个巨大的熊抱稳稳地罩住钟倾倾，甚至苏伽然还高兴地抱着她转了两圈。至于温和，等苏伽然放下钟倾倾，他才笑着同他打了个招呼："甜品大师，又见面了。"

"好久不见。"温和礼貌回应。

但苏伽然的关注点却停留在此刻还穿着睡衣的钟倾倾身上。他早就注意到了，她穿的睡衣里面没有穿内衣。温和回想起刚才那个熊抱，没穿内衣只穿薄款睡衣的钟倾倾胸口紧紧贴着苏伽然的胸膛，温和心里就冒出一股火。

"下次别抱了。"钟倾倾被放下后，撞了撞苏伽然的胳膊肘。

苏伽然却不以为然地回了她一句："怎么，被抱了这么多年，不习惯了？"

"都多大啦。"

"再大你也是我的青梅。"苏伽然伸手刮了刮钟倾倾的鼻子。

"哎。"钟倾倾不好意思地感叹了声。

温和眉头微皱，开口打断，"进屋里吧，你喜欢喝什么？我给你泡杯茶。"

俨然男主人的姿态。

苏伽然不喜欢这姿态，他直接拒绝，"我不爱喝茶。"

进屋后，苏伽然四处张望，他宛如上级领导进行视察工作，看看厨房，看看客厅，再溜到钟倾倾卧室，仔细检查，每一个角落都不放过。

钟倾倾跟在他后面，手腕突然被温和捉住。

她停住脚步。

温和声音很轻，"换下睡衣。"

钟倾倾笑，"差点忘啦，等会儿去换。"

"现在换。"温和不松手，语气微怒。

他气的是钟倾倾在苏伽然面前这么随性，好歹男女授受不亲。

钟倾倾抬头看他一眼，不明白他到底为什么突然生气，但见他执着的样子，她连连说好。而温和的脸色，直到她换好衣服后，才又面露微笑。他笑着问她："你们想吃什么水果？我去洗。"

"樱桃和葡萄。"钟倾倾回答完，笑着凑到他身边笑嘻嘻地夸他，"小可爱最勤劳。"

苏伽然从钟倾倾的卧室里走出来，看到的就是这一幕，他心下一咯噔，大事不妙。

之前确定钟倾倾回国时，好友鸽子还劝他静观其变，凡事三思而后行。现在想来，好在他当晚没沉住气，否则再晚点出现，他的青梅已经成为别人的盘中餐。

看到洗了葡萄，苏伽然眉开眼笑，"我们老钟心里有我，葡萄是我的最爱。"

"必须记得哈。毕竟当年为了摘学校葡萄藤上的葡萄，你摔了个大跟头。"

"丢脸事，少提少提。"苏伽然拿起一颗葡萄塞入钟倾倾嘴里，试图堵住她的口。

钟倾倾将葡萄吃下，感叹道："这么多年你都没变，还是爱吃葡萄。"

"说明我专情。"苏伽然朝钟倾倾飞个眼神，"你放心，这辈子我也不会忘记你。"

钟倾倾哼哼，"那可不一定，等你有了女朋友，我就被抛到脑后咯。"

"除了你，我什么时候有过女朋友？"

"缘分未到嘛。"

苏伽然哈哈笑起来，"可我只有你啊。"

"你们喝水吗？"温和起身，打断聊天。再听下去，恐怕苏伽然直接就给表白了。

"我要一杯温水。"钟倾倾积极响应。

"我和她一样。"

"大男人喝什么温水？"

"我要和你一样。"

"小苏你今天说话有点腻啊。"钟倾倾毫不留情拆穿他。

"一日不见如隔三秋甚是想念。"

"腻腻腻。"

"谁让你回来不告诉我。"

"我错了苏大王，请你原谅我。"钟倾倾伸手蹭了蹭眼睛，假装哭泣。

"不哭不哭，我们老钟乖，原谅你。"

"去你的，腻味。"

温和在厨房倒水，听着钟倾倾和苏伽然"打情骂俏"，连杯子里的水满到溢出来都没发觉，直到水流顺着桌子滴到拖鞋上，他才惊觉。

而端着水走过去时，他竟然感觉自己是多余的，这种感觉令他非常不爽。他想远离现场，但又想听听他们说些什么。

后来，钟倾倾和苏伽然每聊到一个话题，她都会问问温和的意见，她是不想冷落他。但温和话不多，聊得欢的还是钟倾倾和苏伽然。

"你们平时是在家吃还是外面？"

温和实在，"家里。"

钟倾倾补充，欲盖弥彰，"也没吃几顿，我们合租时间短。"

苏伽然忽略这句，同温和说："常在家吃好，干净卫生，老钟这人怕孤独，特别不喜欢一个人吃饭。"

钟倾倾傻笑，"是。"

"还有啊，老钟不吃香菜大蒜洋葱，味道太冲。她还对芒果桃子生菜海鲜过敏，这些都碰不得。尤其春秋两季，丁点儿都不能沾，她怕荨麻疹复发。"

"温和你瞧，我活着少了很多意义呐。"

温和柔声道："没关系，还有很多能吃的。"

"饮料的话，老钟不喝碳酸饮料，她只喝鲜榨果汁和奶类饮品。"

温和笑："平时没见你挑食。"

苏伽然直言不讳："因为你们一起吃过的饭不够多，我和老钟一起从小吃到大。"

温和不做反驳。

苏伽然飘飘然，表情得意，心想：还是我最了解钟倾倾。

结果苏伽然没得意多久，钟倾倾抢过话，憨笑道："以后一起多吃几顿就好啦。"

温和："刚才说的，我记下了。"

苏伽然："……"他在心里默默翻个白眼，他可不是来当助攻的。

钟倾倾的心意昭然若揭，无论是她着急护犊子的表现，还是她看向温和的眼神，又或者是那个晚上，他假装没有听到钟倾倾在手机那头说的那句"我有喜欢的人啦"。苏伽然确定，她喜欢温和。而且这次的喜欢，同以往两次被动地接受恋爱都不同。

她是认真的，有耐心的，她想要的是来日方长。

苏伽然眼睛里的光慢慢暗淡下来。

他从小陪伴在钟倾倾身边，斩断她的桃花，阻止异性的靠近，她不生气也不阻挠，是因为那些人她并不在乎。所以才由着他的性子，去闹去折腾。但是温和不同，苏伽然能明显感觉到，温和对钟倾倾来说是不同的。

苏伽然慌了，真慌了。

事实上，在凌叔六十大宴上，他就已经慌了。

钟倾倾对异性主动，那是苏伽然有生之年，第一次见到。

可是温和，苏伽然却看不透。和温和几次碰面，他给人感觉都是温文尔雅、礼仪得体的样子。温和喜不喜欢钟倾倾，对她是什么感觉，苏伽然一概不知道。他总觉得，要了解温和的心思，他须费上一番功夫。

苏伽然喝了口水，慢条斯理地问温和："甜品大师，你现在有女朋友吗？"

"喊我小温就好。"温和谦虚地回应，"没有。"

"你喜欢什么类型的女孩？我们店里最近招了不少女孩，我给你介绍一个。"

钟倾倾听着，坐不住了，"小苏你问这些干吗？"

"看不出来吗？给温大师介绍女朋友。"

温和莞尔，"谢谢你。"但也不说他喜欢什么类型的女孩。

苏伽然翻开手机相册，将新招的女孩的照片拿给温和看，"这个女孩叫凌岚，大学刚毕业，人美音甜，跟你做的法式甜品一样甜。"

钟倾倾斜眼一瞅，这女孩就是上次苏伽然说长得像林允儿的那个，当时钟倾倾还狠狠夸了她来着，"这不是你未来的女朋友嘛。"

苏伽然冷漠驳回，"她不是我喜欢的类型。"

钟倾倾无理坚持，"她就是你喜欢的类型，清纯乖巧，甜美可人，就是你的菜。"

"老钟你对我的审美有误解，这是我爹妈喜欢的类型，是我爹妈的喜好。"

钟倾倾终于找到突破口，"你看你都不喜欢，你介绍给温大师干吗？"

……苏伽然竟然无言以对。

行，反正他店里招的女孩恰好都是单身，他就勉为其难，一一翻给温和看看。

"这个女孩，文艺小清新风，会弹吉他会弹钢琴，笑起来有酒窝。

"这个女孩有点酷，二次元COS高手，业余生活丰富，擅长讲段子，是我们团队里的开心果。

"还有这个女孩，跟温大师你兴趣爱好一致，她会做各种各样ins（一个社交网站）风的小甜品。我们店里供应的少量甜品就是出自她手。这个女孩跟你很般配，你们在一起不仅能切磋切磋厨艺，还能甜甜蜜蜜地恋爱。不如我把她的微信号推送给你吧，值得你拥有。"

温和呢。

听着，看着，却不吭声。

苏伽然不断翻着手机相册里的照片，温和突然用手指轻敲了两下苏伽然的胳膊，"这张前面的照片，可以看看吗？"

"行啊。"苏伽然将照片往前翻，"哎呀。"他惊叫出声。

钟倾倾将脑袋凑过去，低头一看照片，她赶紧伸手捂住苏伽然的手机，"不准看不准看，小苏啊小苏，这种照片你怎么能留着。"

照片是钟倾倾七岁生日时拍的，苏伽然用苏局长去上海出差时给他买的新相机拍下的。后来苏伽然将照片洗出来后，用手机把照片拍了下来保存着。

"我要时刻记住你的生日愿望。"

钟倾倾咬牙切齿，"你记在心里就好！"

温和再看一眼照片，微笑着说道："我看，挺可爱的。"

哪里可爱……

照片上的钟倾倾眼泪爬满全脸，她张着嘴巴哇哇大哭，脸上还被抹了蛋糕上的奶油，又脏又丑。

钟倾倾记得，那一年忙于工作的父母将她的生日忘了，蛋糕是凌叔给她买的，苏伽然陪她庆祝生日。当时的钟倾倾难过得眼泪汪汪，她边哭边许愿，"我希望……呜呜呜……希望……呜呜……每一年的生日……呜呜呜……都有人能够……呜呜呜……陪我过……呜呜呜……"

孩童时期的苏伽然胖胖的，他伸出他肉乎乎的小手，替她擦眼泪，边擦边承诺，"我会记得你的生日，我会陪你庆祝生日。"

此时，苏伽然将这段回忆讲出来，钟倾倾的眼睛里充盈着感动地看着他。

"小苏最近想买什么，告诉我，我买给你。"

霸气，富裕，是我们钟倾倾小姐一贯的做派。

"……"苏伽然不说话，无语地看着她，又是买买买。

钟倾倾不好意思地摸摸头，"哎，你也知道我只会买买买。"

"不如我来教你。"

"嗯？"

然后，苏伽然将钟倾倾扯到自己怀里，他反手将她紧紧抱住，煽情地说道："老钟，我们认识的二十多个年头里，我感谢有你。"

钟倾倾愣住，她小声问苏伽然："这是在教我？还是来真的？"

一句话破坏情境。

"笨蛋。"苏伽然低声骂道，竟然有种宠溺感。

钟倾倾思来想去，拍了拍苏伽然的背，"不客气啦小苏，上天给的恩赐你就好好收着。"

一句话破功。

孺子不可教，苏伽然决定放弃，他松开手，无奈地看了温和一眼。

温和低声笑起来，笼罩在头顶的阴霾轰的一声散开。

就在刚刚，苏伽然温情讲述他陪钟倾倾过生日的回忆时，他感觉心中烦闷无比，平静的情绪被汹涌而来的烦躁感淹没。他很想将这种烦躁感赶走，而当苏伽然将钟倾倾拥入怀抱说她笨蛋后，他心里的烦躁感变得更加强烈。

温和当时的感觉是，你演偶像剧啊，有完没完。

结果，钟倾倾不配合演出。

不配合就不配合吧，苏伽然将话题拉回到回忆前，"所以我们温大师喜欢哪个类型？我把她的微信推送给你。"

温和决定皮一下，"七岁小女孩，挺可爱。"

"你喜欢钟倾倾这种类型？"苏伽然不知不觉又助攻。

温和歪头笑，不否认。

"好巧，我也喜欢老钟这种类型。"苏伽然双手握拳，不能输。

钟倾倾受宠若惊，她献宝似的站起身，朝温和和苏伽然各自鞠了一躬，"哇，我没听错吧？谢谢两位美少年的青睐。"

温和被他逗笑，和她互动："不用谢，你值得。"

一句"你值得"，惹得钟倾倾不好意思地脸色变红。

苏伽然大吃一惊，"钟倾倾你还会脸红啊！"

"怎么了嘛！"

"怪可爱的。"

"我知道，我最可爱。"

"……"

出师不利。

今天的钟倾倾不仅护犊子行为太强烈，还时刻处于高度防御的状态，以致苏伽然的计划根本无法开展。但凡他有一点点触碰到温和，钟倾倾就张开她的翅膀将温和圈起来护着。陷入恋爱幻想中的钟倾倾和其他平凡女孩并无不同，她智商不在线，没有理智。

可苏伽然作为她的护花使者，他必须发挥他纯度测量仪的作用。

他必须亲自确定，她会幸福，温和能够带给钟倾倾幸福，否则他不放心将她交给温和。

所以晚饭后，他主动和温和交换了联系方式。

苏伽然开车回到家后，立即给温和发了份"有关钟倾倾饮食喜好"的清单，上面详细记载了钟倾倾喜欢和不喜欢吃的食物，以及她不能吃的食物。

温和收到清单后，感到不可思议，"你是怎么把这些记录下来的？"

"日积月累，多上上心就会。"

"佩服。"温和由衷地感到服气，而后将清单图保存到了手机里。

之后，隔三岔五，温和就会收到苏伽然发来的有关钟倾倾的内容。

比如，钟倾倾的生日是几月几号，她每次生日时感到开心和喜悦的事情是什么。

比如，钟倾倾最喜欢做的事，最喜欢去哪里；最不喜欢做的事，最不喜欢去哪里；还有最喜欢听到什么话，最不喜欢听到什么话。

…………

事无巨细，向他呈现的是一个非常详细的钟倾倾。温和一方面感叹苏伽然的确对钟倾倾很上心，观察很仔细。另一方面他又感到不悦，苏伽然对钟倾倾了如指掌，她和他丰富而绵长的过往，竟让温和感到一丝嫉妒。

苏伽然除了给温和发这些有关钟倾倾的内容，他还时不时地跑到云舒酒店自助餐厅看看温和，找他聊聊天，了解了解他。

反正，苏伽然的猫咪咖啡屋"有猫气"就开在云舒酒店旁边。当时苏伽然盘下这个店面，是想着能离钟倾倾近一点。

一次傍晚。

下班后，温和和周至衍约在海边见面。这时候，恰巧苏伽然来找他。于是，三个男人围坐在一起。

周至衍没见过苏伽然，也没听温和说过最近有交新朋友，"这位是？"

"苏伽然，前面新开的那家猫咪咖啡屋的老板。"温和介绍道。

苏伽然伸出手，礼貌地同周至衍握手，"你好，我是苏伽然。"说完他看向温和，着急地问，"老钟感冒了你知道吗？"

温和摇头，"不知道。"早上出门前，钟倾倾还活蹦乱跳地趴在门口对他说："小可爱今天也要加油呀！"

"我刚跟她通电话,她鼻音很重,说要睡觉。我想去看看她,你现在回去吗?"苏伽然过来找温和,是担心他到钟倾倾那儿时,她刚睡着,苏伽然担心吵醒她,只好找温和一块走。

温和看了眼周至衍,周至衍善解人意,"我今晚休息,一起走吧,我有段时间没见钟倾倾了。"

"你认识老钟?"苏伽然愕然。

"我和她啊,老贫友。"经常互相贫嘴的朋友。

"你有女朋友吗?"苏伽然冷静提问。

"有啊。"

警报解除。

周至衍不明白苏伽然问他这些的意图,但感到奇怪。他挤眉弄眼地看着温和,温和耸耸肩,给他一个口型——"待会儿解释"。

半小时后。

只是感染了风寒,有点小小感冒症状的钟倾倾,看到温和、苏伽然、周至衍三个大男人,提着感冒药和水果进门时,她目瞪口呆。

苏伽然自然是最积极的那个,"老钟你感冒了就去躺着,别到处乱跑,有没有多喝热水?烧了热水吗?我给你去倒点。"

"我没事,泡了杯冲剂喝了。"钟倾倾大手一挥,看向周至衍,调侃道,"今天吹的这是什么祥和风,把您给吹来了?"

"女侠感冒时都这么 strong(强壮),我看您还能折腾好几回。"他晃晃手里的水果,"吃什么?"

"苹果吧。"

周至衍把苹果拿出来,开玩笑道:"有力气自己削皮吧?"

"我来,我来削,她还病着。"苏伽然把苹果抢过去。

周至衍抖抖眉毛,"行,你来。"他起身,四处看了看,"温和去了哪?"

"我在厨房。"温和应道。

这才刚到家……

"你在厨房做什么？"

周至衍往厨房走去，就闻到一股姜丝的味道，凑近一看，温和在煮红糖姜茶。

"给钟倾倾的？"周至衍明知故问。

"嗯。"

"温和，你对钟倾倾挺好啊。"

"嗯，室友。"

"怎么？怕室友把感冒传染给你，所以给她煮红糖姜茶？"

"不是这意思。"

周至衍故意逼问："那是什么意思？"

"她感冒了。"温和煮这个给她喝当然是希望她感冒快好，还能是什么意思。

"我感冒时你可没给我煮过。"

"我教给桃桃了，她不是给你煮了。"

周至衍故意吃醋，"那不一样，你没有给我煮过。"

温和无言，将煮好的红糖姜茶倒入碗里端过去。这时，周至衍的声音在他身后响起，"你该不会喜欢上钟倾倾了吧？"

温和回头，"胡说。"

温和走到客厅时，苏伽然的苹果刚好削完。准确地说，他在等着温和过来时，才将一整个苹果皮的尾巴切断。

"老钟，来张嘴，吃苹果。"

钟倾倾正双手捧着手机，和在外出差的方子琪发消息。吃来只需张口，她乐得轻松，将嘴张开。

苏伽然将切好的小块苹果放入她嘴里，喂她的感觉很好，他眼睛里都是细碎的喜悦。

"你老看我干吗？"

"我们老钟好看呗。"

"那是必须。子琪过几天回来，一块聚聚？"

"成，我来安排，老苏最近在搞一个旅游项目，我们去那聚，游山玩水，两天一夜全免费。"

OK，钟倾倾朝他比了个手势。

"啊，再吃一块。"苏伽然又给钟倾倾喂了块苹果。

温和端着红糖姜茶，看着客厅里喂来喂去俨然小情侣模样的两人，又一次感觉自己是多余的。周至衍见他愣在原地，再看一眼温和脸上不悦的表情，眯起眼睛笑了笑，眼神里夹着一丝精光。

"钟倾倾，吃完苹果，品一品这碗爱心汤吧。"

钟倾倾放下手机，两眼放光，"什么爱心汤？"

"红糖姜茶，治愈感冒神仙汤。"周至衍夸张地说道，"我们温大师特地为你煮的。"

"咦？"钟倾倾开心地笑起来，看向温和，"你特地为我煮的呀？谢谢你。"

哪知温和突然别别扭扭，却又轻描淡写道："举手之劳。"

苏伽然嘴快，"那不就是顺手一煮。"

周至衍伸手摸摸下巴，笑着说："这位兄弟说话有意思，下次你也顺手煮一个。"

"下次？你这是希望我们老钟下次还感冒？"

我们老钟……

周至衍捕捉到这个微妙的用词，他保持微笑，"没有没有，你的老钟喝完这碗红糖姜茶就会好起来。"

这还差不多。苏伽然从温和手里端过姜茶，"来老钟，我喂你喝。"

人多，钟倾倾不好意思，"我只是感冒，又不是伤了胳膊伤了手……"

见苏伽然腻来腻去，温和心烦意乱，"你们在这聊，我和至衍去阳台。"

"不一起玩吗？"钟倾倾眼神流露出不舍。

"不打扰你们。"

"没……"然而钟倾倾刚开口，就被苏伽然打断，"好的行的，恰好我跟老钟有悄悄话要说。"

悄悄话……

温和听着更烦了，朝阳台走去。

周至衍在心里发出啧啧啧的感叹，这醋劲有点大，四周的空气都弥漫着醋味。

今日天气晴朗，天蓝，无风，海面平静。

"你们这海景房的风景真不错。"周至衍站在阳台上，放眼望去，眼前一片蔚蓝色。

温和不说话，更没心情欣赏美景，他坐在沙发上，随意翻了翻放在茶几上的书，但思绪烦闷，没翻几下他就将书放下，重重地吐了口气。

"我们温大师，今天心情不好？"周至衍在他对面坐下。

"有点。"温和也不否认。

"因为钟倾倾？"

温和迅速否认，"跟她没关系，天气太闷。"说完他还扯了扯衣领口。

周至衍看着温和，笑而不语。

"你笑什么？"

"笑你不诚实，你是因为钟倾倾不高兴。"

"呵。"温和嗤笑一声，"怎么可能？"

周至衍狡猾地眨了眨眼睛，"温和，你好像真喜欢上了钟倾倾，你在吃醋。"

"胡说，至衍你这是胡说。"温和激烈否认，"我和钟倾倾只是朋友，她不是我的理想型女孩。"他看着周至衍的眼睛，摇头，"我确定我不喜欢她，我吃什么醋，天这么热……"温和扯了扯衬衣袖口。

……鬼扯。

明明风轻云淡，温度适宜。

周至衍听他说完，不疾不徐地问他："你为什么不拒绝云舒酒店递给你的续约合同？为什么跟云舒酒店商量续约时间？你不是答应桃桃年底离开鹭城回安夏？"

温和不说话。

"让你犹豫不决，让你想继续留在云舒酒店、留在鹭城的原因，难道不是钟倾倾？"

"不是。"温和反驳。

"那是因为什么？"

"是因为……"温和在找理由，但他却找了个最烂的理由，"因为钱。"

周至衍毫不留情地戳穿，"温大师，你还缺钱？以你目前的财力，你和桃桃坐吃等死都能活得很富裕。"

"我想给桃桃最好的生活。"

这话不假，父母去世后，在温和的未来计划里，他只希望能给温桃最好的生活。

可是……

"桃桃还有我，你可以放心将她交给我。你应当有你的生活，桃桃一定希望你能找到属于自己的幸福。温和，苏伽然喜欢钟倾倾，你看得出来吧？没猜错的话，他喜欢了她很多年。是，钟倾倾是喜欢你，我看得出来，我想你也看得出来。但这竹马，是枚重磅炸弹，来势汹汹。"

温和不说话，客厅里传来一阵欢声笑语，钟倾倾和苏伽然相处愉悦又融洽。温和心里的烦闷感又一次袭来。周至衍说的话他听清楚也听明白了，但他现在想要静静，安安静静地想想，他很少有这样的情绪，他也想知道为什么。

周至衍见温和眉头微皱，他拍了拍温和的肩膀，"很烦很郁闷很恼火对吧？承认吧，你是在吃醋。"

温和沉默不语，客厅里的笑声越来越大，而他越来越烦躁。

"要不要一块出门撸个串吃个夜宵？"钟倾倾突然跑来阳台，仰着脸笑意满满地问道。

周至衍看热闹不嫌事大，"钟倾倾，苏伽然让你这么开心？"

"嗯！"钟倾倾满足地点头，"他啊，行走的段子手，他说的段子超好笑的。"

"跟他在一起很开心？"

"当然啦！你们要不要一块吃个夜宵，听他唠唠嗑？唠嗑一小时，开心一整天。"

"这么有奇效。好啊去呗，反正我晚上也没事。"周至衍答应道。

温和却唱反调，"你们去吧，我不去。"

周至衍故意刺激温和，"你不想听苏伽然讲好笑的段子？"

"我明天早班。"

周至衍闭嘴，钟倾倾摊手，"好吧，那我和小苏去撸串，你要带什么，给我发消息。"

温和："好。"

之后，钟倾倾和苏伽然去撸串，周至衍见天色渐暗，开车去接温桃。

万籁俱寂。

世界终于清静下来。

温和洗完澡，倒了杯冰梅子酒，坐在阳台上的沙发上看海。

今天周至衍问他——

"你为什么不拒绝云舒酒店递给你的续约合同？"是，他是因为钟倾倾，所以才没有直接拒绝云舒酒店。钟倾倾是钟董的女儿，温和知道他的离开会对正处于竞争动荡期的云舒酒店造成怎样的影响，他也知道云舒酒店对钟家来说意味着什么。

"为什么跟云舒酒店商量续约时间？"答案也是因为钟倾倾，但原合同上要求五年的签约时间对他来说太长。

"你不是答应桃桃年底离开鹭城回安夏？"是，在他原本的计划里，就是今年年底，他带着温桃回到安夏老家，从此兄妹两留在安夏生活。但温和见温桃现在情绪稳定，病情再无复发，他想着或许能够找到两全的办法，将时间推后一点点。

至于喜欢……

温和摇了摇杯子里的梅子酒。

还没酿好，味道有点涩，一如有关喜欢的答案。

他和她是没有未来的。

温和的人生结局，早已在当时的那场大火里写好，他的世界只有妹妹温桃，他有关未来的计划里仍然只有妹妹温桃。他无法带给钟倾倾未来，所以他也不能给她任何希望。

夜深，钟倾倾回到家，见温和在阳台上喝酒，她拿了杯子笑嘻嘻地坐下来陪他喝。

撸串的时候她就喝了不少，回到家没喝几杯就感觉醉意来袭。

钟倾倾捧着红彤彤的脸蛋，痴痴地看着温和，夜晚的海风吹过，温和身上好闻的皂香味跑入钟倾倾的呼吸里，肺里被干净的味道充满，钟倾倾傻笑着感叹，"小可爱你好香啊。你这么香，你不要跟别人回家哦，你等等我，等我把你娶回家。"

温和觉得好笑，"钟倾倾，性别不对，要娶也是我娶。"

"咦……"钟倾倾痴痴地笑起来，她站起身，人轻轻地晃着，她凑到温和面前，"好啊，你娶我，我愿意。"

一张红彤彤的小脸凑到温和跟前，仅离他的脸几厘米。她说话时呼出来的气体，惹得温和的脸痒痒的红红的。温和想往后退，却发现他坐的沙发靠着墙，无路可退。只好眼睁睁地看着钟倾倾，离他越来越近。

是可以将她推开的。却，突然有了不想推开的念头。就看着她，近了，更近了，她的嘴唇都快要贴上他的嘴唇了。而后，他听到钟倾倾咚的一声，头砸在了餐桌上。

是了，这才是钟倾倾的画风。

温和将钟倾倾一个公主抱抱起，将她放到她的床上，他趴在床边看了她一会儿，然后离开。

他折回阳台，将酒瓶里剩余的梅子酒都喝了，味道涩就涩吧。今晚的他，兴许是酒喝多了的缘故，所以才会产生某些奇怪的错觉和冲动吧。

第二日清晨，钟倾倾闻着梅子酒的味道醒来。

她昨晚，是真喝醉了。

她伸个懒腰，努力回想，她是怎么从阳台走到卧室的，可她怎么想都想不起来，她的记忆停留在她渐渐靠近温和，眼看就要亲上他的嘴唇了，然后，就没有了然后。

哎，好气哦！

钟倾倾将温和做的早餐一扫而光后，打开邮箱查收 full house 网站给她派的新活，准备记下试睡酒店的名称和地址。

结果钟倾倾点开邮件一看，是名阿泽酒店，她连连感叹：冤家路窄。

不过，她从其他同行酒店试睡员那得知，名阿泽酒店最近打算申请升级酒店星级评定，于是对酒店进行了全方面整改。与此同时，名阿泽酒店积极与各大旅游网站、酒店预订网站合作，邀请大批酒店试睡员入住体验。

接下来，钟倾倾连续浏览了几家网站上有关名阿泽酒店最新的入住点评，不仅都是五星好评，评价内容也都是夸赞。

"蒋泽终于决定用心做好酒店。"钟倾倾一面感叹名阿泽酒店的改变，一方面又隐隐担心，"这些千篇一律夸赞的好评，该不会是大量刷评或收买酒店试睡员的结果吧……"

总之，她一睡便知究竟。

钟倾倾去之前，将心态先调整好。对酒店试睡员而言，保持一颗客观的平常心尤其重要。另一方面，试睡体验是她的工作，她必须摒弃一切偏见，用专业的态度和眼光去面对。

下午两点左右，钟倾倾抵达名阿泽酒店大堂。这次不仅有大堂小哥接待，还有服务生替她开车门提行李。上次她在评论中写下酒店走廊阴暗无清晰指示牌，这次她特地瞧了瞧，走廊灯统一更换了灯泡瓦数，并在转角处增加了落地灯，使得走廊明亮了许多，而指示牌也已经更换成更清晰的告示牌。

的确有改变有提高，钟倾倾暗暗感叹。

至于酒店内部入住体验，名阿泽一直做得不错，床品床垫这部分的舒适感甚至胜过云舒酒店。加上名阿泽去年凭着蒋泽一张巧舌，成功拿下某知名洗浴品牌的合作机会，许多客人一进洗浴间就感叹名阿泽大气，这个小细节替酒店加分不少。

这是钟倾倾毕业前的最后一次试睡工作，月底她就要飞去瑞士准备毕业事宜。在这之前，能够给名阿泽一个好评，她内心是高兴的。作为专业的酒店试睡员，差评从来不是最终结果，它只是帮助和督促酒店提升品质与服务的过程。

然而凌晨时分，钟倾倾突然听到隔壁房间传来"救命"的呼喊声。而隔音效果不够好几乎是所有酒店的通病，尤其钟倾倾睡眠浅，对外界感知敏锐。

在以往的试睡体验中，钟倾倾最挑剔的就是声音。比如，试睡时如果遇到临街的酒店，她会特别在意玻璃是否隔音。再比如，排气口或者冰箱制冷的声音，如果超过她的最高容忍度，必然减分。

五月，鹭城的晚风里夹杂凉意。

钟倾倾穿了件针织薄外套来到隔壁房间门口，她试着敲门询问里面的人，"请问需要帮忙吗？我是住在你隔壁的。"

"你好你好，需要需要。"是个女人，听声音钟倾倾判断对方大概四十岁，她声音铿锵有力，嗓门较大。

"请您简单告诉我情况，我替您呼叫总台。"

"哎哟我，我摔倒了，在浴室里，好疼啊。"

"好，您稍等。"

钟倾倾回到酒店房间，呼叫总服务台急救，和上次不同，这次总台很快给予回应，并派了相关人员过来解决问题。

住在她隔壁的女人是摔伤，情况严重，坐在地上嗷嗷哭叫。工作人员喊了附近医院的急救服务，同时酒店经理和客人谈和解条件，赔偿谈妥，事情基本解决一半。钟倾倾边听他们谈钱，边四处仔细察看了一番，她断定女人摔伤的原因，酒店方责任重大。

一方面是因为名阿泽酒店的马桶质量存在问题，冲水时会有漏水的情况；另一方面是浴室的地板，名阿泽采用的是光滑的瓷砖地板，瓷砖是进口的，浴室周围虽然有贴防滑标示，但整体来说防滑措施做得不足。

医院急救人员到达时，女人脸上的泪水已经化为浅浅的笑意，想来赔偿条件已谈妥，有医生在，钟倾倾也放心地回到自己房间。

时间已是凌晨一点，钟倾倾却睡意全无。作为最后一次试睡工作，她希望能够给予酒店好评圆满收尾。可眼前的情况，令她陷入纠结。

摔伤事件看起来已经解决，这种摔伤意外也不会高频率大范围发生。

一方面钟倾倾认为凡事应该防患于未然，尤其是服务者，名阿泽酒店不仅马桶不合格，就连一次性拖鞋都采购了较薄的那种，踩在卧室的木地板上都不够防滑，更何况有水的浴室。

另一方面，此前给过名阿泽酒店差评的钟倾倾，在这次试睡体验中，她的确看到酒店做出了一些好的改变，这是值得肯定的。

在好评和差评之间摇摆不定的钟倾倾，最后决定求助温和。她深知一个差评，尤其是出自VIP酒店试睡员的差评对酒店造成的负面影响会有多大。她将她的困扰转换成长长的文字发送给温和。

第二天早上醒来，她收到温和的答复："用好评收尾，但给出真实和客观的内容评价。"

钟倾倾伸手打了个响指，这正合她意。

作为一名专业的酒店试睡员，用客观和理性的态度看待问题是必须，试睡报告的内容做到真实和客观是必要。两个原则，给酒店做宣传帮助酒店提升的同时，给消费者提供有用有价值的信息。

想明白后，钟倾倾从床上爬起来，收拾东西准备回去。

温和发来消息，"我在名阿泽酒店附近办事。"

钟倾倾头脑简单，思维耿直，"我也在名阿泽酒店。"

"我知道。"

"你怎么知道？"

"你消息里说了……"

"是哦。"钟倾倾何止头脑简单，简直缺根筋。

"我来接你。"

咦，来接我啊……

钟倾倾又看一眼手机，确定温和发来的消息是"我来接你"四个字后，她喜笑颜开地捂住嘴笑起来，有点甜蜜蜜的感觉是怎么回事。

"小可爱，你为什么来接我呀？"

"顺路。"

"哦……"

甜蜜蜜的热情还未盛开，就被冰凉的雨水浇灭。

事实上，温和是特地来名阿泽酒店接钟倾倾的。他早上醒来，看到钟倾倾凌晨三点发来的消息，心想她一定整晚都没睡好。她总是迷迷糊糊的，他担心她出事，便跑来接她。但当她问他，他却害羞地撒了个小谎。

因为小姑和蒋泽那层恋爱关系，钟倾倾办理完离店手续，便匆匆忙忙地跑到温和的车里。结果刚上车，温和就同她说："我刚看到你小姑。"

"在哪？"

温和伸手指着酒店大堂，"从这出来，打车走的。"

"刚走？"

"刚走。"

钟倾倾掐指一算，和她在大堂办理离店手续的时间差不多。

糟糕，小姑该不会看到她了吧？

"她好像在哭。"温和提醒钟倾倾，"你系下安全带。"

钟倾倾边系安全带边问："在哭？"

"手捂着嘴，神色黯然。是，是在哭。"

哭着从酒店大堂跑出去，依她对小姑的了解，这情况应当是和蒋泽分手了，不闹到分手这一步，她小姑也不至于没皮没脸不分场合哭。想到这，钟倾倾松了口气，这时候她小姑是没心思注意到她的。

钟倾倾眉眼放松，歪着头笑嘻嘻地看着温和，"小可爱，中午一起吃饭？"

"我晚班，送你回去后我去云舒酒店吃。"

"好呗。"

之后温和专心开车，钟倾倾专心聊天。

方子琪后天出差回来，苏伽然打算组局来场春游，三人在微信群里聊得热火朝天。

苏伽然："我跟老苏通了气，羡鹤山庄，两天一夜靠海别墅，吃喝玩乐全免费，他包。"

方子琪："家属能不能带？"

苏伽然开玩笑："多多益善，后宫三千都来都来。"

方子琪："呸，我后宫就周耀一人。叫上周耀，再叫上周耀的前室友温和吧，人多热闹，玩游戏也有趣。"

钟倾倾挤眉弄眼："好啊好啊。"

说完，方子琪小窗口私敲钟倾倾，"助攻怎么样？"

"给力给力。"

"你这撩汉技术不到位，等我回来亲自指导你。"

"好的好的，请琪姐下凡指导。"

钟倾倾和温和的事，起先她是没打算告诉方子琪的，八字都没一撇，说出来只能徒增烦恼。但自从钟倾倾和温和一同去吃泡泡锅她没忍住在方子琪面前显摆后，方子琪隔三岔五就严刑逼供钟倾倾，最后钟倾倾终于说出她喜欢温和。

后来，随着钟倾倾对温和感情的加深，方子琪不问，钟倾倾都要主动提。

喜欢一个人，是会时时刻刻不自觉地同朋友说到他。

喜欢得越深，提的次数越多。

苏伽然："甜品大师那朋友也挺有意思，老钟你把他也叫上。"

钟倾倾："周至衍？"

苏伽然："对，就他。"

钟倾倾："叫上他的话，还得捎上他家小公主。"

苏伽然："不嫌人多，反正费用老苏全包，我们负责吃喝玩乐。"

方子琪："我明晚到鹭城，咱后天去山庄？"

钟倾倾："你不用休息的吗姐姐！"

方子琪："生命的快乐在于和朋友一起玩，休息什么，玩起来。"

苏伽然："琪姐才是老江湖……"

方子琪："哎你们不知道，我在这边出差都要憋死啦，穷乡僻壤的。"

钟倾倾："我问问温和他后天休不休。"

苏伽然："我来邀请他。"

钟倾倾："我已经问了，他就坐我旁边。"

方子琪："哦哟有八卦，我闻到了一丝暧昧的气息。"

钟倾倾和苏伽然："胡说八道。"

方子琪看热闹不嫌事大："哦哟有人吃醋，醋味有点大。"

苏伽然："琪姐饶命，求您闭嘴。"

方子琪："哈哈哈哈怎么样，温和有空吗？"

钟倾倾："搞定。"

于是，一行七人的春游，定在了后天进行。

第七章

在芭蕉树下

×
　×

鹭城的五月，几乎都是晴天。

苏伽然和周至衍分别开辆车，一行七人，自驾前往。

方子琪和周耀自然是坐苏伽然的车，温和和温桃坐周至衍的车，剩下钟倾倾一人。苏伽然和周至衍都热情邀请她坐自己的车，钟倾倾看了看，一辆车里有方子琪，一辆车里有温和，简直是让她在友情和爱情之间做个选择。

方子琪时刻不忘自己要助攻，大方表示："倾倾你坐另一辆车吧，万一我跟周耀要秀恩爱，我担心你会想要踢翻这碗单身狗粮。"

钟倾倾点头，有道理。

可苏伽然不从，"不行不行，老钟不坐副驾驶，我没心情开车。你们秀恩爱，万一我受到刺激，将车开翻了怎么办？"

钟倾倾撇撇嘴，也有道理。

最后还是温和轻声笑着说："桃桃昨晚没睡好，想在车上睡一觉。"言外之意，他们这边没空位，桃桃睡后座，温和坐前座。

钟倾倾终于明白，为什么苏伽然能和温和处好，因为温和总是让步，脾气还贼好。

羡鹤山庄离鹭城大约130公里，开车走高速大约一个半小时能到达。

一个半小时是什么概念？就是方子琪和周耀秀几次恩爱，苏伽然和钟倾倾再随嘴吐槽几句，一行人就能抵达目的地。

苏伽然他爸安排的接待人员早已等在山庄门口，带他们前往靠海别墅。别墅套房里五间房，方子琪和周耀一间，周至衍和温桃一间，其余三条"单身狗"各自一间，刚刚好。

大家简单收拾行李后，乘游艇出海，去附近的小岛，岛上有一些娱乐项目可以玩。

上游艇后，工作人员早在游艇上准备了丰富的水果和零食。

方子琪和周耀小别胜新婚，腻腻歪歪，你喂我来，我喂你，喝个娃哈哈饮料还幼稚地玩起了交杯游戏。周至衍宠温桃没道理，自然是看到什么好吃的都先拿给温桃，什么香蕉先给剥好皮，什么饮料先给拧开瓶盖，都是自然而然成了习惯。

钟倾倾叹口气，望着眼前的食物毫无胃口。温和坐在游艇最前方，安安静静地眺望远方，看海。她看着他的背影，突然有点感伤，一种近在眼前却远在天边的感伤，好像怎么都无法碰触到这个人似的。

她在等他来爱她，但他眼里只有无尽的远方。

苏伽然见钟倾倾闷闷不乐，他拿了她平时最喜欢吃的水果问她："这个要不要吃，我给你削皮，我特别会削皮。"

钟倾倾摇摇头，"没胃口。"

众人皆秀恩爱，她哪里有心情吃东西嘛。

没胃口怎么办？山楂糖一颗帮你忙。

苏伽然在零食堆里翻来翻去，总算找到一颗山楂糖，他剥掉包裹山楂糖的糖纸，将糖送到钟倾倾嘴边，"啊张嘴，山楂最开胃。"

钟倾倾嘴上说不要，身体却很诚实，她张开嘴，将糖含入嘴里，酸酸甜甜的确开胃。

"小苏，我想吃香蕉。"

"得嘞，我给你剥皮。"

"小苏，我想喝西瓜汁。"

"得嘞，我给你端来。"

"小苏，我想吃点有辣味的东西。"

"得嘞，你看麻辣肉脯、麻辣香干行不行？"

············

方子琪看着苏伽然忙前忙后地伺候钟倾倾，她忍不住调侃道："要不你俩凑一对吧，这船上的'单身狗'少一只是一只。"说完，她的眼神飘向温和。

在看海的温和听到这话，转身看了钟倾倾和苏伽然一眼，苏伽然正端着西瓜汁，而钟倾倾咬着杯子里的吸管在喝果汁。两人靠得很近，温和想起周至衍同他说过的话，"这竹马，是枚重磅炸弹，来势汹汹。"

他干净纯澈的眼睛里闪过一丝讨厌。

方子琪开这玩笑本就是故意的，这玩笑他们同班的同学都开了十多年了，钟倾倾和苏伽然习惯成自然并不在意。但是温和不同，方子琪就是想试探探温和的反应。

而温和给出的反应，她有点满意。

天蓝晴朗，游艇行驶至海中央时，海风袭来，海浪高涨。

温桃体质弱，头犯晕，温和和周至衍忙上忙下照顾她。

钟倾倾方才吃太多，肠胃不顺头也晕，但她没吭声，靠着沙发自己喘气平息。

方子琪、周耀、苏伽然三人组成 KTV 嗨唱小分队，海浪越大，他们音浪越强，玩得忘乎所以，唱到撕心裂肺。

游艇摇摇晃晃，钟倾倾胃里突然一阵翻江倒海。她想要走到游艇外面透透气，但海浪实在太大，她刚走几步，整个人就撑不住往一边倒去。然后，她就倒在了温和的臂弯里。

"小心。"温和温柔的声音传来。

钟倾倾抬起蒙眬的眼神看向他，委屈巴巴地说："我头晕，晕船。"

"我去拿晕船药。"温和将钟倾倾扶到一旁坐着，"别乱动，在这等我。"

"嗯嗯。"钟倾倾乖乖点头。

温和很快将晕船药拿过来，他还带了几颗糖。晕船药是液体的，温和贴心地将小吸管插入瓶中后再递给钟倾倾。

"药有点苦，你捏住鼻子一口喝掉再吃糖。"糖，温和已经剥好放在他手心里。

钟倾倾鼻头泛酸，突然想哭，有人关爱真好，她将晕船药一口吞下，"啊，好苦！"

温和及时将糖递给她，"甜的。"

糖入嘴里，苦渐渐消弭，甜越来越浓。

而温和，他怎么能，温柔得一塌糊涂。

钟倾倾吃完药，很快恢复元气，温桃有周至衍陪着，所以直到游艇靠岸，温和都守在钟倾倾身边。他话不多，恢复精神的钟倾倾又开始逗他，他还是经不起调戏，脸时不时地红。

游艇靠岸，集体登岛。

这座位于海中央的小岛叫绵岛，是鹭城最新开发的岛屿，这里海沙细软，海水清澈。即便是旅游旺季，来这里的游客仍然稀少，旅游局还未广而告之，所以知道的人不多。

但绵岛上的娱乐设施却很齐全。

海上摩托艇，香蕉船，海上拖伞，应有尽有。

钟倾倾胆大，她决定将所有刺激的海上项目通通玩个遍。方子琪和苏伽然早就蠢蠢欲动，选择跟钟倾倾一同体验。温桃晒日光浴补钙，周至衍当然是陪她，在一旁垂钓。温和和周耀，两位脾气温和又具奉献精神的好好先生，野外烧烤交给他俩。

一群人玩了一圈后，围坐在一起开始烧烤派对。方子琪提议大家玩"我是卧底"的游戏，只是玩了几轮下来，好笑是好笑，有趣是有趣，但不够刺激，于是改玩游戏中的经典：真心话大冒险。

方子琪时刻记得她今天的任务是助攻，而这个游戏最适合挖掘点什么隐私或秘密。她作为主持人，兴高采烈地喊大家开局，结果第一局她就踩到地雷。

"真心话还是大冒险？"苏伽然摩拳擦掌。

"真心话。放马过来，谁怕谁。"她给苏伽然一个锐利的眼神，让他自己体会。

苏伽然嘿嘿一笑，"你和周耀的初吻发生在什么时候？"

第一题就这么劲爆，方子琪咬牙切齿，"苏伽然你给我走着瞧。"而后她略带含糊地回答道，"春天里。"

是聪明的回答。

显然苏伽然不满意，他撇撇嘴，"行，放你一马。"

游戏继续，"报应"来得不要太快，轮到苏伽然踩雷。方子琪哼哼哈哈开心地嚷嚷着，"这题我来问。"

"那我不选真心话。"苏伽然偏不让她得逞。

"你这是要选大冒险？"方子琪开始挖坑。

"对，大冒险。"

方子琪双手抱拳，"敬你是条汉子。我在网上搜了点大冒险的内容，我闭眼随机给你选一条……挑选在场的一位异性朋友，两人十指紧扣，对视十秒。"说完，她补充道，"我勉为其难可以陪你演，你问问周耀同不同意，另外我的演出费按秒计算。"

"按秒收费？你身价有点逆天。"苏伽然满脸嫌弃地拒绝她，"我找老钟，老钟值这价。"

"哦哟哟……"方子琪夸张地喊道，她眉眼含笑，等着看好戏。她怂恿钟倾倾，"倾倾宝贝，用眼神秒杀他。"

钟倾倾接收到信号，朝她眨了眨眼。

下一秒苏伽然朝向钟倾倾，他本就挨着她坐的，他主动拉起她的手，却在触碰到她手指冰冰凉凉时，皱眉道："老钟你手怎么这么凉？"

"海风有点大。"

苏伽然低头将她的手放入自己手心里搓了搓，搓热了点，他才将十指滑入她的指间，而后紧紧扣住。

"哇哦！甜蜜！进入倒计时，十，九，八……"

十指紧扣的瞬间，方子琪起哄欢呼，气氛高涨，其他人也跟着躁动起来，数着数字。

唯独温和，他平静淡定，看似和平时并无不同，但他眼光却始终落在别处，看都不看两人一眼。喊着倒计时的方子琪，偷瞥温和一眼，暗自偷笑，有戏。

大冒险结束，苏伽然意犹未尽，贱兮兮地向方子琪示威："下次我还选大冒险。"

方子琪，"你嘚瑟你能，走着瞧。"

钟倾倾哈哈笑起来，开玩笑道："刚才多少秒，小苏回头结算下，钱转到我支付宝。"

温和听着这笑声不耐烦，他低头看了一眼钟倾倾的手指，闷闷地想：不矜持，随随便便就让人摸，还特别高兴。温和冷哼一声，眼神又看向别处。

游戏继续。

苏伽然简直是真心话大冒险游戏的黑洞担当，无数次踩雷，明明是一群人玩游戏，却像是一问一答。

"如果明天是世界末日，你现在最想做的事是什么？"

"和老钟说说话。"

"你的初吻在什么地方被人夺去的？"

"老钟家里。"

方子琪大惊，"倾倾夺你初吻？"

苏伽然笑得意味深长，故作神秘："只能问一题。"

钟倾倾耸肩打断，"跟我没关系。"

"你打算什么时候结婚？"

"看老钟。"

"从小到大最丢脸的事是什么？"

"赤身裸体被老钟看到。"

"身材怎么样？"方子琪顺便多问一句。

苏伽然笑，"问钟倾倾。"

钟倾倾："六岁小朋友的裸体有什么好看的嘛。"

"对梦中情人有什么要求？请说出五条。"

"钟倾倾，钟倾倾，钟倾倾，钟倾倾，钟倾倾。"

方子琪翻个白眼："苏伽然你是不是有毛病，钟倾倾钟倾倾，你能不能给点新鲜的回答？"

苏伽然扮无辜状，"是你的问题不行，你这些问题问来问去我恰好只能想到老钟。"

"我问题不行你选大冒险啊。"

"轮到我踩雷再说。"

"很快的。"

"不一定。"

两人你一言我一语，倒是逗得大家笑嘻嘻。钟倾倾早已习惯苏伽然的答题风格，每次同学聚会玩这个游戏，她就是苏伽然的答题核心。话说，"腿部小挂件"就是某次同学聚会上，苏伽然无数次将钟倾倾作为答题答案后，一同学调侃而来的。

钟倾倾歪着头看苏伽然和方子琪嬉笑打闹，时光好似一瞬间回到青春时代。幸而有他们的陪伴，她的人生才多了许多闪光的记忆。只不过照理说，方子琪应当早已习惯苏伽然的答题风格才是。

大概，方子琪是又想挖坑让小苏大冒险一番吧。

结果，就在钟倾倾思绪游离的这回，她连续踩雷三次。

"如果你有十万块，今晚就要用完，你会如何使用这笔钱？"

钟倾倾莞尔一笑，这题好答，"买包，在场每位人手一个，我送。"

方子琪撇嘴，"就……知道会是这个答案，这题没意思。"

"是挺没意思。"

"来点劲爆的？"

"坑自己队友？"

方子琪嘿嘿一笑，故意提问："钟小姐，请问你理想中的另一半是什么样子的？"

钟倾倾笑，这题也很好答啊。

她的眼神飘向坐在她对面的温和，依葫芦画瓢。

"首先性格要温柔，说话轻轻柔柔不能凶我。"

周至衍听着想笑，调侃道："谁敢凶你？吃了熊心豹子胆吗……"

被突然打断，钟倾倾给他一记白眼，"闭嘴。"

"好凶，怕怕。"周至衍故意往温桃身边躲。

惹得大家一阵哄笑。

"除了温柔还有什么？"方子琪将话题拉扯回来。

"温暖，热心公益，心中有大爱，然后……"钟倾倾又看一眼温和，想到平时她逗他时，他闪躲脸红的可爱模样，她笑着继续说，"纯情专一，偶尔逗他，他会脸红脖子红耳尖红。"

"好可爱。"温桃听着感叹道。

温和听到妹妹的感叹，害羞地红了耳尖。

这时候苏伽然却煞风景地大喊道："老钟，你该不会是喜欢猴子吧？猴子红屁股。"他边说还边学猴子的模样，在身上挠来挠去。

噗——

人群又发出一阵笑声。

钟倾倾给苏伽然一个白眼，"你才喜欢猴子，全家都喜欢猴子。"

苏伽然挠挠头，"你喜欢的话，我就喜欢。"

"算了，杀人犯法。"钟倾倾劝自己冷静。

温和看钟倾倾气鼓鼓的模样突然想笑，他不是不知道，她嘴里所说的理想中的另一半指的是他。听了一整晚苏伽然腻来腻去的"钟倾倾"，恼得温和一整天都没有太多欢颜。终于，他又高兴起来。

只是，是从什么时候开始的？

他的情绪变化开始受到她的影响。

"我说你们，能不能安静点，让我一次性回答完这个问题。"钟倾倾不满道。

"你答你答，你别凶。"周至衍笑眯眯地回应。

"最好会做饭，不仅能陪我吃吃喝喝，还能给我做山珍海味。"

周至衍环顾四周，"这里能给你做山珍海味的，只有我们温和吧？"

钟倾倾不说话，心里笑嘻嘻。

"我可以学。"苏伽然不服。

"没错，我们小苏学习能力强。"方子琪附和。

"是，小苏学习能力超强。"钟倾倾点头。

这时候，一整天几乎处于安静沉默状态的温和突然开口，"山珍海味，不容易学的。"

周至衍和温和互看一眼，而后了然于心地相视一笑，脾气温柔的温和，突然反常必有妖。

方子琪暗暗叫好，总算激起一点反应，开始反驳了。她心想，得继续添点火候才是，反正钟倾倾连踩三次雷，接下来放个大招。

"真心话还是大冒险？选大冒险呗。"

"好，大冒险。"

方子琪闭上眼，手指手机屏幕，"我随机给你选一条。"然而每次说是随机，其实她都暗中做了手脚，否则她为什么要当游戏主持人呢。

"从在座的人里面选择一位异性，近距离正面朝他跳艳舞三分钟。"

跳艳舞！

三分钟！！

还要当着大家的面，近距离正面朝向这位异性！！！

听完大冒险的内容，钟倾倾脆弱的心灵受到巨大冲击，三分钟四舍五入就是一整首歌。她耷拉着头，模样蔫蔫，"请问我现在拒绝还来得及吗？"

方子琪铁面无私，"来不及。"

苏伽然热情地朝钟倾倾挥舞小手，"老钟老钟，选我选我选我。"

钟倾倾环顾四周，周至衍周耀不可选，苏伽然不想选，温和……想是想选，可是当着大家的面在他面前跳艳舞这个操作，实在太风骚。钟倾倾性格开朗是开朗，但还没开放到这种程度。

她有点为难。

但游戏嘛，愿赌服输。

钟倾倾站了起来。

"倾倾宝贝，想好要跟谁一起共舞了吗？"

钟倾倾看着正在努力憋笑的方子琪，"你是魔鬼吗？"

真，最佳损友。

"别这样宝贝，你看小苏都朝你招手了，就他吧。"

然后，苏伽然迫不及待地站了起来，"来吧来吧，老钟过来吧。"他贱兮兮地满脸期待。

温和这时候，脸色变得极其难看，整张脸都垮着。

偏偏这时候方子琪瞎起哄，"接下来请欣赏青梅竹马神仙眷侣一起共舞。"

大家纷纷鼓掌，除了温和。

钟倾倾眼一闭心一横，开始扭动。但她哪里会跳艳舞，在瑞士时，有性格开朗的中国校友邀她去酒吧玩，她宁可待在宿舍看各种新上市的奢侈品，然后买买买。

"宝贝，你左晃晃右摇摇，哪里是跳艳舞啊，你这跟小学生跳广播体操并没有什么不同啊。"方子琪嚷嚷。

"我来教我来教。"苏伽然情绪亢奋，看向钟倾倾，"老钟，跟着我的动作扭起来。"

苏伽然靠近钟倾倾，拉起她的手，"老钟，三只小熊，会不会？"

看韩剧时观摩过，钟倾倾记性好，她点点头，算是会。

"走，我们来个妖娆版的三只小熊。"

苏伽然从手机里找了段平时跑步时的音乐，而后他扭动身体，朝钟倾倾靠近。他拉住钟倾倾的双手，嘴里喊着拍子，"左边摇一摇，右边扭一扭，举起手来跳一跳。"语气像是在教小朋友。

钟倾倾笑出了声，渐渐放松下来。

虽然她跳的是略微可爱版的三只小熊，但苏伽然扭得欢快，他跳的是妖娆版的三只小熊。两人时而身体靠近，时而与对方拉开距离，配合默契，像是在跳欢乐的恰恰。

"不够浪！不够骚！不够艳舞！"方子琪摇晃双手，大喊大叫以示不满。

苏伽然嘴角一歪，朝她坏笑。

他的身体靠近钟倾倾，双手扭动着往前倾，钟倾倾配合他身体往后倾。但她到底不是专业的舞者，腰部力量不够柔软，很快就支撑不住。

苏伽然适时用手揽住她的腰，将她扶起。头部一直处于后仰状态的钟倾倾，有几秒钟的缺氧，差点没站稳。

苏伽然将她拉入怀里，让她靠在他的肩膀。

因为跳舞，钟倾倾的脸红通通的。

苏伽然歪头看她，"老钟，你这样蛮可爱的。"

"还要跳吗？"钟倾倾喘口气，跳舞是个体力活，她想休息。

方子琪听着两人嘟嘟囔囔，又喊道："喂！我说你们俩到底是在跳舞还是在调情？怎么还抱在了一起啊？"

后面这句她是故意说给温和听的。

这时候，一直低头看沙子的温和抬起了头，他看到的画面就是苏伽然的手揽着钟倾倾的腰，钟倾倾笑着趴在苏伽然的肩膀处。

——男女授受不亲不知道吗！

——还笑得那么开心那么好看！

温和双手暗自握拳，青筋暴起，醋意横飞。

"继续继续，还有一分钟，大家都还等着看呢。"魔鬼方子琪上线，再次催促道。

"……是你等着看吧。"

愿赌服输，钟倾倾也不耍赖，继续跳就继续跳，反正都已经跳了两分钟，她豁出去了，干脆嘻嘻笑着和苏伽然扭动起来。

温和抬头后，目光一直锁定在两人身上，他死死盯着，仿佛一把锐利的刀。

方子琪打了个寒战。

但她还是鼓足勇气悄然走到温和旁边，装作不经意地问他："我觉得他俩挺配的，青梅竹马有点甜，你觉得怎么样啊？"

温和面无表情，冷冷地回应："不怎么样。"

两人在他眼中此刻就是眼中钉肉中刺。

随着音乐唱到高潮部分，苏伽然和钟倾倾越跳越近，眼看两人胸贴胸，温和忍无可忍，他直辣辣地盯着，眼睛都红了一圈。他胸腔里好似藏了颗炸弹，马上就要被点燃引爆。

他叹口气，站起身，迈开他的大长腿，两步并作一步，走到钟倾倾旁边。

伸手，拉住钟倾倾的手腕，将她和苏伽然扯开。

音乐还在闹，钟倾倾愣住，全然不知发生什么事，"欸，怎么回事？"

"快下雨了，跟我走，去躲雨。"

之后不等钟倾倾回应，温和霸道地拉着她离开艳舞现场。

方子琪倒吸一口凉气，够直接够霸道，她兴奋地撞了撞周耀的胳膊肘，"愿赌服输，今晚轮到你伺候我。"

苏伽然看着温和带走钟倾倾的背影，难过的同时，又松了口气。

周至衍看温桃一眼，眯着眼睛笑，"喜提嫂子。"

温桃也笑，灿若桃花。

温和说去躲雨，不完全是借口。

乌云溜达过他们头顶，天色瞬间变暗，初夏的暴雨倾盆而下，就在温和拉着钟倾倾离开的两分钟里。

这两分钟，温和拉着钟倾倾一直往前走，没有目的地往前走。直到大雨哗啦而下，他才抓着钟倾倾的手跑到附近的芭蕉树下躲雨。

然而雨势太大，芭蕉叶不够为两人挡雨。

温和看着雨水落在钟倾倾的肩膀，他松开抓住她手腕的手，将它移到钟倾倾肩膀的位置。他拍拍她的肩膀，而后顺势让她往自己这边靠，让她和他挨得更近。

两个人紧紧地靠在一起，芭蕉叶才能同时罩住他们。

站定后，钟倾倾气鼓鼓地歪头看温和，"你在干吗？突然拉着我跑是怎么回事？"

但由于两人靠得太近，她呼吸的频率和呼出来的气息，温和都能细腻地感觉到，冷静下来没那么生气了的他，因为钟倾倾的靠近，他的身体绷得紧紧的。

是真的太近。

温和稍稍低头，她嘟着嘴的唇，就在眼前，粉粉嫩嫩像水蜜桃。他不自觉地吞了口口水，水蜜桃是甜的，他到底在想什么。

温和懊恼地闭上眼。

"说话呀！"钟倾倾的声音传入耳，挠得他心痒。

为什么突然拉着她跑？

因为不喜欢。

不喜欢钟倾倾望着苏伽然笑得一脸灿烂又好看。

不喜欢钟倾倾和苏伽然扭来扭去靠得那么近。

不喜欢钟倾倾和苏伽然之间没有距离感默契很好的样子。

通通都不喜欢。

"不喜欢。"温和实话实说。

"什么不喜欢？"钟倾倾感到莫名其妙。

"不喜欢你和他一起跳舞。"

"那是游戏惩罚，愿赌服输。"

"不喜欢你和他靠得那么近。"温和语气委屈巴巴的。

都说男人在吃醋时，像是牙齿没长齐的宝宝。温和此时就是眼红红，肚子里装满怨气的宝宝。

这怨气像长了翅膀，飞了出来。

钟倾倾反复品了品温和的回答，她好像有那么点反应过来了，笑意爬上脸颊，她故意凑到温和耳边，笑嘻嘻地问他："小可爱，你是在吃醋吗？"

心事被说中。

温和不好意思承认，他有些激动地将钟倾倾推开，连连否认道："我没有吃醋，我怎么可能吃醋，我为什么要吃醋……"

温和其实没用力，但钟倾倾没防备，被他一推，她一个趔趄没站稳，人往后倒，撞到一片兜满雨水的芭蕉叶。好在温和手长腿长，他先是伸出腿将她绊住，再伸出手把她捞到他怀里。

但是由于撞到兜满雨水的芭蕉叶，钟倾倾的头发被雨水浇湿。额前的长刘海湿漉漉的，倒是给她平增几分可怜感。

被拐跑就算了……

现在还被浇湿……

这怨念钟倾倾只能找温和撒，她双手握拳朝温和的胸口细密地砸去，她撒着娇，"你推我，你居然推我，我头发都湿啦，你得补偿我。"

钟倾倾小前半生都没想到自己会有这么娘的一天，真有失英雄本色女侠风范。

温和确实感到抱歉，他真诚道歉，"对不起，怎么补偿你？"

钟倾倾一双明亮的眼睛，眼珠滴溜溜地转，她抬头看温和，但离得太近，她一仰头眼神就落在了他的嘴唇上。

红润饱满，弧度清晰，是性感迷人的唇。

钟倾倾嘿嘿一笑，起了色心。

既然温和道歉态度如此真诚，那就满足他吧。钟倾倾咳嗽一声，问温和："什么补偿都可以吗？"

"嗯。"但念及钟倾倾平时的画风，他马上补充了四个字，"除了肉偿。"

噗，钟倾倾笑出了声。她的那点小心思已经被看出来了嘛。无所畏惧，她接着耍流氓道："肉偿倒不至于，不如就勉为其难地'啵'一下吧。"

"啵"一下？

温和脑子绕个弯才想明白是亲亲的意思。

这么直接的吗……

温和虽然知道钟倾倾向来直来直去，但她直接说出来还是让他一时间有些无措。

钟倾倾呢，见温和不说话，权当他默认。

于是她踮起脚尖，快而准地朝温和饱满的唇进攻。

一瞬间，她的唇贴着他的唇。

柔软有温度。

但钟倾倾只是蹭了蹭就离开了温和的唇。而温和，刚感受到温暖，立即被抽离，竟有种空虚感。而在四瓣唇贴紧的瞬间，他其实非常有想要加深这个吻的冲动。

可他选择了克制。

他想给她未来，想和她有来日方长。

"我会对你负责。"蹭完亲亲后，钟倾倾红着脸对温和说。

温和不说话，心里却笑开了一朵花，所有的醋意都烟消云散。

而就在刚刚，大雨倾盆落下时。

周耀拉着方子琪的手，周至衍拉着桃桃的手，两对情侣往最近的休息区跑去，苏伽然站在原地，突然想要享受这场大雨。

他失恋了。

这辈子最长且唯一的一次单恋。

他终于失去了她。

方子琪和周耀跑到休息区后，她没有看到苏伽然，意识到不对劲，她从休息区拿了两把伞原路返回去找他。苏伽然倒是哪也没去，他就站在原地，望着温和和钟倾倾离开的方向，一动不动。

大雨滂沱，细密的雨将他包裹住，远远看去，他就像是天地间一个小小的团子。

渺小又悲伤。

方子琪拿着伞加快脚步跑到他面前，苏伽然全身已经湿透，眼睛失去神色。

这是方子琪认识苏伽然的这些年里，第二次见到他这样，他眼里的光暗淡，熄灭，消失。

看着令人心疼。

她撑开手中的伞递过去，苏伽然呆呆地接过伞，拿着，但没有将它举起来。雨水啪嗒啪嗒落在伞里面，没几秒就接了一伞雨水。方子琪叹口气，知道劝也没用，她凑近苏伽然，将自己手中的伞举高再举高，伞罩住两人。

他不能再淋雨了，这么下去要感冒的。

方子琪和钟倾倾是多年好友，方子琪和苏伽然同样也是。手心手背都是肉，谁受伤她都跟着难过。她记得第一次见苏伽然这样，是钟倾倾上大学谈第一个男朋友时。那是苏伽然人生中第一次重重地意识到，他可能会失去钟倾倾。

当时方子琪和苏伽然正在学校食堂吃饭，钟倾倾打跨洋电话过来，兴高采烈地告诉他们她恋爱了的喜讯。挂断电话后，苏伽然问了方子琪三遍，"老钟刚才是说她谈恋爱了？"方子琪回答了他三次，"是的。"

而后——

方子琪看到苏伽然眼里的光暗淡，暗淡，再暗淡。

所有人都知道，苏伽然喜欢钟倾倾，但所有人都明白，钟倾倾不会和苏伽然在一起。多年友情要发酵成为爱情，需要太多契机和缘分，他们之间，缺少的恰恰是其中最为玄妙的契机——怦然心动。

钟倾倾珍重苏伽然，他对她而言，是生命中极为重要的存在，但那不是男女之间的爱情。

而苏伽然对钟倾倾的爱，有保护欲，有强烈占有欲，有患得患失，有原始冲动。是爱情，但他的爱，不自私。

所以其实，今天的爱情助攻选手，除了方子琪，还有苏伽然。早在两人约定要一同春游开始，他们就已达成共识，串通一气助攻钟倾倾和温和。

"后悔吗？"方子琪故作轻松地笑着问苏伽然。

后悔将自己喜欢多年的女孩亲手推给别人吗？

苏伽然摇头，神情苦涩。但一想到对方是温和，他叹口气，又释然不少。

记得在凌叔六十大寿寿宴上，他看到钟倾倾逗温和让温和喊她小姐姐时，他就知道大事不妙，当晚苏伽然联系在做私家侦探的好友鸽子，拜托他查一查温和的家世背景、过往履历，以及跟踪他一段时间。

　　结果这一跟踪，苏伽然不仅发现钟倾倾瞒着他回了鹭城，她还跟温和同住一屋檐。

　　当天新店开张忙得不可开交的苏伽然，还是联系了钟倾倾，可她却不说她在鹭城。听说他店里招了漂亮可爱的小姑娘，她还劝他去谈场甜甜蜜蜜的恋爱。最后她还突然对他说："小苏，我大概已经陷入恋爱，我有喜欢的人啦。"

　　是温和。

　　虽然钟倾倾没直说，但他确定，她喜欢的人是温和。

　　苏伽然只好尿得假装信号不好，将语音电话挂断。

　　后来他出现在钟倾倾和温和同租的房子里，他怕他的青梅会成为他人的盘中餐。他想像往常那样，做她的护花使者、纯度测量仪，用他的方式将温和逼退吓跑。可这次，却和往常大不相同。当他看到钟倾倾着急护犊子的行为时，他就知道完蛋了。

　　而温和，看起来一副云淡风轻、从容淡定的模样，其实他会吃醋，醋劲还挺大。但他脾气是真好，无论是苏伽然给他发钟倾倾饮食喜好清单，还是钟倾倾生辰爱好详单，他都没发脾气，而是照单全收。

　　苏伽然猜测，温和也喜欢钟倾倾。

　　他们是两情相悦。

　　所以当方子琪出差回来，和苏伽然聊到温和时，两人一拍即合，决定组织春游，助攻钟倾倾和温和。因为鸽子私下调查到的所有有关温和的个人信息和过往经历，都是温和的加分项。他的人生毫无劣迹，还有着一堆善举。

　　将钟倾倾推给温和，苏伽然是放心的。

　　温和会带给钟倾倾幸福。

　　而苏伽然，等到王子登场，骑士自然要退场离席。

　　暴雨来得快去得快。

　　乌云散开，很快云层里又冒出一点光。

方子琪将雨伞扔在沙滩上，她拍拍苏伽然的肩膀，"苏伽然，你真牛！你是骄傲，你的爱是伟大的神圣的散发着光芒的，你是鹭城的阳光使者，你是我们祖国的稀有宝藏。"她故意越说越夸张。

苏伽然笑出了声，露出他洁白的牙齿。

笑了就好笑了就好，方子琪松口气，"走吧？到休息区洗个热水澡，把衣服烘干。"

"走。晚上去别墅陪我喝两杯？"

"有事？"她晚上和周耀还有约呢。

"纪念我死去的爱情。"

"矫情，玩非主流哈。"方子琪白他一眼，"新的爱情在向你招手。"

苏伽然抬头看乌云溜走后，云层里冒出来的一点光亮，星星之火可以燎原。

"天高海阔，是时候来场新生。"他在心里对自己说。

两人走到休息区，周耀贴心地端了两杯姜茶递给他们，"暖暖身。"

"谢嘞。"苏伽然一口喝掉姜茶后，转身去冲热水澡。

方子琪挽着周耀的手，问他："怎么没看到倾倾和温和，他俩还没过来？"

"还没。"

"周至衍和桃桃在哪？"

"里面的休息区。"

"走，去找他们。"

"好。"

找到周至衍和温桃时，两人正甜甜蜜蜜地依偎在一起看综艺。看到方子琪和周耀过来，周至衍将视频暂停，看向他们。

"要走了吗？"

"再等会儿。"

"温和和钟倾倾还没过来？"

"还没。"

周至衍打开天窗说亮话，"来找我们是因为他俩吧？"

直接！爽快！

方子琪给他使眼色，"你们怎么看？"

"全力支持。"

给力！收获两名重磅级助攻选手。

其实，在温和终于忍不住醋意，冲动起身拉起钟倾倾手腕的一刹那，温桃激动地握住了周至衍的手。

"阿衍阿衍，哥哥是吃醋了吗？"

"是，打翻了醋坛。"

"哥哥刚才的举动好帅！"

"跟他平时不大一样。"

温桃眯着眼笑着感叹，"爱情的力量。"

周至衍朝她温柔一笑，眉眼里都是宠溺，"像我和你。"

两人明明已经谈了好几年恋爱，可仍然像是甜蜜的热恋期。

温桃双手捧脸，眼神流露出少女般的憧憬，"阿衍你知道吗，我最大的希望就是想要哥哥和我一样获得幸福。"

周至衍笑，"我们桃桃喜欢钟倾倾是吗？"

"是呀，哥哥也喜欢她。"温桃语气肯定。

周至衍好奇，"你为什么这么肯定？"

"因为我，看到哥哥的手机里，有他和倾倾拍的合照，很多张，他们一起去看樱花时拍的。"温桃调皮地眨眨眼，"我偷偷看到的，哥哥不知道。"

周至衍了然。

温和喜欢上了钟倾倾，周至衍早已确定。只是不知道温和和钟倾倾现在是什么情况，不知道温和的顾虑有没有因为今天发生的事而消除。

见周至衍不说话，温桃用手戳戳他的手，"有心事？"

周至衍看着温桃，微微叹口气，"喜欢钟倾倾这件事，温和一直有顾虑。"

温桃着急，"什么顾虑？"

然后，周至衍就将云舒酒店希望和温和续约的事，以及年底温和答应温桃要带她回安夏的事，详细地跟温桃说了一番。

"和云舒酒店续约的话，温和就不能如期带你回安夏。选择不续约带你回安夏的话，温和就要和钟倾倾分开。温和想得多，责任心重，不能负责好钟倾倾未来的话，他就不会选择开始。"

"我都不记得今年就是要回安夏的时间，哥哥却一直记得……"

"温和重承诺，他答应过你，就会做到。"

"其实哥哥可以不和我一同回安夏，我现在有你，你会一直陪着我的，对不对？"

"当然。"

"而且哥哥也不用今年带我回安夏，我们可以明年后年再回去。"

"是这样没错。"

温桃语气笃定，诚诚恳恳，"对我来说，哥哥的幸福才最重要，他和倾倾两情相悦，我希望他们能在一起，能够甜蜜幸福。"

"这也是我一直以来希望的。"

温和身上背负的担子太重，这些年周至衍看着他一步步挺过来，感慨万千。钟倾倾古灵精怪，性格明朗有趣，周至衍第一次见到她，就暗暗期待她能够和温和产生不一样的化学反应，带给他春意盎然充满生机的世界。

"阿衍，我们有什么办法能帮帮哥哥吗？"

"将你所想的，告诉他。"

解铃还须系铃人，能够解开温和顾虑和心结的人，非温桃莫属。

苏伽然冲完澡烘干衣服和大家会合时，钟倾倾和温和才来到休息区。

所有人都想从他们脸上看出点异样，但两人偏偏淡定如往常，像什么事情都没发生过一样，以至于大家都猜不到他俩目前是什么情况。

"大家都在啊，是要回山庄别墅了吗？"钟倾倾问。

"等你们有一会儿了。"方子琪故意说大家都在等他俩。

"不好意思各位，那？走吧。"温和声音轻柔，道个歉听得人都酥酥麻麻的。

"走吧走吧。"方子琪附和道。

不着急，她给自己上心理暗示。

长夜漫漫，啤酒满箱，还有很多时间，足够挖出许多隐私。

玩了游戏，又淋了场雨。坐游艇返回山庄时，大家都不如早上来绵岛那会精力旺盛。每个人都找了地儿栖息，好养精蓄锐，晚上再玩。方子琪好奇钟倾倾和温和的情况，心里一直惦记着，上游艇后她不断找机会和钟倾倾独处，想说会儿话。

游艇上有两张床，一张周至衍和温桃靠着床在看剧，一张钟倾倾和方子琪霸占着，两人抱着枕头聊心事，时光像是回到学生时代。

方子琪急不可耐，"你和温和现在什么关系？"

钟倾倾神色复杂，"不知道。"

"你们离开后发生了什么事？"

"不好说。"

"钟倾倾，你什么时候变得这么含含糊糊了，说清楚说清楚，细节到位。"

钟倾倾歪着头，她是真不知道她和温和现在算是什么关系。他拉着她的手跑了，她主动亲吻了他，可谁也没说谁也没问接下来两人算是什么关系。那个在恋爱中尤为重要的，有关表白有关确定关系的仪式感，并没有在那一瞬间发生。

"也没发生什么事，下雨了我们就在芭蕉树下躲雨。"

"然后？"方子琪满眼期待。

"然后雨停，我们就往休息区走。"

"嗷……"方子琪发出一声绝望的哀嚎，"钟倾倾，你的撩汉技能几乎为零啊。你躲雨的时候不会拉着小哥哥的手说自己冷让他给你暖暖吗！芭蕉叶芭蕉叶多小啊，你就不能紧紧靠着小哥哥让他保护你不被暴雨淋湿吗……"

钟倾倾伸手抓了抓头，恍然大悟，"是这样啊。"

其实躲雨的过程中，温和的手钟倾倾抓是抓了，换她问温和冷不冷要不要给他暖暖。芭蕉叶也的确是小啊，主动靠近温和的人是钟倾倾，也是她想要保护温和不被暴雨淋湿。就连那个唇瓣相触的吻，都是她主动亲上去的。

……她根本就没有撩汉技能，她只有跟随自己的心意，勇敢而主动。

"温和当着大家的面把你拉走后，说了什么做了什么？"方子琪不死心。

钟倾倾如实回答，"我问他是不是在吃醋，他说没有吃醋，也不会吃醋。"所以也猜不透搞不懂他到底在想什么，她和他之间的距离，忽远又忽近。

"他没有跟你表白？"

"没有。"

方子琪抱着枕头绝望地朝后倒去，一个死鸭子嘴硬，一个身在局中糊涂。温和都已经醋意爆发，气愤冲动到将钟倾倾从苏伽然身边带走，却仍然嘴硬不承认他喜欢钟倾倾。

"哇呜呜呜，革命胜利如此之难，难于上青天。"方子琪躺在床上一遍遍哀嚎，"我和小苏花费多少工夫才找到助攻的机会……温和吃醋了，他就是吃醋了，他为什么不承认不表白……"

钟倾倾抓到关键词，助攻。

难怪今天的苏伽然比起平时格外甜腻、黏糊。方子琪也是，格外兴奋。

"我给你和小苏一人买个包吧，香奈儿还是爱马仕？"钟倾倾打开购物网站，这是她一贯表达感谢的方式。

"钟倾倾，不要一言不合就买包。"方子琪不满，"撩汉啊撩汉，我敢保证，温和吃醋了。"

"怎么撩嘛？"钟倾倾第一次感到沮丧。

主动，她绝对主动；勇敢，她时刻勇敢；表白，她早给表了。

所有她能想到能做的事，她都做了。除了等待，她别无他法。

"激将法，吃醋法，都已经用到极致，再用效果不大。"头号爱情助攻选手方子琪暗自揣测，"温和该不会是有什么顾虑吧，看着不像是拖泥带水不爽快的性格啊。"

"我去外面转转。"方子琪看着钟倾倾说，"你别想太多，休息会儿。"

方子琪四处溜达，找着温和的身影，有些事她必须当面问清楚。

只是寻了一圈，她都没有找到温和。意外的倒是，周耀、苏伽然、周至衍三个大男人聚在游艇甲板的位置，吹着海风，迎着海浪，喝着啤酒，状态惬意得很，惹得方子琪差点想加入他们的男人帮队伍中。

但她还有正事要办。

"看到温和了吗？"方子琪同他们招手。

"他和桃桃在一起，游艇下面靠左的房间。"周至衍告诉她。

方子琪折回游艇里面，轻声轻脚地走到靠左的房间门口，而后停下，开始偷听。当她听周至衍说温和和温桃在一起时，她就打算偷听偷听兄妹俩的悄悄话。然而，方子琪听了快半分钟了，里头什么动静都没有。

一片沉默。

急性子快要失去耐心。

就在这时，温和开口，语气沉重，"我和她，没有未来。"

她，是指钟倾倾吧，方子琪边听边猜。

"是因为我吗？"

温和再次沉默。

温桃回想起周至衍同她说过的话，她莞尔一笑，娓娓道来。

"如果是因为我，哥哥大可不必介怀。我早已不是当年脆弱不堪、疾病缠身的小姑娘。"说话间，她还配合地将右手手臂向上弯曲，以示自己是强壮的，"所以回安夏的事，哥哥不用着急。我现在有阿衍，阿衍能带我回安夏，哥哥以后可以常来安夏看我们，带着倾倾。"

安夏是温和和温桃的老家，父母去世那年，温桃每晚都会梦到一家四口在安夏幸福生活的点滴。那时候温桃每天早上醒来，都会和温和说："哥哥我们回安夏，带我回安夏。"

原本那年，温和是要带温桃回安夏的，结果温桃被诊断出抑郁症，有自杀倾向。但带温桃回安夏的事温和一直记得，今年年初做复检时，温桃的抑郁症基本已经痊愈，他便着手计划今年年底带她回安夏。

没想到，半路杀出个钟倾倾。

"其实我现在也没有那么执着要回安夏啦，你看我病都痊愈啦，还有我和阿衍在一起很幸福，回不回安夏都好啦。"说到周至衍，温桃的语气都变得欢快调皮起来。

温和看着她，的确是一脸幸福的模样。

温桃继续说，她如小鹿一般明亮的大眼睛真诚地看着温和，"如果因为我，哥哥要放弃在云舒酒店的工作，要放弃你一生挚爱的法甜事业，要放弃难得一遇怦然心动的爱情，我会感到内疚不安。我现在很幸福，我希望哥哥你也很幸福，你是我在这世上唯一的亲人了。"

听完温桃长长的掏心窝子的话，温和内心十分感动。

自从那场大火，温和父母去世后，他的世界就只剩下妹妹温桃，他所有关于未来生活的计划都是围绕温桃转的。他肩上承载的责任和承诺，一直沉甸甸地压着他。看到温桃长大懂事的模样，他感动又欣慰。

顾虑解除，但温和的神色并没有变得愉悦。

温桃不解，"哥哥，还在担忧什么？"

温和在心里叹口气，不想让温桃担心。

钟倾倾的出现，对他来说，是场意外。后来他喜欢上她，更是意外。

只是偏偏，她是云舒酒店董事长的女儿，千金小姐，掌上明珠。而他，不过一介法式甜品师，父母双亡还带个妹妹。都说真爱发生在女孩身上是大胆，发生在男孩身上则是自卑。

是，人人追捧的天才法甜大师，也会自卑。

温和责任心重，他害怕这样的他，无法给钟倾倾的未来带去最好的幸福。

他想要无比笃定地走向她，带给她最明亮的未来。

"没事哈，我们桃桃不担心。"温和语气柔和，伸手摸了摸温桃的头，"你在这看剧，我去找至衍他们，靠岸后来喊你。"

"好哦！哥哥，我有话要告诉你。"温桃喊住他。

"嗯？"

"是我在网上看到的。有人问，'互相喜欢的人，明知道不可能有结果，还要在一起吗？'其中一条高点赞回答是'如果一分钟后她必须进安检，如果安检在十米之外，那意味着你们可以亲吻四十五秒'。我看到这个答案时，心里想的是，这短暂的四十五秒，也许抵过许多人的一生。哥哥，尽人事听天命，你要勇敢一点哦。"

温桃动之以情晓之以理，温和去开门的手突然停住。

是啊。

在这世上，许多人终其一生都遇不到两情相悦的人。

躲在门外偷听的方子琪，十分感谢温桃最后说出的这番话，不仅是它足够撼动温和，更重要的是它拖延了时间，方子琪这才有机会偷偷溜走。如果温和早一分钟开门走出来，她就会被他撞个正着。

偷听的内容信息量太大，方子琪懒得去捋，但她的第六感告诉她，温和会有所行动的，他喜欢钟倾倾，这事没跑。至于其他的，等着吃糖。

游艇靠岸，回到靠海别墅，已是傍晚。

下过雨放晴后的海边迎来绚烂的晚霞，漫长的海岸线和粉橘色的云彩天空融合，一行七人都停下脚步，安静地观看这一胜景。眼前落日美好，像是在动漫里才能看到。

突然，温和低头看站在他身侧的钟倾倾，"晚上，喝一杯？"

"好啊。"钟倾倾笑容明媚。

其他人听着，嘴角露出了然的笑意，像是已经吃到那一颗糖。

然而意料之外的是，晚霞落幕，回靠海别墅的路上，他们遇到了钟暮云和舒小菁。

面面相觑。

惊讶，但不至于动怒。

这毕竟不是钟倾倾第一次偷溜回国。

"你怎么在这里？"钟暮云双手交叉抱在胸前。

"我请她来的。"苏伽然站出来解释道，"我爸最近不是新搞这个旅游项目嘛，我就喊了些朋友来玩。"

"你回来多久了？"钟暮云看钟倾倾，略过苏伽然。

"昨天昨天，我昨晚去机场接的倾倾。"又被苏伽然抢答，还自作主张帮她撒了个谎。

"嗯。"钟暮云从鼻子里发出一个"嗯"字，算是回答了苏伽然。他继而眼神锐利地看向钟倾倾，"玩两天回家，既然回来了就住家里。"是不容拒绝的严厉口气。

"好。"钟倾倾低声应道，她毕竟已回国两月有余，也不好再说什么。

只是突如其来的变故，令她感到无所适从。

钟暮云下令让她住回家的话，这就意味着她要搬离和温和同租的房子。想过迟早要离开那里的，合同本就只签了几个月，但事出突然，没有征兆没有准备，让人不悦。

到达别墅后，所有人聚在一起吃了顿晚饭后便各自散开，享受私人时间。

周至衍和温桃租了两辆自行车打算环岛观光，方子琪和周耀关了房门躺在一块看墙壁上投影仪投射出的温情电影，钟倾倾和温和约好要去海边喝一杯，两人提了好几瓶啤酒，剩下苏伽然，他被苏怀生喊去另一栋别墅谈投资。

夜晚的海风，呼呼作响。

钟倾倾和温和并肩坐在沙滩上，看海浪卷起一朵朵浪花，往前翻滚再翻滚。

五月的鹭城，早晚温差大，此时海风拂面，夹杂丝丝凉意。

下午淋了雨，晚上又来海边，担心钟倾倾会感冒的温和，特地带了件薄款针织外套，此时将它披在钟倾倾的身上，温和动作轻柔，看向钟倾倾的眼神，温柔得一塌糊涂。

钟倾倾开了一罐啤酒，递给温和，自己又开了一罐。

咕噜咕噜，一口下去差不多喝掉整罐。

"我明天就要搬走。"她语气感伤得像是要和温和生离死别。

"没关系。"温和开口安慰她，不住在一起，但两人都还是在鹭城生活，能常见面的。

可钟倾倾一听温和轻飘飘地说句没关系，她就更不高兴了。什么没关系，她来她走，对他来说都没有关系，是这个意思吗？钟倾倾像钻牛角尖的小朋友独自生着闷气，一罐啤酒喝完，她将啤酒罐扔来扔去，弄得哗哗作响。

"温和。"钟倾倾直呼他的名字，认真地问道，"我搬走，你会想我吗？"

"会。"是不假思索地回答。

而钟倾倾因为这一个"会"字，生着闷气的情绪，瞬间烟消云散。

"我也会想你。"她眼神炙热望向他，"很想很想。"

起风了，温和伸手将披在她身上的衣服扯了扯，担心她冷着，"冷不冷，要不要回去？"

钟倾倾摇了摇头，想再坐会。啤酒喝到只剩下最后两罐时，她眼睛亮亮的，期待满满地看着温和，问他："你有没有什么话要对我说？"

温和低头，喝了口啤酒。想说的话，太多太多，闷在心里也有多时，但现在还不是时候。爱情的升级需要冲动，但冲动不能带给她更明亮的未来。

最后，温和轻声说："明天酒店有重要的会议，抱歉不能送你。"

"没关系。"她可以自己搬走。

自己来的，自然是自己走。

但后面那句话，钟倾倾没有说出口，太委屈了，这画风不适合她。

没有等来温和的告白，钟倾倾打开最后两罐啤酒，她举起手中的啤酒，笑着碰了碰温和手中的那罐啤酒，"我干杯，你随意。"

而后，她干掉了整罐啤酒。

今天的酒又他妈的是苦的，钟倾倾在心里咒骂。她茫然地看着一片漆黑的大海，我干杯你随意，真像她和温和之间的爱情，她一厢情愿，飞蛾扑火。钟倾倾始终觉得，爱一个人，就应该全力以赴。只不过，这种让自己爱到没有退路的感觉，真他妈的糟糕。

"走了。"钟倾倾将地上的啤酒罐捡起，"都喝完了，回去吧。"

温和起身，站在钟倾倾身侧，突然朝她张开双臂，他眉眼含笑，神情害羞。钟倾倾闭眼，深呼吸一下，再睁开眼，温和的纯情和温柔真致命。

她深吸一口气，室友一场，是应该用一个拥抱结束。

钟倾倾走到温和张开的双臂里，伸出双手回应他，所有的所有都融化在这个拥抱里，全世界仿佛只剩下翻滚的海浪声，和大海远处隐约发光的深夜灯塔。

第二天，回到鹭城市中心。

温和去云舒酒店开会，苏伽然得回猫咖店。帮钟倾倾搬家并将她送回家这件事，落在方子琪和周耀身上。周耀重回旧屋，想象中屋子应当比他走时要乱一点，但温和处女座爱干净有洁癖，应当再怎样都不至于乱到毫无章法。

然而事实是，当他推门而入，看到曾经明亮整洁的屋子被各种小家电小玩意霸占时，他大吃一惊。

"这些都是你的？"

"对呀。"

"温和没让你将它们清理掉？"

"有啊。"钟倾倾踢了脚地上沉睡几天的扫地机器人，将它唤醒工作。她回头看着周耀嘿嘿一笑，"但他管不着我。"

周耀看着她得意的笑，明白过来，"温和真是惯着你。"

一个爱干净有洁癖的处女座，竟然能忍受钟倾倾小物件巨多且四处乱放的毛病，不是惯着是什么。周耀回想当时自己跟温和合租时，垃圾超过两天忘了扔温和就会温柔地跟他讲环保道理。周耀也是性格随和的人，这之后，再也没有发生超过两天不扔垃圾的事。

可钟倾倾是小恶魔。

温和让她少买小家电，家里用不上，她嘴上连连说好，转身打开手机淘来淘去下了单。温和让她每天都将房间里的垃圾倒掉，她仍是嘴上说着好，结果每次都是温和替她扔的。

周耀在屋子里转了一圈后，在心里发出感叹，一物降一物，打不倒的终是小恶魔。

第八章

大海里的光

×

×

钟倾倾搬走了。

世界万籁俱静，下班回来的温和却觉得空空荡荡。

再也没有一个小脑袋，在他下班回来推开门的刹那，就探出来笑着逗他，"小可爱，你回来啦。"再也听不到房子里按摩椅、扫地机器人、瘦脸美容仪同时运转，喧哗但充满生活气息的愉悦奏乐；再也看不到睡觉前刷牙时，喜欢戴着兔子发箍跳着萌萌的可爱舞蹈的钟倾倾。

…………

温和揣着空落落的心，走到厨房走到浴室，走到客厅走到阳台，在屋子里来回走了几圈，最后走进钟倾倾的房间，坐在她床边的椅子上，望着搬空的房间发呆。

他承认，他想念钟倾倾所有可爱的举动，他回忆起她坚强潇洒背后无助的脆弱，他喜欢她风风火火特立独行活得很真实的模样。

情不知所起，一往而深。

在这个没有钟倾倾的晚上，他非常想念她。

温桃说："短暂的四十五秒，也许抵过许多人的一生。"他想，温桃说得对。温和坐在空房间里沉默许久，离开时他拿出手机给凌叔打了个电话，他说："我同意续约。"

他终于下定决心。

续约合同是第二天早上签订的。

签完合同，温和在网上搜索有关表白的套路和注意事项，他想给钟倾倾带去美妙的惊喜。他收集了许多浪漫的表白方法，打算近两天正式向钟倾倾表白。面对爱情，温和是纯情浪漫的。

这一性格，随他父母。

温和的父亲曾是法国餐厅的甜品主厨，母亲是法国知名大学的外教老师，他们在香榭丽舍大街相遇，街道两旁梧桐树上的梧桐叶像是金色的蝴蝶，在为他们的相遇而翩翩起舞。

温和的父亲伸手让其中一只精灵落在他手心，随后拿出他随身携带的钢笔，将他的名字和联系方式写在梧桐叶上，递给温和的母亲。法国人生性浪漫，大抵是沾染了他们罗曼蒂克的情愫，后来他们相爱，日复一日，生活宛如童话故事。

从法国回到鹭城后，他们决定结婚，厮守终身。

结婚第一年，有了温和，温和的名字来源于母亲非常喜欢吃的坚果——核桃。后来有了妹妹温桃，两小孩站一块终于凑成坚果。

温和的成长环境里充满爱意，父母双方都善于表达爱。再者因为父亲是甜品师，温和家里总是充斥着奶油香和蛋糕甜。所以，温和自小就期待一生一世一双人，童话般甜蜜的爱情。

两天后，温和的告白计划搞定。

他给钟倾倾发消息约她晚上一同去看电影，结果等来等去，都没等到钟倾倾的回信。温和只好给钟倾倾打电话，结果她的手机处于关机状态，听筒那头一遍遍提示他，"您拨的手机已关机，请您稍后再拨。"

不妙。

温和隐隐感觉，有事发生。

果然。

温和通过周耀联系到方子琪后，才知道在他忙着表白计划的同时，云舒酒店和名阿泽酒店同时上了微博鹭城头条，与此同时，钟倾倾遭到网友攻击。

温和和方子琪简单快速地进行交流后，整个事情的来龙去脉变得清晰。

名阿泽酒店上微博鹭城头条这件事，温和不惊讶。前段时间因为两大差评事件，名阿泽酒店稳居微博鹭城头条，当时钟倾倾和温和还坐在客厅的沙发上聊这件事，猜测名阿泽酒店是不是得罪了某位大佬，才招来接二连三的差评攻击事件。

名阿泽酒店差评事件的由头，是一位客人入住酒店时，被床垫上的一根针扎到大腿出血。据客人表述，这根针就在床边缘的位置，在被褥下面的床垫上发现的，如果针是被人故意放在床垫上的，那么这位客人就存在感染的风险。

事后客人跟名阿泽酒店进行交涉，结果名阿泽表示可以免除房费，但是不承担任何后续风险。可这位客人去医院进行检查后，医生告知她病毒感染存在六周的潜伏期，客人要求酒店方开具承担风险的证明被拒绝，且据说……拒绝时态度恶劣。

这位客人本想等六周后复检结果出来时再和酒店交涉，若没感染，她也懒得追究。但因为酒店态度恶劣言辞恶毒，客人一生气将整件事情的始末发到了微博上，很快就有"热心"网友转发评论。

"不寒而栗，以后住酒店都要有阴影了……"

"好可怕，起码得赔人家一双丝袜啊，都脱丝了。"

"这样的酒店居然还是星级酒店？酒店行业都怎么定级的？"

"天啊，以后来鹭城绝对不住这里，名阿泽酒店，永世拉黑。"

"转发，疯狂转发，大家都避开这家可怕的酒店吧，万一住了感染了什么病，很恐怖的。千万不要拿自己的生命开玩笑啊。"

"酒店方态度真恶劣，说话真恶毒，完全没有解决事情。"

…………

钟倾倾和温和盯着微博看了十分钟，在这十分钟的时间里，这条微博转发评论过万。

速度极快。

"像不像买了水军，有黑子在带节奏？"钟倾倾眯着眼，问温和。

"像。"

在这件事上，名阿泽酒店是有责任的，如果针是上位客人入住时留下的，那么酒店在打扫卫生这块不够干净彻底，免房费和配合客人做医疗检查，都是必须的。

不过钟倾倾和温和仔细看了看客人发出的一些证据，其实并不能完全证明名阿泽酒店在处理这件事时态度恶劣言辞恶毒。

看起来，应当双方都存在问题，许是沟通不当所造成的。

但看看评论里一边倒的情况，八九不离十，名阿泽酒店被搞了。

最后名阿泽酒店迫于舆论压力，又是道歉又是赔偿又是各种公关危机处理，总算将这件事压下去。

可一波未平一波又起，名阿泽酒店又发生一起事故。

这件事还导致许多网友在钟倾倾留下的评论下面跟评，看起来也像水军在带节奏。

"原来早有人提到防滑这个问题，为什么酒店不能早点重视重视？"

"名阿泽真牛，VIP酒店试睡员给出的建议都能忽略。"

"好评都是请水军刷的吧，这种说大实话的评论都要被淹没了……"

…………

这条评论是钟倾倾毕业前最后一次酒店试睡工作后，她给名阿泽酒店的好评。

虽然是好评，但这条评论里的内容却客观地指出名阿泽酒店的一些不足。比如马桶存在漏水的情况，比如一次性拖鞋鞋底较薄，这些内容都指向同一个问题：防滑措施不到位，容易摔倒。

而这次的事故恰好是因为酒店防滑措施做得不够好，导致客人在酒店房间摔倒。

偏偏这位客人曾经伤过脚踝，这一摔旧伤复发，疼痛难耐，客人连站都无法站起来。又因为钟倾倾早在评论里提到过防滑一事，酒店却未将它当成问题重视、解决，直到事故发生。

只可惜这次的客人和客人家属，比上次钟倾倾遇到的那位女士要难搞得多。

事故发生后，他们第一时间不是找酒店，而是上微博哭诉，他们声称不要赔偿，而是要名阿泽酒店公开道歉。他们完全不提赔偿金额，而是直指酒店声誉。

正因为此，钟倾倾更加肯定有人在暗地里搞名阿泽酒店。

再者名阿泽酒店平时作风本就有问题，大量雇人给自己酒店刷好评不说，还经常给其他酒店刷差评，明里暗里都与各大酒店间存在不正当竞争，被搞也是意料之中的事。

两件事情的发生相隔不到半个月，一时间，网友纷纷谴责名阿泽酒店，让他们滚出酒店行业，让"名阿泽"三个字永远在鹭城消失。

因此，据说名阿泽酒店特地高薪聘请知名危机公关团队处理此次事件。

道歉是必须做的，态度诚恳，任怨任骂。

其次开除处理针扎事件的酒店经理，同时承诺对客人负责到底，无感染赔偿精神损失费，被感染医治到底。

再者针对摔倒事件，道歉赔偿两面到位，同时更换酒店所有一次性拖鞋，马桶进行全范围检查，以及增加增强各区域防滑标识。为了将这一改变贯彻到底，名阿泽酒店更是大胆邀请网友到酒店免费试睡体验，让每一个人都亲自当"酒店品评家"。

这一举动不仅引来众多路人网友的兴趣，黑子水军也无法再抓着之前的点带节奏。事情沉寂一段时间后，大部分网友渐渐遗忘了当时发生的事，毕竟互联网上新八卦新绯闻层出不穷，每天都有"新瓜"供众人吃。

一轮又一轮过去后，名阿泽酒店虽然没有完全洗白，但利用"酒店品评家"这个点，他们还是做足了酒店的新一轮宣传。

这次再上微博鹭城头条，是名阿泽主动而为，还拉上了蓝湾酒店和云舒酒店。

在之前的差评事件中，蒋泽意识到有人在故意搞名阿泽酒店后便找人私下调查，后来查到两件差评事件都是他的竞争对手蓝湾酒店而为。

针扎事件是蓝湾酒店故意安排人入住名阿泽酒店找碴儿。

而差评事件是蓝湾酒店安排了工作人员盯着酒店评论时刻挑刺，蓝湾酒店看到钟倾倾的 VIP 评论后，立即安排人入住名阿泽酒店，发现评论里提到的问题酒店还未解决时，又排了这么一出摔伤戏。

蒋泽和蓝湾酒店的老板向来水火不相容，在过去几年，蒋泽也没少搞蓝湾酒店，两家酒店明争暗斗好多年。

名阿泽酒店以不正当竞争为由，拉着蓝湾酒店上了头条，至于云舒酒店，是意料之外的一箭双雕。能踩一踩大势正热的云舒酒店，蒋泽高兴极了。

温和将网页信息看了又看，他倒是好奇，钟倾倾酒店试睡员的身份是怎么暴露的。眼下名阿泽酒店就是抓着云舒酒店董事长女儿是酒店试睡员的点往死里踩云舒。

眼尖的网友查看钟倾倾过往的试睡点评，发现她给其他酒店几乎都是好评，偏偏有几家和云舒酒店存在竞争关系的酒店，她给了中评和差评，并且点评内容特别详细。

反正，人一旦开始往鸡蛋里挑骨头，就总能把鸡蛋先说烂，再找出几根莫须有的骨头。

一时间，对VIP酒店试睡员怀有妒忌心的同行，以及看热闹的网络键盘侠们，纷纷站出来谴责钟倾倾缺乏职业道德，骂她不配做一个专业的酒店试睡员。

云舒酒店被拉下水，也是因为钟倾倾酒店试睡员身份的曝光。在名阿泽酒店摔倒事件里，蓝湾酒店利用的那条评论就来自钟倾倾。于是名阿泽酒店不分青红皂白，一口咬定云舒酒店和蓝湾酒店串通一气陷害名阿泽酒店，反正蓝湾酒店不可能站出来替云舒酒店澄清。

依温和对名阿泽酒店的了解，蒋泽应当知道整件事与云舒酒店无关，他只是利用钟倾倾身份的曝光，顺便踩踩竞争对手。

那么，钟倾倾VIP酒店试睡员的身份，会是谁爆出去的？又或者是谁告诉了蒋泽。

"她小姑和蒋泽是恋爱关系。"温和告诉方子琪。

"八九不离十，应当就是她惹的祸。"方子琪气愤地叹口气，"我现在去和苏伽然会合，我们去找倾倾的父母聊下，了解情况。"

"好，我去找钟倾倾。"

"她手机关机，你去哪找？"

"能找到的地方都要找。"他一定要找到她，不能让她一个人面对陌生人的攻击和恶意。

温和拿了车钥匙，去车库取车。

他又着急又心疼又担忧。

事情发生后，钟倾倾是跟钟暮云吵了一架后才将手机关掉，一个人跑外面躲了起来。温和和方子琪联系时，她也在找钟倾倾，她是看到微博头条后找的她。所以当她发现钟倾倾手机关机后，立刻就打电话给苏伽然，苏伽然自然是直接去找了他的舒姨。

一问，便问出钟倾倾和钟叔大吵了一架。

云舒酒店最近营业额有所下降，在这个节骨眼上，还闹出负面事件，钟暮云怒火中烧。

他每年花上百万的钱在钟倾倾身上，是让她去瑞士好好学酒店管理的，而不是让她搞这些不务正业的东西。

钟倾倾也懒得解释，反正她的心思他从来都不了解，也没想过要了解。回了两句嘴，觉得没意思，便转身走了，也没说要去哪里。

温和打算去他和钟倾倾平时经常去吃的几家店找找，对钟倾倾而言，所有难忘的记忆都和吃有关。

比如初中时她认识了方子琪，所以她记得的是和方子琪下课后常去吃的泡泡锅店。

比如遇见温和对她而言是件幸运的事，所以她记得的是和温和第一次去吃的法式甜品店。

美食是钟倾倾的避难所。

这世上所有的不堪与难过，都能被美食治愈，如果没被治愈，那就多吃几顿。

温和一家店一家店找，找了大半天都没找到。他满头是汗，仍是坚持找。甚至有几家店他反反复复去了两三次，他想，万一时间错开他们恰好没碰见呢。

到晚上的时候，还没找到钟倾倾。方子琪到她常去的几个地方转转，温和依旧坚持钟倾倾待在某个吃东西的店里。

最后，他在一家捏糖人的小店铺里找到钟倾倾，她眼巴巴地看着捏糖人师傅手中的糖人，等着师傅将糖人捏好给她。

温和在她身边坐下，心里悬着的石头落了下来。

钟倾倾歪头看向身侧的温和，浅笑着道："你来了啊，快看这糖人长得像谁？"

师傅正在捏的糖人是个少年，只见少年五官精致，脸颊和耳朵上飘着一抹粉红。仔细看，少年右手拿着裱花袋，左手端着色彩斑斓的小蛋糕，少年神情专注地在做甜品。

"和你像不像？"钟倾倾问。

"嗯。"温和点头，继而和捏糖人的师傅打招呼，"陈伯，好久不见。"

陈伯抬头笑眯眯地看着他，"原来小姑娘口中的意中人就是你，最近好不好？"

温和不好意思，此时他脸上飘起的粉红和糖人脸上的粉红相得益彰，"我挺好。陈伯您的手艺越来越精巧，惟妙惟肖。"

陈伯笑，"你爸的蛋糕雕花技艺才是惟妙惟肖，精彩绝伦。我啊，还差那么一点，但也就差他一点点哦。"陈伯语气俏皮，逗笑钟倾倾和温和。

"你们认识？"钟倾倾反应过来。

"何止认识。"陈伯提到温和的父亲，话变得多起来，"我和小温的父亲是好朋友，当年老温学做蛋糕，我学捏糖人，总归都是吃，许多东西都相通。我最喜欢跟老温聊做蛋糕捏糖人的事，老温他啊，懂我。"

高山流水遇知音。

一个懂字，胜过千言万语。

陈伯低头认真地将少年糖人的最后一笔完成，而后将他交给钟倾倾。

"老温一辈子钻研法甜，诚恳育人，他是个好人，只可惜……哎……"陈伯闭着眼睛摇了摇头，重重地叹口气后说道，"小温像老温，脾气好，性格好，小姑娘你要好好珍惜啊。"

钟倾倾点头如捣蒜，"我会我会。"

老伯脸上的笑意恢复，"小年轻谈恋爱，就是有意思。"

"嘿嘿。"钟倾倾也笑。

温和站在一旁，也不反驳。糖人做好后，他看向钟倾倾，"走吗？"

"走。"

温和将车开到路西码头。一次聊天时，钟倾倾说整个鹭城她最喜欢的地方就是这里。钟倾倾小时候遇到难解的题或不高兴的事，除了吃甜品，就是跑到路西码头独自坐上一会儿。

每当夜幕降临，路西码头附近一条街的夜宵摊开始营业，店铺挨着店铺，灯泡连着灯泡，热闹非凡，灯火阑珊。这时候的钟倾倾即便是一个人，她也不觉得孤独。这座城市的美食，值得她想多留在这人世间好多年。

找了处干净的地，两人席地而坐。

眼前是大海，有船停靠在岸边。

"我特别喜欢这里。"钟倾倾望着深邃的大海感叹。

"我知道。"

"你知道？"

"以前你说过。"

眼睛突然变得亮亮的，钟倾倾将目光转移到温和身上，不可思议，"你竟然记得。"

温和不说话，微微笑，钟倾倾有点感动。

两人静静地坐了一会儿，温和开口问钟倾倾："心情好点没？"

钟倾倾耸肩，有些逞强，"还好，也不是什么事儿。"

"手机怎么关机了？"

"眼不见为净。狗咬我，我总不能咬回去，再说我又不是黄蓉，我不会打狗棒法。"

温和一听微微笑了，看钟倾倾还有心情开玩笑，比他想象中要好很多。但他还是伸手轻轻摸了摸钟倾倾的头，"别太在意网友的评论，他们不了解真正的你。难过的话，也没关系，我在这里。"

心脏某处突然被这片柔软攻陷，胸腔里被密密麻麻的温暖占据。

钟倾倾怔怔地看着温和，她眼睛里浮起一层薄薄的水珠，一字一句慢吞吞地问温和："温大师，你怎么可以这么温柔？"

温和愣住，继而望着她笑起来。

就是这个笑，轻柔又温暖，似一阵春风，轻轻柔柔地吹进她的心里，一次又一次心动。

钟倾倾的情绪真正放松下来了，她打开话匣子同温和说这一整天发生的事。

早上七点多，睡梦中的钟倾倾被舒小菁喊醒，她态度冷淡，让钟倾倾起床看微博，并告诉她钟暮云正在赶过来的路上。钟暮云和舒小菁离婚前就已分居，钟暮云住在云舒酒店附近的别墅区里，两位已离婚的合伙人有事几乎都在酒店解决。

"他来找我？"钟倾倾揉揉惺忪的睡眼问道。

"是，你起床，看微博。"

钟倾倾起床换下睡衣，她暗暗揣测，连钟暮云都惊动了，是发生了什么大事吗？

她打开微博，收到成千上万条"艾特"提示。

顺着提示，她看到她酒店试睡员的身份被曝光，曝光就曝光，其实她也没有刻意隐藏。只不过当她看到有人恶意将她酒店试睡员的身份和云舒酒店、蓝湾酒店绑在一起，并利用这点给云舒酒店泼脏水时，她既愤怒又难过。

愤怒是因为，她先前和 full house 网站的运营总监有私下谈妥，等钟倾倾毕业进入云舒酒店时，网站将公开她 VIP 酒店试睡员的身份，并官宣她成为 full house 网站酒店试睡员的形象代言人。

与此同时宣布云舒酒店将和 full house 网站达成长期招募酒店试睡员的合作。这是一次非常新颖且有趣的推广和宣传活动，顺利的话，云舒酒店和 full house 网站将会达成双赢，结果这一计划还未开展，就被恶人搅了局。

而钟倾倾难过，是因为漫天飞舞毫无根据的指责和谩骂。

网络键盘侠们凭着一把键盘，在并不了解事情真相，也毫不了解钟倾倾为人的情况下，将她祖宗十八代都慰问了个遍，什么难听的词都有。她既没有杀人也没有放火，但在这些人眼中，她却像是十恶不赦的罪人。

她感到委屈，感到冤枉。

有网友骂她毫无职业道德和底线，骂她不配做一名专业的酒店试睡员。可她自认对得起苍天大地，每一次试睡工作她都认真而严谨地完成。

初中毕业就被送出国的钟倾倾，人生的道路早被安排得明明白白。学酒店管理，无论她多抗拒，都没办法拒绝。她必须走这条路。

从对这个专业充满厌倦，到渐渐喜欢，渐渐想要认真去学，正是因为在 full house 网站开启酒店试睡员的这个机遇。

拍照，分享，充分利用她所学的酒店管理知识，写下专业有用的点评，帮助客人更好地选择酒店入住，帮助酒店提升服务品质，对她而言，是件有意思且有意义的事。正因如此，她越来越喜欢酒店管理这个专业，越来越想要在未来专注投入地去做好一家酒店。

她如此努力，却被轻飘飘的几句话几行字否定。

钟倾倾沮丧地连早餐都吃不下，她越看越难过，越想越生气。

直到钟暮云推门而入，带来一阵阴沉沉的凉风。钟倾倾回头看他，只见他神色凝重，一副凶神恶煞的模样。钟暮云本来就不爱笑，此时他沉着一张脸，更是可怖。

"爸，你回来了。"钟倾倾主动喊他，"早饭吃了吗？要不要一块吃点？"

钟暮云从鼻腔里发出一声"嗯"后，在她对面的位置坐下，气氛浓重得像是要和敌人谈判。

"倾倾，我每年花那么多钱让你去瑞士读书，是希望你能好好读书，将来接手云舒酒店。"

"我知道，我有好好学。"钟倾倾应和，在洛桑排名前十的成绩，可不是谁都能拿到。

"有好好学就行。"钟暮云神情缓和了些，他郑重其事继续道，"那些乱七八糟不务正业的事，以后不要再做了。"

这话钟倾倾不赞同，她解释说："酒店试睡员不是乱七八糟不务正业的事，它是当下年轻人非常喜欢的职业和另一种旅行方式，它和酒店管理紧密相连。"

钟倾倾酒店试睡员身份的曝光，引来对酒店的一系列负面影响，本来就令钟暮云怒火中烧，如今她这一反驳更是火上浇油。

"你知不知道现在云舒酒店正处在危难期，你看看微博，网友都在骂云舒，这件事对酒店造成多大的负面影响。这些年你叛逆任性，高中、大学时期更是四处惹祸，我和你妈给了你最大的自由，烂摊子也都是老凌去给你收拾，但是现在你也该懂事了……"

呵，微博网友都在骂云舒，他知道，微博网友也在骂钟倾倾，他不关心。

呵，这些年给她最大的自由？送她出国留学，将她绑在酒店管理这条路上的人又是谁？

呵。

钟倾倾本想将她和 full house 网站谈妥的合作计划全盘托出，以证明自己并不是任性妄为，也想要告诉他们做酒店试睡员其实是她在边读书边实践，一步步积累经验。

可她想了想，还是算了。

云舒酒店云舒酒店……父母的眼里永远只有酒店和工作。钟倾倾看了一眼站在一旁的舒小菁，她虽然没有和钟暮云一起责怪她，但她眉眼间都是冷淡，写满了责怪。

钟倾倾心想，他们一定是觉得所有的一切都是她身份的曝光造成的，如果她好好读书没搞这些他们口中所谓不务正业的事，或许一切都不会发生。

算了，她突然间如释重负。

网友不了解她骂她，她也能够接受了。连父母都不能理解自己，更何况是陌生人。

"最亲近的人都不理解我，我怎么能指望别人来理解我。"钟倾倾笑得无奈。

温和看着她，有一瞬间，觉得她好似突然长大不少。

他心疼地扯了扯她的衣袖，钟倾倾偏头看着他，"怎么了？"

温和扮了个鬼脸给她看，见她没笑，他又扮了第二个鬼脸，第三个鬼脸，直到钟倾倾扑哧一声笑出来，他才跟着笑起来。

"温大师，你怎么这么可爱。"

"你开心就好。"温和不好意思地抓了抓头，他深吸一口气，语气变得严肃，"倾倾……"

"嗯？"

温和有点紧张，一紧张，他的脸又变成麻辣小龙虾般红。

"温大师，你脸怎么红啦？"钟倾倾不明所以。

"倾倾。"温和又喊她的名字。

"欸。"

"以后都由我来逗你笑吧。"

"欸？"

"你跟我来。"温和站起来，再拉住钟倾倾的手腕将她拉起来。

而后没有再放开她的手。

他拉着她手腕的手，慢慢地往下滑，直到她的手滑入他手心，他用了用力将她握紧。

钟倾倾感觉到他手心里握紧的力道，她眼神炙热地看着他，藏在她胸腔里的那头小鹿正欢欣愉悦地敲着鼓。她在等他来爱她，这是来了吗？

温和牵着钟倾倾的手，在他车前停住。他从口袋里掏出车钥匙，将汽车后备箱打开。

闪闪的光芒从后备箱里一点点露出来。

钟倾倾歪着头，满心期待。

然后她看到长长的星星灯缠绕着色彩斑斓的爱心气球，爱心气球的中央是两个礼盒，每个礼盒上都放着一只玻尿酸网红鸭，整个画面梦幻又浪漫。

"是给我的吗？"钟倾倾期待地问温和。

"是，给你的。"

耶！钟倾倾高兴地捂住嘴巴，像个小朋友似的，在原地蹦跳了几下。

"那我拆开咯？"

"好。"

总觉得一切像梦境，充满不真实感，钟倾倾将礼盒的丝带扯掉，仍然觉得一切不可思议，她回头看温和，他的眼睛像是装着一汪清泉，而她的眼神期许又欢喜："是真的给我的吗？"

温和笑，笑钟倾倾平日里乖张的模样全然不见，此时的她就像是吃到糖的小朋友，可爱得很。他走到她身侧，握着她的手同她一起拆礼盒。

礼盒里装着的是一条项链，项链是钟倾倾喜欢的品牌的最新款，钟倾倾某次经过这个品牌专卖店，说她很喜欢这个品牌曾经一款戒指的广告语——"我很庆幸，与你相逢"。只是没想到，她说过的话，温和都记得。

礼盒里还有一张卡片，卡片上是温和行云流水的字迹，他写道：钟倾倾，我喜欢你。七个字，简单直白不含糊。

钟倾倾终于确定，她要的幸福已经降临。

她将手中的项链递给温和，"小可爱，帮我戴上。"

"好的。"

温和将项链穿过钟倾倾白皙纤细的脖子，闪着光芒的钻石吊坠落在她胸前，钟倾倾低头看它，满心欢喜。项链绕到后颈时，温和将她的长发轻轻地抓成一把，发丝乌黑柔软，爱的温情在两人之间流淌。

"怎么样，好不好看？"钟倾倾转身，正面朝向温和。

"好看。"

钟倾倾盈盈笑开，又逗他，"好看那你多看几眼。"

温和心想，钟倾倾一定不知道，她笑起来有多好看，他应该就是拜倒在了她的笑容之下。

夜色迷离，不远处的夜宵摊人声鼎沸，这座城市的快乐在慢慢升腾。

此时此刻的钟倾倾，早已将网络键盘侠的指责和辱骂，以及父母对她的不理解抛诸脑后。她的眼里只有温和，她的全世界只有温和，他带着幸福朝她而来。

钟倾倾低头再看一眼温和送她的项链，她内心充满感激。

"温和，你头低一点。"

温和照做，也不问缘由。

然后，钟倾倾踮起脚尖，将她的唇印在温和的唇上，她附在他的耳边小声地说："谢谢你，小可爱。"

温和全身的血液都沸腾起来，在钟倾倾从他耳边撤离的瞬间，他伸手笨拙地将她拉入怀中，很用力，钟倾倾几乎是撞入他怀里的。温和有些慌张地低头看她，"没事吧？"

噗，钟倾倾笑出了声，怎么这么可爱。

温和的吻，就是这时候落下来的。他想要将他的笑融入他的吻里，他轻柔地舔她的唇，他生涩又笨拙地慢慢深入，他克制的感情一点点爆发。

从浅尝辄止到逐步深入，一个甜蜜的亲吻后，温和脸红纯情地看着钟倾倾，他眼里有星光般的深情，"你好甜。"

钟倾倾的脸霎时被他这三个字惹得羞红。

然而在这个深吻之前，钟倾倾心里想的是，最近爱马仕香奈儿有没有出新的男款钱包，送温和钱包表达她的感激之情吧。

……"包"性思维的钟倾倾，差点大煞风景。

夜幕中的星星铺满天空，码头的钟声敲过十二点，驶向对岸的最后一班船已经开走。

看着朝远方飘摇行驶的船只，温和突然感慨，"我爸年轻时，喜欢去对岸的岛上垂钓，和陈伯一起。"

"陈伯？捏糖人的陈伯？"

"嗯。"

这是钟倾倾第一次听温和提到他的父亲，她笑意盈盈地看着他，摆出认真倾听的模样。

"我爸和陈伯一坐便是一天，鱼没钓几条，但是高兴。大家都说陈伯捏的糖人和我爸做的法甜，那都是艺术品，两位艺术家惺惺相惜的情感，大家也都羡煞不已。我爸总和我妈说，陈伯懂他，知音难觅。我妈有次还开玩笑让我爸跟陈伯去过余生，成全他们。"

"阿姨真幽默。"

温和笑，"我妈喜欢开玩笑，喜欢笑。我爸妈的感情很好。"

"真好。"钟倾倾眼中流露出羡慕的神情。

"可惜一场大火，他们永远倒在了那场大火里。"温和脸上的笑意消失，取而代之的是悲伤的情绪。"那年我们约好一家四口去法国过年，约好第二年将桃桃送到法国去学画画，约好我爸教我做法甜……我还有很多事没来得及和他们一起做。"

大海中的船只越飘越远，远到目光无法追寻。

钟倾倾伸手抱住温和，"以后你想做的事，我都陪你做。"

温和像个大男孩，将头低低靠在钟倾倾的肩膀上，他闻着她身上淡淡的香味，轻声问她："我送你回家，好吗？"

钟倾倾点头，她听出温和讲这个故事的言外之意，是让她珍惜眼前所拥有的圆满。

回到家时，已是凌晨一点。意外的是，钟暮云还没走，也没睡。见钟倾倾回来，他像是松了口气。正在客房收拾床铺的舒小菁听到有客人，便走出来招呼温和往客厅里坐。

毕竟夜已深，温和礼貌地表示，"打扰了。"

钟倾倾走到舒小菁身旁，小声地问她："他怎么还没走？"

"在等你。"

哦……

是上午训她训得还不过瘾，所以等她回来继续训？

钟倾倾想起她早上跑出去时说的最后一句话是，"骂够了就去问问你的好妹妹为什么要将我酒店试睡员的身份泄露给蒋泽吧，别被自己人卖了都不知情。"话说完，钟倾倾推门火速离开。

被骂着骂着如释重负的钟倾倾，开始思考到底是谁将她酒店试睡员的身份泄露出去的。这几天钟倾倾回家后，一直待在家里写毕业论文，她见过的人除了舒小菁，就只有来她家拿东西的小姑钟暮雨。

钟倾倾的论文是围绕酒店试睡员展开的，想来钟暮雨应当是在钟倾倾离开房间时，意外在钟倾倾电脑上看到了有关她是酒店试睡员的内容。至于钟暮雨是有意告诉蒋泽，还是无意间提到了这件事，钟倾倾不得而知，答案交给钟暮云去处理。

而钟倾倾推门离开时，之所以速度要快，是因为钟暮云从小就非常惯着弟弟钟暮风和妹妹钟暮雨。由于父母早逝，大哥钟暮云一直充当着父母和兄长三重身份。

舒小菁和他离婚，除了两人是因为工作太忙聚少离多感情变淡，其中还有一个原因是钟暮云太过操心弟弟妹妹的事，他是当哥又当爹妈，可舒小菁却不想当嫂又当爹妈。其实舒小菁性格挺大方，实在是……钟暮云总把弟弟妹妹当小孩来对待，事无巨细地操心着。

有好几次，钟倾倾还在凌叔和苏伽然面前自我调侃，"钟暮雨和钟暮风才是我爸的心头肉啊，我可能是他在超市购物时买一送一赠送的女儿。"

这么说，真不夸张。

钟倾倾去瑞士时，钟暮云之所以没有去机场送她，是因为钟暮雨的前夫去世。钟倾倾到瑞士后感觉到巨大的悲伤和孤独感，但父母不管，是因为钟暮云要安慰受伤难过的钟暮雨，而舒小菁因为酒店刚有了起色，把时间和精力都倾注在了酒店上。

而这样的事，多了去了。

温和名声在外，况且还是在云舒酒店工作，钟暮云和舒小菁当然认识他。

寒暄几句后，温和直入主题，问钟暮云和舒小菁："我有几句话想跟你们说，能否借一步说话？"

钟倾倾不懂温和的用意，她看他一眼，他回她一个轻柔的眼神，她突然感到心安。

之后钟暮云将温和带到书房。也没聊多长时间，大约十来分钟，三人一同从书房出来。钟倾倾等在门口，好奇的她不止一次将耳朵贴在门边想偷听点什么，然而门太厚，隔音效果杠杠的。

"你们好好休息，我先走，不打扰了。"温和礼貌拜别。

钟暮云和舒小菁脸上一派愉悦，看温和的神情充满温情，"温大师，下次再来玩。"

满满的，未来女婿已经搞定岳父岳母的既视感。

"我送你到路口。"钟倾倾积极主动。

"你送我到路口，我再送你回来。"温和笑，"早点睡，明天见。"

……嘻嘻，明天见。

钟倾倾撇撇嘴，"行吧。"

温和走后，世界静下来，气氛再度凝结。

"我去洗澡睡觉。"钟倾倾打破安静。

钟暮云清清嗓，"去吧，好好睡一觉。酒店的事，网络上的事，我来处理。"

舒小菁也拍拍她的肩膀，"学习和实践都很重要，毕业后到酒店上班，学学人情世故。"

夫妻档合伙人的态度突然发生三百六十度大转变，钟倾倾愣住，温和到底施了什么魔法。

后来钟倾倾得知，温和在去找她之前联系了方子琪和苏伽然，他将钟倾倾在做酒店试睡员的细节事宜告诉他们，同时将钟倾倾平时的一些想法告诉他们，为的就是让他们去找钟倾倾的父母时，能替她解释。

钟倾倾性格里有几分傲气，再说她在气头上，让她服软几乎不可能。

温和后来和钟倾倾父母说的，无非就是这些事这些话。钟倾倾不想解释的他替她解释，钟倾倾懒得澄清的他为她澄清。因为温和的一席话，钟暮云和舒小菁发现家有女儿已长成，他们第一次承认自己并不完全了解钟倾倾，第一次肯定钟倾倾已经长大并且有自己的想法。

温和的爱虽然来得慢，但非常汹涌。

之后，云舒酒店在处理这件事时简单粗暴，贴公告，带法律追究声明。

第一，澄清云舒酒店并没有和蓝湾酒店串通合作陷害名阿泽酒店；

第二，肯定钟倾倾酒店试睡员的工作是她凭个人能力拿下VIP的；第三，若是有人继续诬陷辱骂等，一律追究法律责任；最后，请大家关注酒店入住体验与服务；等等。

整个内容不蹭热度不宣传，直截了当处理事情，将事情说清后再无多言。

意料之外的是，云舒酒店官方发布微博通知后，full house网站的运营总监转发微博力挺钟倾倾，提前宣布钟倾倾将成为新一季full house网站酒店试睡员的形象代言人，同时表达full house网站很愿意与云舒酒店达成长期战略合作。

Full house旅游网站成立的时间不长，但在年轻人中十分有口碑。网站老大一直奉行的工作原则是：在full house，认真、专注工作的人永远不会是异类。

云舒酒店在整个酒店行业里口碑都极好，认认真真踏踏实实做酒店，full house很乐意跟云舒酒店合作。所以即便那条力挺的微博发出后，可能会影响full house与名阿泽酒店的合作，但full house还是义无反顾地做了，可谓是有谋略讲义气。

微博的"瓜"永远是今天熟今天摘今天吃，网友吃完了便马不停蹄赶往下个瓜熟之地，继续吃瓜。

风波告一段落，也算是钟倾倾在正式进入云舒酒店工作前，体验了一场小历练。

第九章

陷入纯情里

✕

✕

夏天的鹭城，风和日丽，处处都有好风光。

陷入恋爱的温和，每晚睡前都会找有趣好笑的内容分享给钟倾倾，他说："我要哄我的小朋友开心。"

钟倾倾不服，"喂小可爱，明明你比我小，来喊两声姐姐听听。"

这时候温和就会自我满足地在电话那头害羞地喊钟倾倾，"女朋友，我的女朋友。"

幼稚又纯情。

他还找了手机情侣壁纸、微信情侣头像、微信情侣背景图，通通让钟倾倾换上。以至于钟倾倾每每和苏伽然聊天时，苏伽然都有想把她拉黑的冲动。

自家青梅跟人跑了，他心里总归是难受的。可难受归难受，钟倾倾的幸福对他来说更重要。而他和钟倾倾，多年的革命友情即便没有催化成爱情，也升华到了亲情。

情场失意的苏伽然，商场倒是顺风顺水得意得很。在他的精心经营下，他的猫咪咖啡屋不仅成了鹭城的网红店，颜值在线翩翩公子模样的苏伽然还意外在微博走红，成了名副其实的小网红，拥有一票少女粉和爱猫粉。

算了，罢了，沉迷于赚钱的苏伽然已经看开，甜甜蜜蜜的爱情就随钟倾倾和温和去吧。

恋爱中的钟倾倾是真甜蜜，温和从前就是宠妹狂魔，现在对钟倾倾他更是倾尽全力地宠。

每天早午晚安，定时发送，宛如老土"直男"，也不知道他从哪里学的。

睡前会给唱五月天的歌，钟倾倾喜欢五月天。有一天钟倾倾开玩笑说："哎呀，你今晚唱的是我老公的专场啊。"

然后，温和就生气了，连续发了三个他生气了的表情包。

钟倾倾不懂他的意思，回他三个问号表情包。

温和委屈，"你刚说什么？"

于是钟倾倾重复刚才说的那句话，说到"老公"两个字时，温和将她打断，"前面那句。"

钟倾倾一脸懵，"你今晚唱的是……"

"后面那句。"

"专场啊。"

"哎不是。"温和扶额，钟倾倾偏偏将最重要的两个字漏掉。

"老公？"一句话被拆得七零八落，最后只剩两个字。

"嗯。"温和满足地应道，"以后这两个字不许对别人说。"

钟倾倾后知后觉被撩到，她将头躲进被子里，被子里都充盈着甜蜜的气息。

温和微信在线撩钟倾倾，可谓得心应手，脸不红心不跳，网络段子使用得恰到好处。可一到线下同城见面，他脸红身直不知所措的笨拙模样尽显无疑。

那是一个月光皎洁的夜晚。

钟倾倾突然生出一个念头，她想要和温和去坐环城巴士。她说想，温和自然会满足她，自从确定关系开始恋爱后，钟倾倾所有的要求温和都无条件满足。两人约定好要出门后，同时打车去巴士站，鹭城晚上坐巴士的人少，钟倾倾和温和几乎是坐了趟专车。

巴士在城市的流光中穿梭，钟倾倾一会儿看窗外的风景一会儿回头看温和，温和听她开心的笑声传遍整辆巴士。

他也笑了。

巴士穿过大半个城市后，钟倾倾安静了许多，她靠近温和，将头靠在他的肩膀上，她的手不老实地在他手掌心里乱写乱画，她还时不时凑近他耳边，笑着问他："小可爱，你要不要猜我在写什么？"

温和身体绷得紧紧的，完全没有平日里在微信上同钟倾倾撩来撩去的那份轻松。

她在他耳边说话，她的呼吸传入他的耳朵。该死，温和心想，她不知道这些小举动小细节都赤裸裸地勾引到他了吗。温和将钟倾倾小心地推开，他脸红心跳，根本不敢看她的脸，他的眼睛看向别处。

被推开后的钟倾倾感到莫名其妙，她看他一眼，只见温和的脸憋成了猪肝红。

钟倾倾似笑非笑地问他："温大师，你在想什么？"

"没什么，没想什么。"温和开口竟有些结巴，他仍然不敢看她。

钟倾倾瞧他紧张无措的模样，突然想逗逗他，她歪着头，将整张脸置于他脸前，然后伸出手指轻轻戳了戳温和心口的位置，"你是不是在想我呀？"她的脸越来越靠近他的脸。

温和忍不住吞了吞口水，他害羞地将脸别开。

钟倾倾将手指挪到他的嘴唇上，手指来回摩挲，"喂，这里我盖过章啦，躲什么躲。"

温和不说话，因为……每次钟倾倾主动逗他时，他都会有奇怪的身体反应。

等巴士到达终点站，钟倾倾和温和下车时，年轻的巴士司机笑着开玩笑道："今天晚上我没吃晚饭，但没想到被一碗狗粮给撑到饱。"

巴士司机是个年轻的帅小伙，钟倾倾像个爷们似的拍拍他的肩膀，"兄弟对不住啦。"

温和站在一旁，微微皱眉，心下醋意横飞。他将钟倾倾的手从巴士司机的肩膀上拿下来，而后手指滑入钟倾倾指缝里，同她十指紧扣。

没眼看没眼看，巴士司机同他们挥挥手，催促他们赶紧走，"走走走。"他一脚踢翻了这碗狗粮。

钟倾倾笑眯眯地被温和牵着，她故意说道："刚才那位巴士司机模样俊俏，长得好帅啊。"

温和停下脚步，低头看着她，"我和他，谁更好看？"

这问题一问出口，就好像在问某个经典问题，"我和你妈同时掉到水里，你先救谁？"

幼稚。

得逞的钟倾倾心里笑开了花，但她面上却不露声色，慢悠悠地说道："这个……让我想想……"

温和不满，心里的嫉妒突然生根发了芽，他生气地轻咬了下钟倾倾的唇，"这还需要想？"

被咬了的钟倾倾凶猛得很，她踮起脚尖，回咬了温和一口。最后两人咬来咬去亲来亲去好一会儿后，那个无聊的问题被抛到了脑后。

毕业季来临。

钟倾倾需要飞往瑞士待上半个月，处理毕业事宜。她和温和正处在热恋期，你侬我侬依依不舍。去瑞士前，钟倾倾特地给温和做了块新的工作胸牌，将原本的两个字"温和"替换成了"温和（名草有主）"，以此断掉那些觊觎他的小姐姐的后路。

毕竟，金子藏在哪里都会闪闪发光，不能金屋藏娇，她只好先下手为强。

温和拿着新的工作胸牌，左看右看都满意，只是……

"这样会不会不符合酒店标准？"

"不会。"钟倾倾霸气表示，"以后这家酒店都是我的，这点小事我能做主。"

温和笑，第一次喊她小姐姐，"霸道总裁小姐姐，求罩。"

"包在我身上。"她嘿嘿一笑，"你喜欢什么款式的包，我去瑞士给你买一个。"

温和："……"

飞瑞士当天，以往的送机搭档凌叔和苏伽然都没去，温和只身前往担下重任。然而凌叔和苏伽然没去送机实在是无比正确的决定，因为钟倾倾和温和在机场深情演绎牵手、拥抱、拥吻等戏份达到一小时之久。

机场周围的"单身狗"看得眼红红。

接下来两人会有半个月见不到面，温和准备了一份礼物给钟倾倾。温和背着个大书包，包里面鼓鼓的，他神神秘秘地问钟倾倾，"你要不要猜猜这里面装着什么东西？"

书包严严实实封着，钟倾倾哪里能猜着，她瞎猜道："情侣毛巾？"

温和摇头。

"猜不着，公布吧。"钟倾倾没耐心。

于是温和一边像是手握宝贝似的说着"嘿嘿嘿看我给你带了什么好东西"，一边兴奋地从包包里拿出他准备好的礼物，是一只憨厚的笨熊娃娃和一盒精致的法式甜品马卡龙。

憨厚的熊代表温和，他想让钟倾倾每每想他时，就抱抱这只熊。

马卡龙是昨晚温和给钟倾倾做的法甜，享受甜品会让人的一天都变得美好，他希望这次短暂的离别不会带给她伤感，更多的是甜蜜的期待和守望。

钟倾倾拿起一个鹅黄色的马卡龙放入嘴里，酱和酥的味道搭配得恰到好处，甜而不腻，唇齿留香。在品尝马卡龙的过程中，钟倾倾时而眯起眼睛享受，时而露出孩童般满足的笑容。

温和看着她笑，他想他已经得到了最高评价，她的享受是对他所做的法甜的最直接肯定。

马卡龙是最具有法国式浪漫色彩的甜品，它颜色丰富，像是要将人带入缤纷多彩的世界。这是一款失败率极高的甜点，其"酥"来自于对制作和存放过程中温度和湿度的严格控制，所以一般甜点店做出来的马卡龙味道不过一般般。

"温大师，你做的马卡龙值得一百个赞和一个么么哒！"钟倾倾消灭掉鹅黄色的马卡龙，又拿起一个翠绿色的马卡龙，"而且，你做的马卡龙颜色真真真好看。"

前一句称赞温和听完，他将脸凑近钟倾倾，索取么么哒。后一句称赞温和欣然接受，为了做好马卡龙，他曾经失败过无数次，不仅如此，他还特地跟父亲的朋友——色彩大师 JOJO——学习过有关色彩的搭配和调和。

钟倾倾很快消灭掉半盒马卡龙，她舔舔嘴唇，"留一半到瑞士后吃。"

机场广播响起，她该过安检准备登机。

她钻进温和的怀抱里，黏糊地嘟囔着，一点往日的侠女风采都不剩，她说："小可爱，今天我就不送你啦，你不可以撩其他小姐姐，你要想我每天想我。"

上次和温和约完会，温和将钟倾倾送回家后，钟倾倾非要又将温和送回家，她义正词严令人无法拒绝，"小可爱，你长得这么好看，一个人回家不安全，我送送你。你这张脸呀，我看着就挺不放心的。"

温和听着她一本正经地胡说八道，竟然还有七分可爱。

于是，她送他回家后，他又把她送回家。

后来钟倾倾过安检后，温和发给她一则有关马卡龙的小故事。

"十六世纪中叶，佛罗伦萨的贵族凯瑟琳·德·美第奇在嫁给法国国王亨利二世后，患了思乡病。亨利二世心疼不已，四处找人治这个思乡病。一日，国王突发奇想，让糕点师傅做出了色彩缤纷的马卡龙来博取凯瑟琳·德·美第奇的欢心。不料这绝妙的小甜点不但博取了她的欢心，治好了她的思乡病，还成为百年来巴黎上流人士下午茶的唯一选择。"

思乡病，博取欢心。

钟倾倾很快抓住关键词，她笑着给温和回消息，"你是担心我过度思念你，才为我做的马卡龙吗？"

"家里还有一盒，我回家吃光，我们互相思念。"

钟倾倾弯弯嘴角，脸上的笑意藏不住，"我的小可爱机智过人。"

半个月的时间说长不长，说短不短。

到瑞士后，钟倾倾终日忙于毕业事宜，跟温和的联系并不多，有时候她几乎整天都处于消失状态，温和怕她出事，最后和她达成无论多忙多晚，每天都要给他发晚安。

一日，周至衍下班到云舒酒店找温和，温和将做好的甜品送给聋哑学校的小朋友后，才去海边沙滩区找周至衍。钟倾倾因为忙毕业的事人在瑞士，温桃随兴趣班的小朋友去邻城看画展，剩下温和和周至衍。

兄弟俩靠着海吹着风喝着酒，倒也惬意。

"采访一下，和钟倾倾谈恋爱是种什么体验？"周至衍着重突出钟倾倾三个字。

温和喝口酒，"好笑。"

"好笑？"

"嗯。"

料想到会是不一样的答案,但用"好笑"两个字形容一段恋爱,又挺出乎意料。但周至衍一回想起钟倾倾平时无厘头的行为举动,以及那张时时刻刻都在想词想招跟他杠的脸,他又觉得这两个字非常形象。

"说说看哪里好笑。"周至衍挺好奇。

温和细想,能想到许多瞬间。

比如钟倾倾会经常去百度上找别的情侣谈恋爱时都会做什么事,她看到有意思的就会发给温和,说:"我们也去做这件事吧。"

有一次钟倾倾发消息给温和,温和看内容,是一对情侣去公园约会时,两人高高兴兴在公园的人工湖里踩着用气体充起来的鸭子船,结果鸭子漏气,两人在湖中央拼命呼喊救命。

钟倾倾哈哈哈大笑,"好好笑好有意思好想去体验。"

温和:"……"

比如钟倾倾经过中心广场时,看到广场近期和哆啦A梦有合作,就在广场附近最大的商场前摆了二十来只哆啦A梦的实心玩偶。钟倾倾拉着温和,给每一只哆啦A梦都取了名字,每一只都姓温。

钟倾倾一本正经满脸认真,"温小一,温小二,温小三……欸小三这个词不怎么样,换掉。"

温和:"……"

周至衍听温和举例后,哈哈哈哈大笑出声,"她可别是个傻子吧。"

温和不悦,"喂,别这么说她。"

"哟哟,护短……"周至衍咋舌,随口一问,"我说你到底喜欢钟倾倾哪一点?"

"真实,可爱。"

周至衍眯着眼睛笑,心里想,明明是傻。但他转念一想,或许正是因为钟倾倾性格大方恣意,活得自由洒脱,和温和谨慎克制、想太多的性格刚刚好形成互补。

这些年,温和一直背负着沉重的过去,也许这场轻松甜蜜的恋爱,能够治愈他。

　　酒喝到微醺时最惬意。

　　这时，周至衍突然收起玩笑脸，认真地问温和："温和，你觉得我怎么样？"

　　"挺好。"温和看他，"怎么突然这么问？"

　　周至衍突然少见的有些紧张，他大喝一口酒给自己壮胆，"把桃桃交给我，好吗？"

　　温和愣住，没说话。

　　见温和不说话，周至衍着急起来，"此生我必会对她负责到底，尽我最大的努力。"

　　"好。桃桃交给你，我放心。"温和反应过来。

　　这些年，周至衍对温桃的好，不会比他这个当哥的少。

　　年少时，因为温桃周至衍拒绝了所有桃花，有女神有校花，温桃和她们比起来，完全没胜算。周至衍幽默风趣，不像木讷话少的温和，哄温桃开心的总是他。后来温家发生变故，周至衍不离不弃，对兄弟他尽全力帮助，对温桃他始终陪伴。

　　温和记得，温桃患抑郁症时，是周至衍陪在她身边鼓励她。甚至为了医好温桃的心病，他大学时毅然选择心理学，放弃了他当时最喜欢的新闻学。

　　他的爱细腻持久，他的爱细水长流，他的爱有陪伴有关爱。

　　他能给温桃心安，也能为温桃心定。

　　除了周至衍，将妹妹温桃交给谁，温和都不会放心。

　　拿到温和的通行证，周至衍眼里有细碎晶莹的光芒在缓慢流动，他感激地看着温和，"谢谢你，好兄弟。"

　　温和笑，还是更喜欢周至衍平时假装不正经的模样。他拿起酒瓶朝周至衍的酒瓶碰过去，和他干杯，并认真地说："至衍，遇见你是桃桃的幸运。"

　　周至衍将手中的酒一口喝光，"我准备向桃桃求婚了。"

"需要我提供什么帮助？"温和助力。

"配合我的演出，我打算给她准备一个惊喜。"

"没问题。"

"可以带上钟倾倾围观。"

"她应该感兴趣。"

说曹操，曹操就到。

温和的手机弹出钟倾倾的视频，温和接通，他还没开口说话，钟倾倾就在手机那头兴奋地朝他喊："小可爱你快看，大型结婚现场，五十对毕业生同时结婚，好浪漫好有趣啊！"

真巧，温和轻柔地笑，"我刚跟至衍在商量他的求婚。"

"周至衍决定祸害温桃一辈子了吗？"视频里结婚现场的画面转换成钟倾倾的脸，她故意说给周至衍听，"作为桃桃的哥哥，你可要好好考察考察他，比如爱屋及乌，他对我就不怎么样嘛。"

"我在这，听得到，声音有点大。"周至衍扯着嗓子在一旁喊道，"这位女士，说话请保持文明礼貌的态度。"

"吵吵闹闹的，你旁边都谁在啊。"钟倾倾不甘示弱。

周至衍挤开温和，将整张脸靠近他的手机，"是我，大魔王，看清楚了吧。"

"幼稚鬼。"钟倾倾连连后退两步，"哎呀，真是辣眼睛。"

温和笑着打圆场，"你们啊，贫嘴来贫嘴去，上辈子是冤家。"

"冤家？不，是仇家。"钟倾倾噘着嘴，"他就不能让让我嘛，求婚这种事，我点子可多的，指不定我心情一好，送他两个。女孩子还是很懂女孩子的。"

周至衍服软，他双手抱拳，"女侠，请赐招。"

"总之这事算上我，这事我有经验。"

"你有经验？结过一次婚了？"周至衍嘴贱嘴快。

"不愉快，我要撤回合作。"

"我的错，我道歉，原谅我。"

钟倾倾顺着台阶而下，"有我在，包你满意，包你赢得美人归。"

"女侠英明。"

之后因为周至衍在，钟倾倾和温和互相问候了一番后便挂断了电话，但彼此间的浓情蜜意丝毫不减。

"小可爱晚安想你。"周至衍学着钟倾倾的语气，阴阳怪气地调笑温和。

温和不好意思，脸微红，"别闹。"

"小可爱、小倾倾，你俩这爱称够腻歪哈。"周至衍故意抖了抖全身，"肉麻。"

温和喝酒，不理他。

两个礼拜后，钟倾倾凯旋，摘得毕业果实。

温和提前到机场接她，他买了钟倾倾最喜欢的桔梗和向日葵，还带了神秘小礼物。恋爱后，温和总是变着法子送钟倾倾礼物，就像哆啦A梦的口袋，揣着满满的惊喜和感动。

钟倾倾推着行李走出来时，一眼就看到人群中穿白衬衫的温和。她特别喜欢看温和穿白衬衫，他安安静静地站在那里，有种遗世独立的出尘感。

"倾倾，这里。"温和看到她，和她挥手示意。

钟倾倾脚步变快，她快速走到出口，朝温和飞奔过去，稳稳妥妥地跑到温和的怀抱里。

"好想你啊小可爱。"

"我也想你。"温和将头靠在她的头上。

钟倾倾不厌烦地在温和怀里不停重复着，"想你想你想你想你想你。"

温和笑，"我的傻女孩。"

走出机场后，温和去车库取车。

后来钟倾倾上车时，温和贴心地绕到她身前，给她系好安全带。钟倾倾闻着温和身上干净清香的味道，忍不住抬起头朝他脸上亲了一口，温和系好安全带看着她笑，轻轻柔柔的。

心动。

这个温柔的笑，一次又一次令她心动。

温和对待钟倾倾，有时候会像关爱未成年小朋友。

记得有次两人去商场吃饭，商场外有许多娱乐设施，供儿童游玩。钟倾倾对众多娱乐设施中的一项感兴趣，她指了指，兴奋地拉着温和的手喊他看，"那个飘起来的车子好有意思，它到底是怎么飘上去的呀？"

温和以为她喜欢，"你想玩吗？我在下面给你拍照。"

钟倾倾面露惊讶，"那是小朋友才玩的，是儿童游乐设施。"

"你就是我的小朋友啊。"温和一本正经。

"噗。"钟倾倾伸出咸猪手抱住温和，"小可爱，你越来越会撩了哦。"

温和伸手摸了摸脸，有点不好意思。

车子启动，行驶在高速公路上，离海越近熟悉的归家感越浓。

钟倾倾滔滔不绝地跟温和分享她在瑞士时的所见所闻，温和边开车边微笑地听着，偶尔也会提问，比如，"有没有和瑞士的朋友举行毕业聚会？"

"有，当然有。"钟倾倾开玩笑道，"和前男友们也纷纷道了别，毕竟以后不能见到啦。"

"前男友们？"温和表情不悦，强烈的占有欲袭上心头，"你有几任前男友？"

钟倾倾伸出手，弯下大拇指，弯下食指，弯下中指，弯下无名指，弯下小拇指，五指都被她弯来弯去，数来数去，她摇摇头，故意道："不知道耶。"

"不知道？"温和一个急刹车，将车停在休息口上，"再仔细数数。"

"温大师，你该不会是吃醋了吧？"钟倾倾嘿嘿一笑，继续逗他，"前男友那都不是过去嘛，以后，以后就都是你了呀。"

"也太多了。"温和回想起刚才钟倾倾数数的模样，不开心，他满脸都写着委屈。

"哈哈哈哈。"钟倾倾忍不住大笑起来,她伸出双手捧住温和的脸,"我的傻小孩,跟你开玩笑,你不能都当真。"

"真的?"温和的眉眼稍稍放松。

"真的,开车吧。"

"那……"温和不死心,"到底有几个?"

"两个。"

温和低头,想了会儿,接受了,毕竟他在读幼儿园时,也悄悄喜欢过两个女孩。

而钟倾倾看着温和,笑了又笑,她的傻小孩啊,纯情到她说什么都信,真是可爱。

机场离钟倾倾的家不远,很快就到达目的地。

钟倾倾晃着双腿,迟迟不愿下车,"你不是说给我带了神秘礼物吗?礼物呢?"

温和从后座拿起一个礼盒递给她,笑着说:"回家看。"

"是什么东西?不能现在拆开吗……"钟倾倾好奇。

"回家慢慢看。"

这下,钟倾倾更好奇了,她抱着礼盒下车,和温和挥手说再见,到底是什么神秘礼物,她想要快点回家打开看看。结果她刚推开家门,就被舒小菁拦住,她眼珠流转,有些纳闷,舒小菁怎么会在家。

"妈。"

"回来了。"

"嗯。"

"吃没吃饭?"

"还没。"

"一起吃,待会儿你爸过来。"

"好,我去房间放行李。"

言语简短,钟倾倾好奇得很,往年六月,鹭城旅游旺季,钟暮云和舒小菁这时候忙得焦头烂额,每年暑假,钟倾倾几乎都是一个人住在家里，压根见不到两位大忙人。结果今天，他们竟然还其乐融融地准备了一顿团聚饭，匪夷所思。

钟倾倾推开卧室门，放下行李，她迫不及待地拆开温和给她准备的礼物。

是一封手写信，和一大堆手折五角星。

信的内容是祝钟倾倾毕业快乐，希望她能够拥有明亮美好的未来，温和别具匠心地在信的末尾摘抄了半首木心先生的诗，以此来表达自己的情感。

每夜，梦中的你，梦中是你。

与枕俱醒，觉得不是你。

另一些人，扮演你入我梦中。

哪有你，你这样好。

哪有你这样你。

最后温和调皮了一下，在结尾添加了句原诗里没有的内容，"哪有你这样你，拥有如此帅气的我。"

钟倾倾看到这句话时，顿时笑出了声，没想到温和对自己帅的认知还是蛮清晰的嘛。温和写给她的信，她来回看了好几遍，字字句句，情真意切，再加上温和的字写得好看，更是赏心悦目。

她很喜欢这份礼物，在浮躁的世界里，温和沉下心安安静静地将他和她恋爱的感受、想念她的心情，通过写信的方式表达出来，像是将他们的爱情拉回到了"从前日色变得慢，车马邮件都慢，一生只够爱一人"的时代。

至于一大堆手折的五角星，钟倾倾闲着也是闲着，她坐在床头将星星数了又数，最终得出结论：五百二十颗，是"我爱你"的意思，她笑嘻嘻地抱着一大堆星星傻笑。不知道的人，还以为她是抱着一大堆人民币呢。

两件都是很用心的礼物，钟倾倾很宝贝，她将礼物包好放回礼盒，收藏起来。

她活了二十多年，收到的礼物不计其数，贵的有父母送的房产，朋友送的名牌包包名牌时装等各类奢侈品，便宜的有前男友送她的五块二毛钱的小红包。那都是投其所好，知道钟倾倾爱钱爱包，但也很少有礼物能打动钟倾倾。

温和送的毕业礼物，却让钟倾倾坐在床头，感动到热泪盈眶。

他的温暖总是细腻无声，轻轻吹进她的心里。

后来钟倾倾发消息给方子琪分享（炫耀）她的爱情，方子琪久久沉默之后恶狠狠地回复她，"你和温和宛如小年轻谈恋爱，甜甜腻腻，是想要甜死我们这些成年人是不是……"

钟倾倾嘻嘻笑，"想当年我吃过你多少碗狗粮，你都忘了吗？"

方子琪夸张道："朋友！那也用不着让我拿命来还啊！"

"要想生活有点甜，还得天天吃颗糖。"钟倾倾竟然编段子。

……方子琪微笑着拒绝了这碗狗粮。

"倾倾，下楼吃饭。"舒小菁的声音在楼下响起。

钟倾倾有一瞬间愣神，时光好像回到小时候，每每她去隔壁苏伽然家玩到吃饭时间时，舒小菁就会站在阳台上朝隔壁喊，"倾倾，回家吃饭。"而后钟倾倾就会拖着鞋子嗒嗒嗒地往家跑。

饭菜热气腾腾，空气中飘着白气。小圆桌，钟暮云和舒小菁各坐一方，等着她开饭。

现在想来，那就是幸福的味道。

此时，钟倾倾换上舒服的衣服和鞋子下楼吃饭，钟暮云坐在长长的长方形桌子的一头，舒小菁坐在他的左侧，饭桌上摆满垂涎欲滴的各种特色菜，但钟倾倾却觉得落寞。记忆中其乐融融，一家三口在一起吃饭的快乐，已经荡然无存。

兴许是那张饭桌太大太长，钟倾倾心想，若是以后钟暮云和舒小菁能多在家里吃几顿饭的话，她一定要将它换掉。但很快，她又自嘲般笑着摇了摇头，幻想，都是幻想。

开饭。

钟倾倾给钟暮云和舒小菁盛了碗汤，钟暮云满意地端过碗。

他慢悠悠地开口，"接下来有什么打算？"

"工作两年，之后到瑞士继续读 EMBA。"

"EMBA？"

"高级管理人员工商管理硕士。"钟倾倾解释道，"课程包含两个学期，共十三个月。第一学期侧重于营运管理及服务的美学与科学，第二学期侧重于开发学生的企业决策能力，和培养学生的领导和创业能力。简言之，是高层管理工作者所需要学习的内容。"

钟暮云点头，对她的打算表示肯定。

自从上次微博头条诬陷事件后，钟暮云和舒小菁对钟倾倾的认识多了不少，印象中喜欢闯祸惹事的钟倾倾已经长大。而钟倾倾因为那件事，也收敛了不少傲气，她明白了，除了学习和实践，和同行过招，亲自参与工作，同样是很重要的事。

钟暮云言简意赅，"需要我们给你提供什么帮助？"

"两年管理层工作经验。"

无论是考取全球泛酒店商业硕士，还是考取高级管理人员工商管理硕士，都有五条以上的要求，比如托福 100 分以上，雅思 7 分以上，GMAT 成绩不低于 500 分。而考取 EMBA 其中一项要求就是：两年以上管理层工作经验（行业不限）。

"没问题。"钟暮云爽快地应道，"你什么时候能入职？"

"随时。"空有一身本领无处施展的钟倾倾，早就跃跃欲试。

钟暮云看着舒小菁，同她商量，"下周一，倾倾入职云舒民宿酒店，你觉得怎么样？"

舒小菁迅速盘算后，"时间足够，我看行。"

"这事你来安排？"

"可以。"

"下周一，full house 网站将派人来酒店谈酒店试睡员合作一事。"舒小菁看着钟倾倾，"这事先前是你接洽的，接下来交给你负责跟进完成，有没有问题？"

"没问题。"钟倾倾允诺下来。

钟家传统，正事谈完再开饭。

钟暮云突然举起酒杯，"祝我们倾倾毕业快乐。"

舒小菁也举起酒杯，笑眯眯地看着钟倾倾，"毕业快乐。"

钟倾倾受宠若惊，颤颤悠悠地举起酒杯，"谢谢，谢谢大家。"

"谢什么，都是一家人，吃饭吃饭，菜都要凉了。"钟暮云说这句话时，钟倾倾观察到他脸上的表情格外柔和。

她总觉得哪里不对劲，但她又说不出所以然。

"倾倾想要什么毕业礼物？"舒小菁问她。

钟倾倾小心翼翼，反问她："你们知道我是读到哪个阶段毕业了吗？"

钟暮云和舒小菁对视一眼，"不是商业硕士毕业吗？"

"是。"钟倾倾松了口气。

但刚刚那瞬间，她生怕钟暮云和舒小菁会回答她大学毕业，或是其他。他们竟然知道她是硕士毕业，受宠若惊的同时，钟倾倾感到莫名委屈。钟暮云和舒小菁不知道的是，在她本科毕业时，她曾期待过父母能够陪在她身边为她庆祝毕业。当时所有同学都有父母或亲人前来参加他们的毕业典礼，唯独钟倾倾，孤孤单单一个人。没有人参加她的毕业典礼，也没有人为她送上一束庆祝毕业的鲜花。她打电话给钟暮云和舒小菁，两人的电话都是助理接的，她连一句话都没和他们说上。

所以后来，全班同学集体合影留念时，只有钟倾倾的手上没有鲜花。

其他人都笑嘻嘻地完成了毕业仪式，而她，却是倔强地看着镜头，没有丝毫笑容。

直到毕业典礼结束，钟暮云和舒小菁才给钟倾倾回了电话，解释说他们在谈一个非常重要的合作，所以没时间飞往瑞士，但给她订了一束花。可钟倾倾压根就没有收到花，后来一查才知道，是助理弄错了时间，鲜花在毕业典礼后的第二天才送到。

这件事成了钟倾倾心中的遗憾。

而这个遗憾，在这次硕士毕业前夕，钟倾倾同温和提到过。但硕士毕业和本科毕业不同，没有毕业典礼，没有欢聚一堂，同学之间相处时间不长，拿到毕业证后，相熟的同学才会私下相约聚一聚。

所以当时，当温和要飞去瑞士参加钟倾倾的毕业典礼时，钟倾倾拒绝了他。但他仍然在用自己的方式，给了她毕业礼物和毕业庆祝。钟倾倾眼光流转，她猜，钟暮云和舒小菁之所以突然为她庆祝毕业，也是因为温和。

"爸今天回来是特地为我庆祝毕业吗？"钟倾倾直白地问道。

"是，本科毕业时我们没陪你。"

钟倾倾笑开，她基本确定，这件事和温和有关。

"爸妈，我恋爱了。"钟倾倾突然转移话题。

钟暮云和舒小菁并不感到意外，"我们知道，温和，人稳重，性格好，挺好。"

果然，是温和。

为她做这一切的人，是温和。

换作从前，钟倾倾一定会较真是父母记得她毕业的事替她庆祝，还是有人告诉他们才如此为之，她从前总觉得这不同。但现在她觉得，记不记得有什么关系，他们愿意抽时间做这件事，她就很高兴。

自从和温和在一起后，钟倾倾整个人都变温柔了许多。她缺失的温暖，他一点点补给她，她收起所有叛逆乖张，渐渐平和。而好的爱，像阳光下洁白的羽毛，干净美好。

钟倾倾入职当天，是温和接她去上班的。

温和给她准备了入职礼物，是小尺寸的笔记本电脑，方便钟倾倾随身携带。

和 full house 网站的合作计划，钟倾倾在入职前就已基本敲定，所以第一天的工作相对来说轻松又高效。钟倾倾忙完后温和还没下班，便跑到苏伽然开的猫咪咖啡屋找他玩。

见到钟倾倾，苏伽然惊诧不已，"哎呀！贵宾驾到，有失远迎啊。"

钟倾倾走过去，用手撞了撞他的胳膊肘，调侃道："苏总，生意如何？"

"生意兴隆，生意兴隆。"苏伽然笑着看她。

钟倾倾也笑，"苏总，今日咖啡是不是八折？"

"免费，必须给你免单。"

"苏总大方。"钟倾倾点单，"给我来杯卡布奇诺，少糖。"

苏伽然朝她眨了眨眼，"稍等，我亲自为你调制。"

"荣幸。"

之后苏伽然去调制咖啡，钟倾倾拿了逗猫棒和猫玩。

猫咪咖啡屋里猫咪的品种繁多，有趴在窗台挺着大肚腩晒太阳的加菲猫，有窝在猫屋里睡着懒觉的波斯猫，有躲在椅子底下挠自己跟自己玩的美短，有互相较量展开战争的美国卷耳猫和斯可可猫，还有有着超漂亮蓝眼睛的布偶猫。

只只都是名贵品种。

苏伽然家里一直都有养猫，一只布偶、一只加菲，还有两只在学校附近捡来的流浪猫，没想到学传播营销的他，走上自我创业这条道路之后，仍然离不开他的爱好。

他十来岁时就和钟倾倾说过，长大后要养很多很多猫，还要收养很多很多流浪猫。

前者苏伽然已经完成，至于后者，是后来钟倾倾和凌岚聊天时得知的，她说："苏总在离'有猫气'不远的地方租了间房子，里面养了不少流浪猫，他是超有爱心的人。"

凌岚就是苏伽然店里长得像林允儿的女孩，她清纯乖巧，甜美可人。

在钟倾倾逗猫时，凌岚走到她身边，递给她一些猫粮。

"它们还没吃饭，你可以喂点。"

钟倾倾回头，朝她微微一笑，"谢谢你，凌岚。"

凌岚张大嘴，感到好奇，"你怎么知道我的名字？"

钟倾倾故意道："你们苏总在朋友面前提到过你。"

"苏总提到过我啊。"女孩脸上立马飘上一抹粉红，"他提到我什么呀？"

"漂亮，清纯，性格甜。"钟倾倾注意到女孩脸上的神情越来越愉悦。

凌岚羞答答地继续问钟倾倾，"这些都是苏总说的吗？"

"是他说的。"钟倾倾斩钉截铁，"他还说你长得像韩国明星林允儿。"

凌岚的脸更红了。

钟倾倾笑，这女孩喜欢苏伽然。

从凌岚进门和苏伽然打招呼的那瞬间起，钟倾倾就知道凌岚喜欢苏伽然，因为凌岚的眼神一直在钟倾倾和苏伽然身上游离，试图从他们的对话和举动中来判断两人的关系。见两人关系亲密，等钟倾倾逗猫时，凌岚又主动接近她。

凌岚给钟倾倾的第一印象不错，是干净有灵气的女孩。

钟倾倾决定助助攻。

"我认识你们苏总这么久，他很少这么夸一个女孩的。"这是实话，从小到大，除了钟倾倾，苏伽然对其他女孩都是绝缘体。

凌岚浅笑嫣然，听到这话是高兴的。

但她又支支吾吾，有些犹豫，"可是……"

"可是什么？"

"可是苏总有喜欢的人，我见有猫气官方微博上总是提到一个叫倾倾的女孩，我们的官方微博是苏总亲自管理的。"

"倾倾？"钟倾倾笑出了声，她倒是有关注苏伽然的微博，但有猫气官方微博，她的确没看过。她挺好奇，"官博都说了些什么？"

"青梅竹马的故事。喏，你现在撸的这只布偶猫就叫'喵亲亲'，取自苏总青梅'倾倾'名字的谐音。"

有意思。

钟倾倾打开微博，将有猫气官方微博粗略浏览了后，发现苏伽然每周一更青梅竹马的小段子，内容多取材于他和她的那些事儿，而配图都是这只有着蓝眼睛的布偶猫。

……钟倾倾掐指一算，这八成是苏伽然的营销手段。

青梅竹马多甜啊，蓝眼睛布偶猫多美啊，组合起来，吸粉无数。

"嗨，他这玩的是营销手段。"钟倾倾朝凌岚摆摆手。

"我知道，可倾倾确有其人吧？"

"有的有的，但据我所知，倾倾名花有主且非他不嫁。"钟倾倾憋笑，一本正经地说道。

"你是认识苏总的青梅吗？"凌岚眨着她那双清澈的眼睛，无辜地看着她。

钟倾倾钢铁"直女"，都差点被看得心动，乱了方寸。苏伽然竟然忍得住不对她下手，简直天理难容。

"认识认识。"钟倾倾心想，岂止认识，她熟悉得很嘛。她决定给凌岚一颗定心丸，"甭管青梅不青梅，喜欢你就主动，悄悄告诉你，你们苏总还没谈过恋爱，他可能哪天喜欢上了你他都没发现，你主动点哈。"

"哈？"凌岚又张大嘴巴，"苏总初恋还在？"

"是。"

"他没有和他青梅谈过恋爱？"

"没有没有。"

"是他单恋他青梅，我记得上周官博更新的故事就是苏总一心向着青梅，奈何青梅始终对他不动情，后来他也接受了有些人更适合做朋友的现实。"凌岚叹口气，"哎我们苏总真可怜，他那么有爱心。"

……听着有点动人，钟倾倾决定回家后认真追一追有猫气官博青梅竹马喵亲亲的故事。

钟倾倾笑着看凌岚，"有你喜欢，他就不可怜。"

凌岚愣了下，继而笑开，"对哦。"

"加油。"

"好哦。"

苏伽然端着调制好的咖啡走过来时，钟倾倾正和凌岚笑在一块，气氛愉快。

"您好，这位客人，您的特制版卡布奇诺为您送到。"苏伽然弯腰，露出他的大白牙，和钟倾倾开玩笑。

钟倾倾接过卡布奇诺，吐槽道："小苏不是我说你，你是去种咖啡豆了吗？磨磨蹭蹭这么慢。"

"欸对，这位客人您真是机智过人，咖啡豆刚去仓库给您拿的，这可是我的珍藏。"

"原来如此，幸会幸会。"

"你们在聊什么？需要我互相介绍一下吗？还是你们已经认识了？"苏伽然看了眼凌岚。

凌岚害羞地低着头，拿起逗猫棒逗猫，这个时间点客人不多，她照顾好猫就行。

钟倾倾大大咧咧，"不用啦，凌岚嘛我已经认识啦，再说你之前提到过她的嘛。"后面这一句，钟倾倾故意提高了点声调。

凌岚更害羞了，脸颊上一片绯红。

"我们去那边聊聊？"苏伽然指了指加菲猫躺着的窗台位置，那儿阳光充足，轻柔地洒在窗台上，窗纱帘影，一副岁月静好的模样。

钟倾倾笑，"我们是要跟猫抢位置吗？"

"她该进食了。"

"我去抱走它。"凌岚很乖，朝加菲猫走去。

钟倾倾给苏伽然使眼色，"凌岚不错的，好好把握啊小苏。"

苏伽然不说话，眼神飘向凌岚，看了她一眼。

有戏。

钟倾倾嘿嘿一笑，"这女孩我挺满意的，朕先恩准，小苏子你尽管照办。"她又用手撞了撞苏伽然的胳膊，"小苏你给我听好了啊，你要幸福啦。"

苏伽然扑哧一声笑出来，钟倾倾的模样奶凶奶凶的，特别逗。

钟倾倾和温和恋爱后，很长一段时间没有和苏伽然联系了，听方子琪说这段时间他沉浸在工作里，忙得不可开交。而钟倾倾也是有意将时间和距离稍微拉一拉，好让他接受既定的现实。

因为对钟倾倾而言，苏伽然是她不能失去的亲人。

庆幸再见面，两人依旧该闹闹该笑笑，百无禁忌无话不说。

夜幕降临，钟倾倾笑着同苏伽然说："待会儿温和下班来这里找我，要不要一块去吃饭？"

苏伽然摇头，"不去。在你们看来是吃饭，在我看来是吃狗粮。"

"噗……小苏你要不要这么逗，我和温和谈恋爱很平和的。"

"不去。"苏伽然很坚定，"子琪向我吐过 轮苦水了，说你们的狗粮有毒，想要她命。而我还想向天再借五百年，我想好好活着。"

"哈哈哈哈。"钟倾倾笑得前俯后仰。

温和就是在这时候推开了猫咪咖啡屋的门，他没看到钟倾倾，却听到了她的笑声，他声音不大，朝里面喊了两声，"倾倾，倾倾。"

"在这，你进来。"

钟倾倾边说边朝温和跑去，她跑到他身边，伸手抱住他，"你来了啊。"

苏伽然用手遮住眼睛，笑着开玩笑，"有毒，恋爱有毒，快走，退散。"

"那我们走了啊，下回见啊小苏。"

温和也礼貌地跟他打招呼，"下回亲自来拜访。"

钟倾倾和温和走后，凌岚走到苏伽然旁边，问他："苏总，刚才那位就是倾倾吗？"

"是她。"但他纳闷，你们刚才不是互相介绍了吗……

"哦，她就是倾倾啊，真可爱。"

凌岚盈盈笑开，晚霞的余光透过窗纱斑驳在她的脸颊上，煞是好看。

苏伽然看了她一眼，又立马将头别开，眼神看向别处。

好看，是真好看。

夏末秋初。

树树皆秋色。

海风裹着桂花香穿梭在大街小巷，街道两旁金黄色的银杏树是鹭城秋天绝好的风景。

自从钟倾倾加入云舒民宿酒店后，来鹭城旅游并入住云舒民宿酒店的年轻人数量成倍增长。她加入酒店的第一个季度，酒店销售额和好评率都取得了较大幅度的增长。

晚上和温和约了海底捞，钟倾倾滔滔不绝分享她的三大法宝。

卖自己，卖男友，卖竹马。

卖自己很好理解，其实就是钟倾倾和 full house 达成合作一事。一方面她代表旅游网站，是"招募酒店试睡员"的形象代言人，一方面她又代表着云舒民宿酒店，她一举一动都在宣传和营销酒店。

温和将一盘猪脑倒入沸腾的火锅里，"我一直挺好奇，如何才能成为酒店试睡员？"

问到钟倾倾的专业领域，她挽起衬衣袖子，单手撑在桌上，很认真地给温和科普。

"招募的话常见的有两种，一是旅游网站招募，像 full house 旅游网站每年都会发布酒店试睡员的招聘启事，二是酒店预订平台或酒店官方平台招募，他们会发布'酒店私访团''免费试睡团'等任务。不常见的有比如酒店杂志，偶尔也会招募酒店试睡员。"

火锅是沸腾的，猪脑很快就烫好，温和夹了些放在钟倾倾的碗里，"趁热吃。"

钟倾倾朝她一笑，吃完一口，继续科普道："酒店试睡员还分全职和兼职，一般来说，集团酒店公司和一些第三方评价平台对这类职业需求更甚，但同时要求更高。而兼职，很多网站都有酒店试睡员一职的申请，任职要求相对全职要低得多。"

温和见钟倾倾意犹未尽想要继续分享，他也想多了解和她有关的事。爱一个人总会情不自禁地想要了解她的全部。温和顺着钟倾倾的话继续问道："成为酒店试睡员需要什么条件？我这样的行不行。"

"你这样的……"钟倾倾抿嘴一笑，"不建议你去做酒店试睡员。"

"为什么？"

"会被睡的。"钟倾倾笑得风流，"大家会更想与你同床共枕。"

"你呢？"他漫不经心地反问钟倾倾，还很自然地夹起一个牛肉丸放入嘴里。

钟倾倾愣住，抬头看他，竟然没脸红，她笑了笑，眼神热烈地看着他："你猜。"

——欸。

温和突然觉得嘴里的牛肉丸索然无味。

之后话题回到成为一名酒店试睡员需要哪些条件，钟倾倾掰着手指细数，"简单点，我从三个方面来聊一聊。"

此时的钟倾倾给人一种领导讲话的既视感，这三个方面大概要讲半个小时吧。温和怕她口渴，给她倒了杯雪梨汁，还时不时在一旁提醒她，"润润嗓，润润嗓。"

钟倾倾大手一挥，"没事。"一副她还能大战几百回合的感觉。

温和只好选择洗耳恭听。

"首先是试睡工作开始前，有两个要素。第一，爱国爱党品行端正，爱生活爱观察爱旅游爱分享；第二，试睡前最好能提前了解和酒店有关的资料内容，必要时可提前去踩个点，比如在你朋友开的吉他主题民宿遇到你那次，我就是去提前踩点。"

"宋礼安。"温和插了句嘴。

"欸对，是他，名字真好听。"

温和笑，"后面那句话，可以省略。"

钟倾倾嘿嘿一笑，"小可爱，吃醋了哦？"

"继续继续。"

"好。第二个阶段，试睡工作进行时，同样是两个要素。

第一，观察和体验入住酒店的方方面面，要求细致入微。比如进入酒店，有没有服务生开车门拿行李，进入酒店大堂后，办理入住的体验和大堂气味都要记录。好的星级酒店会喷洒香水，不同酒店的味道不一样，高端商务人士会比较看重这个。

第二，拍摄照片，客房里洗手间毛巾的数量，整个客房的呈现感官，酒店外景的布局与设计，酒店外的旅游服务设施等都要拍摄记录下来。"

"连多少条毛巾都要拍下来吗？"太过细致，温和感到不可思议。

"多拍点照片总不会错的，到第三个阶段就会有更多余地和空间编辑试睡内容。"

"嗯。"

"那么，第三个阶段，就是完成试睡体验后，需要撰写试睡报告，完成和发表酒店点评。必须从客观的角度把你试睡的感觉心得写出来，并辅以大量的文字图片描述自己的住宿体验，所以文笔好的话能加分，而有专业知识做辅助的话也能加分。"

听完钟倾倾的介绍，温和对这个传说中躺着就能赚钱的行业有了更多的了解，这份看起来免费吃吃喝喝睡睡玩玩，拍拍照写写评论的工作，并不是他想象中的那么简单，而且还挺有意思，不仅能够体验和了解全世界不同特色不同风格的酒店，还能增长见识和丰富阅历。

当下，评论式营销作为一种有效的营销方式，已经广泛应用开了。据调查显示，90%的酒店在线预订用户都会查看和参考他人的酒店评论内容。因此，旅游网站上客观的海量评论往往能够吸引客人通过供应商预订酒店。

显然，钟倾倾入职后第一步——卖自己，卖得很成功。

至于卖男友，是某天钟倾倾下班结束工作后去西餐厅找温和，温和正在做抹茶红豆卷，当时好几个喜欢抹茶的小姐姐在围着他问东问西。

"帅哥，这个抹茶红豆卷里边放的抹茶是哪个牌子的哟，能不能加个微信推荐一下？"

钟倾倾撇嘴，推荐就推荐，加什么微信。

"小哥哥，平时我自己在家做这款抹茶红豆卷的话需不需要用到烤箱呀？能加下你微信，指导指我吗？"

钟倾倾翻个白眼，小哥哥这三个字是你喊的吗？（她已经忘了曾经她逗温和时的没脸没皮。）

温和看了眼钟倾倾，只见她嘴巴嘟得老高，温和笑着跟各位小姐姐说抱歉，语气里全是甜蜜，"我女朋友坐在那边，我妻管严。"

小姐姐的目光迅速转移到钟倾倾身上，而后一秒变端庄，伸手做作地抚摸头发一侧尴尬地笑。小姐姐们面面相觑，拿了抹茶卷后散开。而钟倾倾在醋意消失之际突然灵感迸发，于是便有了之后的"卖男友"的营销方式。

钟倾倾原本想要连哄带骗，一步步套路温和，不料温和的想法和她不谋而合。

热情的小姐姐散开后，钟倾倾单手撑住下巴，似笑非笑地看着温和，"温大师，众星捧月的感觉好不好？"

温和一愣，分辨出这是道送命题，他连连摇头，"不好。"

"可是我看小姐姐们求知若渴的模样，也许教她们做法甜也不错。"钟倾倾语气诚恳。

温和不说话，他心想钟倾倾是在套路他还是真这么想，毕竟她和天底下所有的女朋友一样，都爱问些奇奇怪怪的问题。比如："我和她谁更漂亮？""我是不是你最喜欢的女孩？""你会不会一直爱我？"

"你怎么想的呀？"钟倾倾见温和不说话，眨巴着眼睛看着他。

温和回看她，"实话实说？"

"实话实说！"

之后温和告诉钟倾倾他父母从法国归来后创办温氏·甜厨学院的事。

温和的父亲宅心仁厚，乐善好施，重师道，活着的半生里育人无数。在温和心里，父亲是他尤为敬重的人，他想成为像父亲那样的人，温和想将如同艺术品一般的法甜技术传授给更多人，他想让更多的人在吃到色味俱佳的精致法甜时能感到甜蜜幸福。

"好！你喜欢！我喜欢！办起来！"钟倾倾听完，霸气地宣布。

同时，钟倾倾在心里存下了小心思。

之后，简称卖男友，全称心狠手辣将男朋友推向众小姐姐卖脸卖法甜活动，轰轰烈烈进行。

温和本就名声在外，这次活动开展后，一传十十传百，小姐姐们蜂拥而至嚷嚷着要报名跟温和学做法甜。钟倾倾笑看酒店入住率升高的同时，又隐隐担忧，她原本想要金屋藏娇的小可爱，反被她推向众人。

一日，钟倾倾问温和："温老师，来上甜品课的人是小姐姐多还是小哥哥多？"

温和漫不经心，"没注意。"

"有好看的小姐姐吗？"

"没仔细瞧。"说完他还特地补充了句，"你最漂亮。"

钟倾倾心里美滋滋，"你这都跟谁学的？"

温和嘴角上弯暗暗感叹，微博上有关男朋友求生欲测试，恋爱送命题的见招拆招，还好他平时没少看。

"那，好看的小哥哥有没有？"

"没有。"温和斩钉截铁。

"真遗憾。"钟倾倾摊手，"我还想周末去听听课，顺便看看帅哥的。"

温和勾唇一笑，有点狡猾。他伸手将侧身坐着的钟倾倾圈住，让她面向自己。

"你可以看我，我免费给你上私教课。"

被圈住的钟倾倾离温和很近，他说话时的温热气息扫过她的脸颊，胸腔里藏匿的那头小鹿又苏醒过来，四处乱撞。钟倾倾低头笑起来，她的小可爱竟然在反撩她。紧张的小情绪一瞬即逝，钟倾倾双手钩住温和的脖子。

她笑容妩媚，嘴唇微张，"私教课？温老师除了教我做蛋糕，还想教我做点其他的事吗？"

钟倾倾言语暧昧，温和的脸腾地一下又红了。

"比如，法式深吻？"钟倾倾双眼直勾勾地看着温和，调笑道，"温老师，你思想不纯洁哦。"

哎。

温和叹口气，本想逗逗她的，结果还是被她调戏了。

他什么时候才能翻身做主把歌唱……

见温和一脸郁闷的样子，钟倾倾抬头亲了他一口，然后笑嘻嘻地说道："作为补偿。"

哪知温和突然耍起脾气，"不够。"

于是钟倾倾又再亲了一口。

"还要。"

于是……又……亲了一口。

但温和的表情依旧像是没有得到满足，钟倾倾噘嘴，摆出一副你到底想怎样的模样。这下轮到温和笑了，他伸手将钟倾倾圈得更紧，他凑到她耳边，声音很轻，"法式深吻吗？我来教你。"

一个吻落下来。

然而恋爱新手温和哪里懂什么法式深吻，他只不过是从字面理解，将他和钟倾倾之间的吻加深再加深，钟倾倾被他吻得天旋地转，脸颊通红。主动权完全被温和掌控，一段时间后，他才将钟倾倾放开。

这颗糖，温和吃了很长时间。

吃完，满足感爆棚。

"倾倾。"温和拉住钟倾倾的手，深情地看着她，他一字一句认认真真，"哪天你不爱我了，你告诉我。除你之外，我不会再爱上别人。"

咚。

一颗定心丸稳稳地落入钟倾倾心里。

她的小可爱不需要金屋藏娇，他给了她最稳妥的安全感。

钟倾倾看着温和，此时此刻，她内心充盈着温柔。眼前的这个人啊，在她没有拥有时，她总能在他身上感觉到礼貌又客气的距离感。可拥有之后，他整个人都完完全全地属于她。

是踏踏实实的拥有感。

而后，她听到自己笃定地说："温和，有生之年，我只爱你。"

第十章

是他的女孩

✕

✕

钟倾倾三大法宝最后一招，是卖竹马。

苏伽然在云舒民宿酒店附近开的猫咪咖啡屋"有猫气"自开业以来，生意兴隆。无论是鹭城本地人还是来鹭城旅游的外地人，对这家新开的猫咖都十分感兴趣，吸猫一度变成流行。钟倾倾瞅准商机，联合苏伽然做捆绑促销活动，相互导流，达成共赢。

酒店试睡员，法甜学习班，猫咪咖啡屋，钟倾倾将年轻人喜爱的三大流行元素结合在一起，不到半年时间，云舒民宿酒店被她经营得有声有色，入住率相比去年同期差不多翻了倍。

鹭城十二月时，钟暮云生日。

不是大寿，没有大摆宴席，只请了小部分熟悉的亲朋好友在他去年新买的别墅里庆祝。

温和被邀请，这是他第一次以钟倾倾男友的身份出现在她家人面前。

去之前钟倾倾问温和紧不紧张，温和笑着说："有点。"

钟倾倾霸气地揽过他的肩膀，"别紧张，姐姐我罩着你。"

温和："……"

庆祝宴安排在晚上，钟倾倾和温和下班后一同从酒店出发，到场的亲朋好友不多，多半温和之前见过。比如凌叔和苏伽然一家，以及钟倾倾的小姨钟暮雨。倒是钟暮雨的儿子和钟倾倾的小叔钟暮风一家，温和是头次见到。

寿星是钟暮云，但话题的主角又是钟倾倾。

自钟倾倾接手管理云舒酒店取得不错的成绩后，钟暮云面色红润，脸上的笑容都多了起来。在座的亲朋好友都在夸钟倾倾既漂亮又有能力，钟暮雨尤其夸张。

"我们家倾倾小时候就漂亮，现在更是大美人，她听话懂事性格好，读书厉害成绩也很棒。倾倾一个人在国外生活坚强独立，从不给家人添麻烦，从不让人操心。温大师你捡到了宝噢，以后要对我们倾倾好啊。"

钟倾倾听着，皱眉，仿佛曾经对她说读书没用不如找个高富帅嫁掉的人，不是她小姑。

温和礼貌地微笑，"我会对她好。"

钟暮雨回他一个微笑，继而转头看向钟暮云，"大哥你好眼力，将云舒民宿店交给倾倾管理特别明智。"她笑着继续说道，"倾倾现在有出息，我们家天昊啊要多跟姐姐学习。"

一箭双雕，既夸了钟倾倾又夸了钟暮云。

钟倾倾微微笑着，想说，我还是从前那个没脑子爱买包的钟倾倾。但想了想没开口，免得扫了大家的兴。自从和温和恋爱后，她身上的刺都藏了起来，整个人变得柔软许多。

爱和被爱，都能让人感觉温柔。

"嗯，倾倾没让我失望。"钟暮云肯定地应道，"天昊现在成绩怎么样？"

"还可以，年级第一。"钟暮雨故作谦虚，"还得多向倾倾看齐。"

"呵呵。"钟暮云笑得慈祥，"天昊毕业后也来云舒酒店吧，这酒店以后啊，都是你们年轻人的天下。"

坐在一旁玩手机的天昊听钟暮云这么说，放下手机看了过来，嘴角噙着一个不正经的笑，"大伯，姐姐现在管理云舒民宿店，我毕业去云舒的话，是要将云舒总店交给我管吗？"

初生牛犊不怕虎，一开口野心不小。

天昊是钟暮雨的宝贝儿子，钟暮雨一贯奉行爱情至上，生活无大目标，结婚生下天昊后没几年老公早逝，给他们留下一小笔遗产，不算大富大贵，但吃喝不愁。天昊是钟家老幺，加之父亲早逝，所以钟家上下对他宠爱有加。

天昊在国内一等一的高等学府里学酒店管理，他性格很特别，说话总带刺，但毒舌归毒舌，钟倾倾知道，她这个弟弟脑袋聪明心眼不坏，跟她一样，最听不得虚情假意的社交式瞎夸。

天昊开口，大家都倒吸一口凉气，倒是钟暮云满不在乎，他笑呵呵地反问他："你想要管理云舒总店？"

天昊挑眉，"没错。"

"你凭什么管理好云舒总店？"钟暮云脸上虽然带着笑意，但语气严肃。

天昊嘴角的笑意消失，他撇撇嘴，态度认真起来，"凭实力，我会向你证明我的实力。"

语毕，全场静默。

"哈哈哈。"打破沉默的是钟暮云的笑声，他朝天昊竖起大拇指，"好样的天昊，大伯看好你，云舒酒店等你。"

"好。"天昊底气十足，十八岁的热情和果敢在他身上展露无遗。

"不过，姐姐……"

一个转折，天昊又将话题转移到钟倾倾身上。

"什么事？"

"我想要温大师。"

"嗯？"

"等我毕业管理云舒总店时，我要温大师来总店。"

够直接，真是……天不怕地不怕，什么都敢说。

钟倾倾扶额，弟弟是好弟弟，但她的男人不能让，她抬眼看天昊，摇头，"不行。"

天昊耸肩，他可不是轻易善罢甘休的个性。他径直走到温和面前，微微弯腰，态度谦卑地自我介绍道："你好温和，我是谢天昊。久仰你的大名，我十来岁时就通过电视关注了你，你很厉害，年纪轻轻就斩获各大国际赛事的大奖。我吃过你做的法甜，不仅色香味俱全，味道更是令人永生难忘。"

说到味道，天昊脸上洋溢着享受的表情。

而温和，因为天昊在众人面前直白地赞许他，他的脸又红了。

坐在钟倾倾和温和对面的苏伽然看着这一幕，从裤兜里拿出手机给钟倾倾发微信。

"老钟，天昊的性取向明不明确？"

钟倾倾低头看手机，看完瞪苏伽然一眼，"什么意思？"

"这画面这场景不像表白吗……"

"脑洞不要太大。"

然而，钟倾倾刚回复完苏伽然的消息，就听到天昊对温和说："温大师，我很喜欢你。"

……嗯？

钟倾倾一颗心突然悬起来，她还没想过如果她和她弟弟同时喜欢上温和应该怎么办。

全场再次静默。

天昊搓搓手，继续道："喜欢你……做的法甜。"

哎……

说话能不能不大喘气啊？钟倾倾的心又落下来。

"假以时日，我管理云舒总店时，非常希望你能够来总店助我一臂之力，我需要你。"

"天昊平常跟你说话也是这副德行？用词真暧昧。"苏伽然的消息又传送过来。

钟倾倾回想起平时天昊跟她说话时利落的态度，她摇了摇头，"这届弟弟不行，得换。"

"不过天昊身上志在必得的自信，我看不错，年轻人有野心不是什么坏事。"

"我们也没多老。"

苏伽然耸肩，笑了笑。

天昊真诚地向温和抛去橄榄枝，结果温和含情脉脉地看着钟倾倾。

"小天，谢谢你的赏识，不过我们家的事，都由你姐姐做主。"

"有点嫉妒。"天昊摊手，实名羡慕钟倾倾。

听到温和回答的苏伽然，噼里啪啦快速在微信对话框里输入一行字，而后点击发送。他字字句句都在控诉，"老钟，温和是不是有毒，你们是行走的秀恩爱机器吗？单身狗也是一条活生生的生命，能不能考虑下单身群体的感受！"

钟倾倾抬头和苏伽然对视，见他咬牙切齿地朝她做鬼脸，她张了张唇，无声道："不能。"

天昊一腔热血被温和叫停后，加了温和的微信，接着就躲一旁继续玩游戏去了。

"钟声，新工作还习惯吗？有没有解决不了的难题，可以跟大伯说说。"说完天昊，钟暮云不忘将关怀送到钟声那里。

钟声是钟倾倾小叔钟暮风的儿子，今年六月份刚大学毕业，毕业后钟暮云安排他到云舒酒店工作，跟着他父亲钟暮风一块负责酒店的物资管理和采购物料的工作。

钟声性格腼腆，话不多，他摇摇头，"没有，谢谢大伯关心。"

一旁的钟暮风叹口气，叹钟声不争气，"倾倾和天昊成绩好会读书有出息，不像我们家钟声，哎，不好好读书成天惹是生非，好不容易混个毕业，只能跟着我做点小管理。"

钟倾倾皱眉，这话她听着不高兴。天昊和钟声都是她弟弟，两人性格可谓截然相反。钟声不爱读书爱打架，但性格不凶不横，打架惹事多是路见不平拔刀相助的侠义之举，这个弟弟其实心地十分善良。

小时候每每亲戚们嘲讽钟倾倾只会烧钱不会赚钱时，都是钟声不动声色地挪到她身旁，一会儿拿桌上新鲜的水果给她，一会儿又抓一把糖放在她口袋里。

"小叔，酒店物资管理不是小管理，这里面学问很深的。"钟倾倾专业地解释道，"酒店物资管理是对酒店物资资料进行计划、采购、保管、使用和回收，使它们有效地发挥应有的使用价值和经济效用的一系列组织和管理活动的总称。"

专业知识钟暮风听不懂，他讪讪地应道："你看，我没读书，我就听不懂。"

"听不懂没关系。"钟倾倾难得好脾气地继续道，"物资管理要做好并不容易，声声工作不到半年，但我听说他这几个月工作完成得很好。"

"阿风啊，声声读书不厉害，但工作认真努力。不管在什么岗位上，努力的人上天都不会辜负，都会有所作为的。你啊，不要对他太过苛刻。"钟暮云语重心长地说道。

钟暮云都这么说了，钟暮风也不好再多说什么。

大家喝酒聊天，庆祝饭吃到后半夜才结束。

温和开车送钟倾倾回舒小菁那，父母离婚后，钟倾倾和母亲住。钟暮云今天生日，舒小菁人没到但派人送了份礼。

坐在副驾驶上，钟倾倾歪着头问温和："你说我爸妈有没有复婚的可能？"

"怎么说？"

"这么些年他们分居也好离婚也好，但谁都没有再找，有什么事也常来往。"

温和手指轻敲方向盘，"你希望他们和好吗？"

钟倾倾思索片刻，"随缘吧。"

温和笑，伸手摸了摸她的头，"你家家庭氛围很好，舒姨在的话会更热闹。"

"家庭氛围很好？"钟倾倾不赞同，"不嫌闹哄哄的吗？"

"不吵，挺有趣。"

"有趣？"

"嗯。"

"哪里有趣？"钟倾倾很好奇。

"天昊挺有意思。"

钟倾倾捕捉到，温和说这句话时，脸上浮起一抹意味不明的笑意。

这时候，温和手机突然响起，有人给他发微信。钟倾倾眼尖，瞅了一眼手机屏幕，竟然是天昊发来的，这才刚加上微信没多久……

钟倾倾拿起温和的手机，输入密码，是她的生日。

天昊："温大师安全到了吗？"

钟倾倾回复："还没。"

"路上注意安全，很高兴今天见到你，以后请多多联系。"

"好。"

"那暂时先不打扰你，回家后请早点休息哈。"

钟倾倾：……

在她印象里，天昊说话是能省则省，但他对温和倒是……挺啰唆。大概是爱情的力量吧，钟倾倾脑海里莫名其妙地冒出这样一句话，她撇撇嘴，将手机扔到一旁。

"怎么了？"温和见她有情绪，关心地问道。

"哎。"钟倾倾叹口气，嘟着嘴道，"还不是因为小可爱你太招人喜欢，想把你拴在身上，随身携带。"

"傻瓜。"温和将车停到路边，他伸手刮了刮钟倾倾的鼻子，宠溺地笑了。

"怎么停车啦？"钟倾倾歪头笑得甜蜜。

"有事说，很重要。"

"哦？"

"倾倾。"

"欸。"

"跟我去见我爸妈吧。"温和眼神干净明亮，脸上写满真诚。

"好啊。"钟倾倾松口气，还以为是什么坏事儿，她笑靥如花，"我要给阿姨买最好看的鲜花。"

温和接话，"你就是我妈最喜欢的那朵花。"

"哈哈哈。"钟倾倾笑出了声，温和什么时候学会的土味情话，真的好土。

鹭城的十二月，已经进入冬天，气温降到零度以下。

温和重新启动车子后，空调热风吹来，钟倾倾舒服地靠着座椅，她拿出手机，浏览各大品牌发布的冬季时尚新品。接着不到十分钟时间，她就买了两块卡地亚的手表和两条Burberry（博柏利）的新款羊绒围巾。

后来圣诞节，温和收到这份圣诞礼物时，他很认真地思考了下人生。

他想，他应当可以去知乎上回答："我的女朋友很有钱是一种怎样的体验。"

二十五日，圣诞节当天。

鹭城整座城市都被绚烂的灯光包围，闪耀的光芒在夜空里启动、闪烁，像是云端里的星星散落到人间。

钟倾倾温和，周至衍温桃，方子琪周耀，还有苏伽然凌岚，一行八人组了个圣诞狂欢局。局是钟倾倾约的，除了大家一起欢度圣诞，还有件特别浪漫的事。

周至衍要向温桃求婚。

这事除了温桃不知道，其他人都知情。

按照事先商量好的，晚上八点整，夜幕降临，华灯初上，自助晚宴开始。晚宴中，端着满盘子食物的苏伽然故意与周至衍撞个满怀，他盘子里的酱料洒在周至衍的羊绒毛衣上，黏糊糊的。周至衍扯了纸巾擦拭，但越擦酱沾染的面积越大。

"哎好大味儿，是打翻了蒜酱吗？"蒜味刺鼻，站在一旁的钟倾倾伸手捏住鼻子，露出嫌弃的神情，"去换件衣服吧，这蒜味闻着难受。"

周至衍配合演出，他故意凑近钟倾倾，贫嘴道："你不喜欢蒜味啊？我闻着挺香。"

"离我远点。"钟倾倾朝他翻白眼，催促道，"你能不能去换件衣服？"

"哎行行。"周至衍回头看温桃，声音都变得温和，"我去换件衣服。"

温桃："好。"

可是，温桃看着他的背影纳闷，他去哪里换衣服？这里离他家……很远啊。

很快，谜底揭晓。换上维尼熊玩偶服的周至衍手举一大束气球出现在众人面前。这时候，正在吃温和做的草莓芙蕾杰的温桃，突然咬到一小块硬物。她将这块硬物放到手中，才发现是枚钻石戒指。

在蛋糕里藏戒指的主意是钟倾倾想出来的，具体实施者是温和。

今天下午，钟倾倾安排好工作打车到温和家，她提着给他买的圣诞节礼物美滋滋地、熟门熟路地拿钥匙开门。温和当时正在搅拌奶油，门一开，钟倾倾就闻到从厨房里飘出来的奶油香，是甜蜜的感觉。

她换好鞋小跑到厨房，从背后一把抱住温和："Merry Christmas 圣诞快乐，我的小可爱。"

被抱住的温和笑着关闭搅拌奶油的机器，他转身将钟倾倾正面抱入怀中，学她的口吻，"圣诞快乐，我的小倾倾。"

"给你买了圣诞礼物。"钟倾倾仰着脸主动邀功，"有没有奖励？"

"有。"

然后温和伸手扣住钟倾倾的后脑勺，送上圣诞节的奶油味热吻。

吻完，钟倾倾拉着温和的手往客厅走，"看看我给你买的礼物喜不喜欢。"

"喜欢。"

钟倾倾笑，"你都不知道我买的什么礼物。"

温和求生欲满满，"你买的我都喜欢。"

"喏，给你。"

到客厅，钟倾倾将放在地毯上的礼品递给温和，她满怀期待地等着温和拆礼物。礼盒像俄罗斯套娃，包了一层又一层，可见钟倾倾的用心。终于拆到最后一层，礼物露出庐山真面目，温和却被这份厚礼"吓"到。

手表是卡地亚的蓝气球，围巾是Burberry（博柏利）他的最新款。

"怎么样喜不喜欢？"钟倾倾兴奋地嚷嚷，"是情侣款哦，手表和围巾都是情侣款。"

"喜欢。"温和无奈地笑，"只是，有点贵重。"

钟倾倾大手一挥，"花吧花吧，这是老钟给的奖金。最近酒店赚了不少钱，法甜公开课功不可没，你理应跟我一块分享这份喜悦。"

逻辑上来说是这样没错。

但一个奶油味的热吻作为奖励似乎不够。

温和看着钟倾倾，目光温柔，"礼物我很喜欢，现在额外赠送一份奖励，你想要什么？"

钟倾倾不假思索脱口而出，"想要你。"

温和愣住，连眨几下眼。

钟倾倾见他表情有趣，大笑起来，"哎呀好直接，感觉自己在耍流氓。"

温和："……"

他，又被调戏了……

温和本想说点什么，反击反击的，比如：放马过来。

但周至衍的电话却不合时宜地打来，将钟倾倾和温和的对话打断。从声音能够听出，周至衍很紧张，他在电话里反复问了温和好几次蛋糕做好了没。

温和笑着安抚他，"放心吧，没问题。"

周至衍沉默几秒后道出实情，"钟倾倾和你在一块吧，你我不担心，我怕她扰得你分心。"

手机开的是公放，放在桌上，原因是钟倾倾和温和正抱在一起。钟倾倾一听这话立马炸毛，"这位朋友你什么意思？你忘了是谁向你献策献计出谋划策了吗？！是我，朋友要感恩啊，这份大恩大德不能忘。"

周至衍愣了下，继而笑起来，"你还真在啊。"

"对啊。"

"有个事我挺好奇……"

"什么事？"

"你怎么会想到把求婚戒指放在温和做的蛋糕里这一招？"

"电视剧里不都这么演？"

"哦。"周至衍笑起来，"我还以为……"

"以为什么？"

"没什么。"周至衍又笑了笑，故意吊钟倾倾胃口。

哪知钟倾倾不买账，"不说拉倒。"

"要说的要说的。"周至衍贱兮兮道，"其实这是你幻想温和给你求婚时会做的事吧？"

……被说中了。

钟倾倾哑口无言，一抹粉红悄悄爬上她的脸颊。她在网上看到这个求婚创意时，她就暗暗想了想，如果有一天温和向她求婚，他把戒指藏在他亲手做的法甜里的话，她感觉这事非常浪漫。

但钟倾倾是藏不住事的直性子。

周至衍那天问她有什么求婚的好点子时，她一股脑就告诉了他。她想，温桃从温和做的甜品里吃到象征终身幸福的求婚戒指，对温桃而言，一定是美好又圆满，如同星星般的记忆瞬间。

"哈哈哈，被我说中了是不是？温和，准备准备，下一个该你了啊。"周至衍一副不解风情的样子，故意调笑道，"哎钟倾倾，你问没问过温和，他要不要娶你啊？"

"当然要娶。"钟倾倾底气十足，脸更红了，她不知道温和此时此刻怎么想，万一他并不是这么想的呢。

"好样的，有自信，我等着吃你俩的喜糖。"

"不说了做蛋糕去。"

"行啊。"

"再见。"钟倾倾语气超凶，将电话挂断。

温和看着她脸上还未褪去的那抹红，忍不住伸手捏了捏她的脸颊，可爱，难得一遇的害羞，真可爱。

"你做哪款甜品？我来帮忙打下手。"温和去厨房，钟倾倾跟在后面边走边问。

"草莓芙蕾杰。"

温和和钟倾倾一起做过三次蛋糕，三次她都是问东问西，像个好奇宝宝在他身边打转，帮忙这种事温和可不指望。

"哇名字真甜。"

"来洗手。"

"好。"

从前是钟倾倾给温和洗手，现在是温和拿起钟倾倾的双手放在水龙头下，冲洗，抹上洗手液，然后他的手摩挲揉搓着她的手，一分钟后再冲洗干净。

洗完手，钟倾倾继续感叹法式甜品的名字一个比一个好听，法甜不仅卖相精致浪漫，就连名字都甜蜜动听。

她掰着手指细细数，"泡芙，软绵绵的甜蜜感。欧培拉，又名歌剧院，讲述优雅的精致。玛德琳，充斥着文艺的细腻。马卡龙，好似梦幻的洛可可花园。温和温和，你听这些法式甜品的名字好浪漫啊。"

温和已经开始制作草莓芙蕾杰，他回头看了一眼钟倾倾，朝她笑开，"以后有女儿的话，小泡芙这个名字，好听。"

欸？

有女儿！

一瞬间，钟倾倾好像染上了温和的红脸害羞病，听到女儿这两个字时，钟倾倾的脸竟然又变得红彤彤的。

但是她在想的事，可能跟温和想的有点不同。

等脸颊红润稍稍褪去后，钟倾倾恢复镇定，她凑到正在法式草莓蛋糕表面铺粉红色糖杏仁膏的温和耳边，低声问他："小可爱，你是不是想跟我生孩子？"

温和身体僵硬，一言不发。

钟倾倾笑，"沉默就是默认哦。"

温和："好。"

欸？

温和竟然说了好。

钟倾倾得寸进尺，"那么，没有给我准备圣诞礼物的话，今晚就把你自己打包送给我吧。"

……温和冒汗，还真是给点颜色就开染坊。

"哈哈哈。"钟倾倾哈哈大笑，逗温和一直是她的乐趣所在。

温桃看着躺在手心里的钻石戒指，有些茫然。她抬头想求助哥哥温和，却看到穿着维尼熊玩偶服举着气球的周至衍一步步朝她走来。浪漫的音乐声响起，维尼熊将手中举着的气球一个个分给大家，最后只剩下一个粉红色心形形状的气球。

音乐进入高潮。

维尼熊单膝跪地，将气球举得高高的，递向温桃。

温桃似小鹿般清澈明亮的大眼睛，扑闪扑闪地看着维尼熊，轻声问他："你是阿衍吗？"

维尼熊点点头。

温桃笑，"你在向我求婚吗？"

维尼熊又点点头。

温桃笑。

突然灯光骤灭，空旷的白色墙壁上投影出她和周至衍的许多合照，还有一些剪辑过的视频片段。

从少年时代起，他始终都在她的身边。她哭的时候有他哄，她笑的时候有他陪。

画面一帧一帧过，少女一天天长大，少年一天天强大，年少时他们并肩站在一起，现在他们仍然比肩而行。

过往的经历成为他们最珍贵的回忆。

纯粹的爱恋，打动在场所有人。

温桃眼眶含泪，她伸手接过周至衍手中的气球，她一遍又一遍重复道："我愿意，我愿意，阿衍，我愿意嫁给你。"

周至衍高兴地取下维尼熊面罩，将温桃拉入怀中，紧紧抱住。再也，再也不会放开。

其他人手中的气球在这时候齐齐戳破，缤纷的碎片飘洒而出，上面密密麻麻地写着"周至衍爱温桃"。

钟倾倾抬头看纷纷落下的碎片，目露羡慕，"好甜啊。"

温和笑着看她，从口袋里摸出一颗糖。刚准备递给钟倾倾，却听到她大煞风景地说了句，"哎粉粉的，有点像落人民币的感觉。"

温和："……"

握在手里的瑞士糖被他重新放回口袋里。

周至衍和温桃拥抱过后，他给她戴戒指。平时面对啥事都是一副云淡风轻模样的周至衍，却在给温桃戴戒指时紧张到手抖。钟倾倾倒觉得，这样的他，反而有点可爱。

戒指刚刚好，周至衍对温桃手指的尺寸早就了如指掌，他曾多次摩挲她右手的无名指，不用刻意量就无比清晰。

"亲一个亲一个亲一个。"一众围观群众纷纷起哄。

而后，缠绵柔情的吻落下。

圣诞节的浪漫留给周至衍和温桃，深藏功与名的围观群众识趣退场。

方子琪是行动派，早在周至衍去换维尼熊玩偶服时，她就提前买了两张私人影院的电影票，打算散场后和周耀去看场电影。

钟倾倾自然和温和在一起，度过还剩三小时的圣诞节。但具体去哪，还没想好，反正和温和一起，去哪里都好。

凌岚看着苏伽然，问他要不要去电玩中心玩游戏。

苏伽然还没开口，钟倾倾就抢过话，"去呗小苏，鹭北那块新开了家电玩中心，听说挺好玩，时间还早，去玩玩呗。"

"好。"苏伽然看着凌岚，"走吧。"

"玩完记得帮我送凌岚回家。"钟倾倾嘱咐道。

今晚是她喊凌岚一块来玩的，一来是凑人数，求婚这事人多热闹；二来是有心撮合苏伽然和凌岚，她总觉得这两人有戏。

人群散开。

钟倾倾伸手挽住温和的手臂，"我们去哪？"

"你想去哪？"

"我也不知道，边走边看吧。"

"好。"

深夜的气温比白天低几度，温和将钟倾倾的手放到他大衣的口袋里，口袋里暖暖的，还有几块硬邦邦的东西。

"你口袋里是什么？"

"糖。"

"糖？"

"嗯。"

钟倾倾松开温和的手，把口袋里的糖全部抓到手里，掏出来一看，竟然是她喜欢吃的瑞士糖。钟倾倾外表看着强悍，有女侠范，其实外强中干，经常轻微低血糖。在瑞士时，她偶然发现这种瑞士糖特别好吃，于是她每次去超市都会买上一些，随身携带几颗。

钟倾倾剥开一颗糖，放入嘴里，"这种瑞士糖我特别喜欢吃。"

"我知道。"

"你怎么知道？"钟倾倾感到诧异。

"听天昊提到过。"

"天昊？"

"嗯。"

"你和他还有联系？"

温和实话实说："他有时候会来找我聊天。"

钟倾倾瞪大眼睛，不敢相信，"你说的是我那傲慢的弟弟天昊？"

"嗯。"

见鬼。

他还真缠上了温和。

钟倾倾挽着温和的手紧了紧，"他平时都和你聊些什么呀？"

温和低头看她，"你。"

"我？"

"嗯。"

天昊和温和交换联系方式后，他差不多每周都去找温和聊天。原以为他会找温和聊法甜，结果天昊天南海北地侃，各种新鲜有趣的事物他都能聊得兴致勃勃，倒是令温和大感意外。

他们也会聊到钟倾倾。

天昊对钟倾倾的欣赏和赞叹之情，显露出来。

但他不喊她姐姐。

他说："倾倾不仅脑袋聪明读书厉害，管理酒店也是有自己的一套。我研究过她近期管理酒店的方法，挺妙的。"

温和好奇，"你研究过？"

"是。她的一举一动我都有关注，别忘了，我的目标是云舒酒店。"

温和笑，年轻气盛。不过天昊虽然年纪不大，但为了他那颗如同猛兽一般的野心，他内心早早有了规划，并为之努力，这是值得肯定的。

但他的目标是云舒酒店的话……

"你想从你姐姐手中拿过云舒酒店？"温和没用充满掠夺性的"抢"字，他说的是"拿"。

天昊发来一个非常惊讶的表情，"我从来没有想过要跟她抢。共赢时代，我们可以一起做更大的蛋糕。"

……小小年纪有想法。

温和："那你加油。"

天昊发来谢谢的表情包，"没想到倾倾除了脑袋好用，挑男人的眼光也不错。"

此时温和特地将这一段聊天记录翻出来拿给钟倾倾看，结果她看眼后撇撇嘴，"这小子我小时候没少骂他，没想到他还暗戳戳地夸我，行，我决定今年过年给他买个包。"

温和："……"

圣诞节的夜晚，鹭城没有下雪，树叶上结了层薄薄的白霜。

24 小时全天候营业的便利店里播放着舒缓的音乐，街道周围挂满缤纷的彩球灯，闪闪亮亮。钟倾倾挽着温和的手，嘴里哼着不着调的曲，好似走在梦幻世界里。

她朝夜空中呵出一口白气，感叹道："真希望这条路永远没有尽头，这样我们就能一直一直一起走下去。"

温和看着渐渐消散的一团白气，问钟倾倾："你想要什么样的婚礼？传统中式的还是欧式浪漫风？"

"不知道。"钟倾倾摇头，如实回答，"没想过。"

"你仔细想想，想要什么样的婚礼，想好告诉我。"末了，温和还特地补充了一句，"随时，我等你。"

便利店里正播放着蔡依林的《今天你要嫁给我》，气氛有些甜。

钟倾倾笑吟吟地应道："好啊。"

"嗯。"

走在冬天的路上，温和握紧钟倾倾的手。

自从遇见她，他就已经想好要娶她。

年尾时，年终总结和新年计划同时进行，正是一年最忙碌的时候。

钟倾倾和温和明明是在同一家酒店上班，却像在谈异地恋。起初约好不管多忙，两人每天都要见上一面，但现实无奈，一星期里能见上三次面再好好约会几小时，已是谢天谢地。

直到进入新一年的二月，应接不暇的忙碌状态才渐渐缓和。

一晃春节到。

温和决定带钟倾倾去见他父母。

夫妇二人合葬在一起，墓地买在温和的老家安夏。年初三那天，温和大清早开车去接钟倾倾。她买了许多鲜花，放在温和的后备箱里。车子行驶在高速公路上，钟倾倾因为起太早去买鲜花，所以有些犯困。

"我睡会儿，到了叫我。"

"好。"

温和贴心地帮她调整了座椅靠背，并调高了空调温度。

几个小时后，两人到达墓地。

"倾倾，到了。"温和轻轻推了推钟倾倾。

钟倾倾醒来揉了揉眼睛，才发现眼前茫茫一片白，她突然兴奋地惊呼："温和温和，是下雪了吗？外面是在下雪吗？"

"是，你睡着没多久就下起了雪。"

"哇！"

竟然下雪了，钟倾倾喜欢看雪。而且，初雪的时候，和喜欢的人在一起，真是浪漫。

她速度回神，拉开车门，往外跑去。

钟倾倾伸出手，接住从天而落的大片雪花，冰凉凉的触感在掌心里融化。雪下得挺大，雪花又大又厚，钟倾倾心想，地面很快就能积起一层雪了吧。

温和将后备箱里的鲜花搬出来，的确得靠搬，钟倾倾买了十来束鲜花。她美其名曰："我也拿不准阿姨到底喜欢哪种花，于是我把好看的全买了下来。"

有这份心意，温和必然要领情。

两人各自抱着一大捧鲜花到达墓地后，温和从背包里拿出提前准备好的棉布垫在墓碑前的瓷砖上，这主要是给钟倾倾准备的。

防脏，防寒，防磕着碰着。

但钟倾倾坚决不搞特殊，不走小公主路线，她把棉布叠好递给温和让他收起来。钟倾倾态度强硬，温和只能听从，他蹲下身用手扫了扫瓷砖上的灰尘和薄薄的白雪。

"爸妈，新年快乐，这是我女朋友钟倾倾，带她来看看你们。"

钟倾倾跪在温和刚用手扫过灰尘和白雪的地方，她声音糯糯的，乖乖巧巧地道："叔叔阿姨，我是钟倾倾，钟是时钟的钟，倾倾是侧耳倾听的倾。新年快乐，希望你们在另一个世界也感到幸福快乐。"

温和将钟倾倾买的花整齐地摆放在墓碑周围，他边整理边说："妈，这是倾倾早上特地去花市给您选的鲜花。"

"希望阿姨喜欢。"钟倾倾附和。

"是你买的，我妈一定喜欢。"摆好鲜花后，温和宠溺地摸了摸钟倾倾的头，雪越下越大，他关切地问她，"冷不冷？要不要现在回去？"

"我不冷。"钟倾倾摇头，"我们聊会天吧，陪陪叔叔阿姨。"她从外套的大口袋里拿出一小瓶洋酒，笑着说，"这酒给叔叔准备的，我们陪他喝点。"

温和从钟倾倾手中接过酒，是意大利顶级珍藏葡萄酒，全球限量发售。他看着墓碑上父亲温世衡的相片笑起来，"爸，倾倾带的酒可是你的心头好，我们陪你喝点。"话说完，他回头看向钟倾倾，有些诧异，"你知道我爸喜欢喝这酒？"

钟倾倾调皮地眨眼，"秘密。"

想知道温世衡喜欢喝什么酒并不是多难的事，作为甜厨学院创始人的温世衡名声显赫，钟倾倾靠她的老办法百度搜一搜知乎瞧一瞧，很快找到答案。

"开酒吧，我们陪叔叔喝点再走。"钟倾倾推了推温和的手，"在想什么呢？"

温和想，钟倾倾是从什么时候开始变得会做这些令人感动的事，她不仅去了解他爸喜欢喝什么酒，还一路悄悄地带了一瓶来。

一口酒入肚，人心暖几分。

两人坐在温和父母的墓地旁，喝着小酒，赏着雪花，别有一番滋味。

钟倾倾问了温和许多问题，有关他父母，有关他小时候的事。温和答得详细，她听得入神。雪还在下，且有越下越大的趋势。雪花纷纷落下，温和时不时伸手将钟倾倾头上的雪花拂掉。

酒喝完，温和提议，"我们找个有暖气的地方接着聊？"

钟倾倾脑洞大开，"虽然这里没有暖气，但我们现在是四个人在聊天哦。叔叔阿姨只是没有说话，但他们都在听着呢。"

温和："……"

"行吧，最后一个问题。"钟倾倾抬头看天，雪的确越下越大，她选择妥协。

"我是担心你感冒。"

"好啦。"钟倾倾将手放到温和的衣服口袋里，"小可爱，你的新年愿望是什么呀？"

"我……"温和沉思几秒，"想让温氏·甜厨学院重整旗鼓。"

父母去世后，温和始终心系温氏·甜厨学院，梦想有一天它能够重新开张招纳新人。在钟倾倾管理酒店期间，温和通过法甜公开课尝到甜头，他更加肯定他和父亲温世衡一样，喜欢教人做法甜，想要将法甜的艺术和法甜的浪漫传递给更多人。

"这想法真酷。"钟倾倾手握拳头往下压，"我支持你。"

温和却有些迟疑，"在云舒酒店的工作，可能需要辞掉。"

钟倾倾盈盈一笑，辞职这件事她早在决定支持他做法甜公开课时，就已经想到。

那时的钟倾倾就已存了心思，她花时间花精力去了解有关温氏·甜厨学院的事，她从温桃和周至衍那也获得了许多信息，钟倾倾知道，温和为了做这件事，已等待了许久，也已筹备了多时。

比如资金管理，温和日常吃穿住行一切从简，他所赚得的钱，一部分用于负责妹妹温桃的将来，一部分便是用来筹备甜厨学院的重整。

林林总总，钟倾倾看在眼里，感受于心。

事关温和的梦想，她定当全力支持。至于酒店管理，有法甜大师温和捧场自然锦上添花，倘若他不在场，她也会有许多经营酒店的妙招。

她可是洛桑学院酒店管理专业年级前十的学霸。

"我会支持你。"钟倾倾肯定地回答道，"所以接下来换我分享新年愿望。"

"好。"

"新的一年，我希望你能开开心心，万事顺意，开心地做你想做的事，所有事情都顺心如意。"她眼睛亮亮地看着温和，"你开心，我就开心。"

有时候，朴实无华的情话，更直抵人心。

温和伸手将钟倾倾揽入怀中，他什么话都没有说，只是静静地抱着她。

后来两人离开墓地时，钟倾倾让温和先往前走，她说她要跟温和的父母单独说几句话。神神秘秘的，温和感到好奇，他故意放缓脚步慢悠悠地往前走，然后他听到站在他身后的钟倾倾小声地对他父母说："叔叔阿姨，放心吧，我会爱温和，一直一直。"

温和怔住，他想他永远都无法忘记这个瞬间。

他的女孩信誓旦旦地说，她会爱他，一直一直。

从墓地下来，大雪骤停，已是晌午时分。

温和问钟倾倾："饿不饿？要不要去安夏市区逛逛？"

"好啊，走啊。"钟倾倾兴高采烈，原因是——"听说安夏有个啤酒鸭火锅特别好吃，远近闻名，你带我去吃鸭好不好？"

温和拉开车门，"走，上车。"

钟倾倾只知道安夏有超级火爆的啤酒鸭火锅，但她不知道安夏最有名的那家啤酒鸭火锅店就在安夏一中附近。安夏一中是温和的母校，他在那度过三年的初中时光。火锅店是家老店，一开十来年，老板还是那个老板，没换过。

推开火锅店大门，熟悉的味道扑面而来。

老板认出温和，手拿菜单笑呵呵地边走边同他打招呼，"人气王，要吃点什么？"

温和笑，熟练地点单，"一只啤酒鸭，锅里煮现拔的白萝卜。"

"好嘞，啤酒鸭一只，锅里煮现拔的白萝卜。"老板重复温和说的话，他眯着笑眼，"人气王，还想吃点什么？"

找位子坐下后，温和将菜单递给钟倾倾，"看看你想吃什么。"

钟倾倾低头看菜单。

老板无声地打手势，他手指钟倾倾，问温和，"这是谁？"

温和张了张唇，有种宣示主权的感觉，"女朋友。"

老板喜笑颜开，这么多年第一次见温和带女朋友来店里吃啤酒鸭，他竖起大拇指夸赞道："女朋友很漂亮。"

钟倾倾抬头，一双弯弯笑眼煞是好看。接着她开始点单，"姜丝牛肉，糖醋排骨，酒糟黄花鱼，安夏特色蔬果，翠玉丝瓜海味豆签。"

一如平时，在她点完菜后，老板都会好心地问她类似的问题，"小姑娘，我们这一个菜的分量挺多哦，你们两个人点这些菜吃不吃得完？"

钟倾倾和温和同时发声回答。

"没事，她能吃完。"

"没事，我能吃完。"

"哈哈哈。"老板再次笑颜绽放，"能吃完就行，我们这，管吃管好管饱。"

"谢谢老板。"

老板拎着菜单走后，钟倾倾左看看右瞧瞧，目光停留在贴满五彩斑斓便利贴的墙壁上。她站起身，走到墙壁前，看大家都在便利贴上写了些什么。

"海鸟和鱼相爱，只是一场意外。林莺，祝好，这一生愿你平安喜乐。"落款是都墨。

钟倾倾撇撇嘴，看起来是个悲伤的故事。

她继续翻。

"我的白色连衣裙和你的白色衬衣，终于放入同一间衣柜。叶朝小朋友，何年年小朋友的少女新梦想是，做你的甜甜猫，喵喵喵喵喵。"

"叶朝小朋友和何年年小朋友好甜。"撇嘴的钟倾倾喜笑颜开，她伸手招呼温和过来看，"温大师，快过来一起看。"

自从和钟倾倾恋爱后，温和对她几乎是有求必应。

他走过来，两个小脑袋凑在一起，看了又看。

"有些人，是在失去后才明白，原来当时错过的，是一生中的最爱。对不起白芷，我好想你，你要幸福啊。"

有意思的是，在这张便利贴上，还有疑似当事人白芷的回应，"混蛋滚吧，我不想你。"

"你说这句话，会是白芷本人写下的吗？"钟倾倾好奇地看着温和。

"不知道,但白芷这名字听着文文静静的。"

"你是想说,人如其名说话不会这么凶吗?"

"嗯。"

"那可不一定。钟倾倾这三个字听着就不怎么凶,但……我凶起来……周至衍都怕。"

"呵……"温和笑出了声,"周至衍都怕"是什么形容,他摸摸钟倾倾的头,"你不凶。"

钟倾倾朝他一笑。

她翻开下一张,看一眼后她惊讶地捂住嘴,"温和温和温和,钟清清写的。"

"同名同姓?"

"嗯嗯嗯。"钟倾倾使劲点头,又摇了摇头。

"写了什么?"

"你自己看。"

温和翻开便利贴,密密麻麻的字映入眼帘。

"我是钟清清,喜欢苏一生的钟清清。

苏一生,我是真的真的很喜欢你,比你想象中的还要喜欢。

我喜欢你在球场上纵横驰骋的帅气,我喜欢你读英语时的温柔缱绻,我喜欢你藏在心里的热度,我喜欢你每次送我回家时目送我的关怀,我喜欢你,喜欢所有所有的你……

我想要成为你人生中的一颗糖,很甜很甜的那种。让你哪怕再孤单再难过再失落的时候,一想到我呀,就能笑嘻嘻的。

苏一生,我希望你有一天会回来,会把那件你穿过的曼联球服送我。

苏一生,哪怕你不再回来,永远留在意大利,你也不要忘记我。你要一直记得,曾经有一个叫钟清清的女孩,赤诚而热烈地喜欢过你。"

真的很长。

也的确赤诚而热烈。

温和看完后深吸一口气,问钟倾倾:"这个钟清清不是你吧?"

"不是。"

"你也不认识苏一生？"

"不认识。"

……哦。

钟倾倾盯着钟清清写下的便利贴自言自语，"这张便利贴好像不是最近写下的，皱皱的，还有点发黄。好想知道后来苏一生有没有从意大利回来，钟清清是否已经收到那件曼联球服，他们的故事后来有着怎样的结局……"

温和伸手将钟倾倾皱着的眉头抚平，"我相信有情人终成眷属。"

"终成眷属。"钟倾倾语气笃定地重复道。

温和笑，温柔地问她："我们要不要写？"

很意外，钟倾倾摇了摇头，"不要。因为在我心里已经有一面墙，写满了我对你的喜欢。"

猝不及防的情话，惹得温和的脸似乎又变红了。之所以说似乎，是因为火锅店的暖气开得实在太足，暖烘烘的，她脸上都有几分粉红。钟倾倾本想建议老板将空调温度调低点的，一转头看到老板端着热腾腾的火锅走来，调空调这事就被给她忘了。

回到座位，火锅开锅。

热气往上飘。

满脸笑意的老板热情满满地对他们说："人气王，人气王的漂亮女朋友，希望你们吃好。"

礼貌温上线，"谢谢老板。"

钟倾倾倒是挺好奇，温和人气王的称号从何而来。她看着老板，问道："老板，他为什么是人气王呀？"

老板手指便利贴墙，"他以前住安夏时，那片墙上的便利贴有一大半是女孩们写给他的。"

钟倾倾一听，似笑非笑地看着温和，"我们温大师以前这么受女孩子欢迎啊……"

"没这么夸张。"温和不好意思。

"哈哈。"钟倾倾笑起来，她话锋一转，"我们温大师现在也很受女孩子欢迎是不是？"

温和："……"

感觉是道送命题。

幸好老板抢答，"是啊是啊，人气王魅力不减当年。但他从来都不回那些女孩，也没给别人写过，我很好奇啊，人气王到底喜欢什么样的女孩子。现在见到了，般配。"老板笑呵呵地竖起大拇指。

老板嘴真甜。

钟倾倾夹了一小块鸭肉放入嘴里，味美肉香，她学老板的模样竖起大拇指，"真好吃，是美味呀。"

老板："小姑娘长得漂亮还有品味。"

钟倾倾："不瞒您说老板，这是我吃过最好吃的啤酒鸭，不愧远近闻名，安夏第一。"

…………

一轮商业互吹。

饭后，雪又下起来。

大年初三恰好赶上安夏新年的第一次集市，听火锅店的老板描述安夏集市的热闹和壮观后，钟倾倾非要拉着温和带她去逛逛集市。

安夏集市是安夏的传统特色，的确新鲜有趣，是钟倾倾的菜。

只是温和算算时间，等钟倾倾热热闹闹逛完集市，两人估计得摸黑回鹭城。

他将这一情况告诉钟倾倾，结果钟倾倾不以为然地说："哎大不了我们就在安夏住一晚嘛。我们快去集市玩吧，我要给温桃苏伽然方子琪……每人都淘一份新年礼物。"

温和看了看天，雪越下越大。

留宿就留宿吧，深夜返回鹭城的话，天黑路滑也不安全。

酒店是温和定的，一间房，双人床。

钟倾倾刷房卡推门而入，看着两张大床，她心想，纯情的温大师，果然定的是双人房，意料之中。她将手提包扔到左边的大床上，"我睡这张床。"

"好。"温和在右边的床上坐下。

"要不要出去走走？"

"饿了么？"

"有点。"钟倾倾点头，职业病发作，"顺便看看酒店周围的环境。"

酒店试睡员的工作除了要考察白天的环境外，晚上酒店灯光的考察也非常重要，比如外景区的灯光，是整晚全开还是具体会在某个时间熄灭，以及酒店外景区的道路是否都有设置路灯或底灯。

"好。"温和起身，将围巾和帽子递给她，"早晚温差大，裹严实点。"

出门后，钟倾倾迅速开启灵敏模式，并不断拍照。

嘴里时不时振振有词。

"这间酒店的灯光设计真不错，在下雪的晚上看起来，好像一场灯光宴。

"这个创意小吃街的概念，感觉云舒酒店可以借鉴参考，烧仙草和鸭腿饭真香，回头我们打包带两份回房间吧。

"大堂传统中式设计的风格别有一番韵味。

"楼下西餐厅里弹钢琴的那个小伙子好帅，钢琴弹得也不错。小时候我爸还给我找了钢琴老师，想让我学钢琴，没想到钢琴没学会，钢琴老师的包，每一个包的款式我都记了下来，从此打开新世界的大门。"

一路看到西餐厅，温和像个小跟班似的默默跟在钟倾倾身后。

直到听到这句夸赞。

他轻声嘀咕："钢琴，我也会。"

似乎是有些不满。

钟倾倾停下脚步，欣喜地看着他，"怎么没听你提起过？小可爱你到底有多少隐藏技能？"

温和笑，心满意足。

回到房间，已是深夜。

钟倾倾躺在床上突然一阵腹痛，全身冰凉，"温和，我难受……"

"哪儿不舒服，要不要去医院。"温和见钟倾倾脸色煞白，着急地走到她身边。

"中招了……"钟倾倾满脸委屈。

"嗯？"

"每个月一次那种。"

"哦……"温和明白过来。

"应该是刚才出门冻着了，平时也没这么脆弱。"

"在我面前脆弱没关系。"温和将空调的温度调高了些，再将钟倾倾的被子盖好，他声音很轻，"我下楼给你买暖宝宝和姜茶，还需要什么吗？"

钟倾倾欲言又止，"……'姨妈巾'。"

温和说"好"，但他的脸却红得一塌糊涂。

到便利店时，他的脸红还未消退。在店里完全找不着北的他，在询问便利店店员姨妈巾的具体摆放位置时，他的脸……更红了。店员看着他，想笑又忍着，结完账温和走后，她才感叹道："谁家的男朋友这么可爱，真羡慕。"

后来温和回到酒店房间，给钟倾倾泡完红糖姜茶后，睡在她旁边给她揉了一整晚的肚子。

尾声

新年伊始。

钟倾倾将她的长发剪短，利落的短发让她看起来更像职场精英。钟暮云计划在五年内将整个云舒酒店完完全全交给她管理，培养她成为真正的酒店管理者。

温和筹备甜厨学院的事进展顺利，到五月份时，基本筹备完毕。温和辞掉在云舒酒店的工作，一心一意投入甜厨学院。

事业风调雨顺，爱情甜甜蜜蜜。

钟倾倾和温和，可谓如鱼得水，爱情事业双丰收。

五月二十日那天，周至衍给钟倾倾发了条消息，说他和温桃临时起意去民政局领了本结婚证，他言语间都是溢出来的兴奋，顺便他还"多管闲事"地问了问钟倾倾："晚上一块吃饭时，要不要我帮你催催温和？"

钟倾倾决定不理他。

然而到了晚上吃饭时，周至衍仍是擅作主张多管了点闲事。

在接受来自钟倾倾和温和的一轮祝福后，周至衍摇了摇手中的红酒杯感叹道："没想到你们还没分手……"

钟倾倾反应迅速，"怎么说话的，嫌活着不舒服，想找不痛快？"

"不是……"周至衍欲言又止，犹犹豫豫。

"有屁就放。"

"好凶。"

钟倾倾给他一记白眼，语气硬邦邦的，"好好说话，不行就闭嘴。"

周至衍故意装出一副"我好怕"的模样，委屈巴巴地说："我是想说，没分手的话，你们不如挑个良辰吉日把终身大事给定了，你说是吧温大师？"

猝不及防。

钟倾倾没来由地一阵紧张，"温和现在每天都要忙甜厨学院的事，他没有时间。"

温和却笑呵呵地说："结婚的时间还是有的。"

周至衍和温桃相视一笑，有戏。

后来结束饭局，温和送钟倾倾回家的路上，他问她："想好……想要什么样的婚礼了吗？"

钟倾倾点头。

"告诉我。"

"海边，教堂，鲜花，还有……"

钟倾倾说了很多，而温和将所有婚礼细节都记在了心里。

神圣的那一天，仿佛离他们很近很近。

然而。

天有不测风云。

就在温和将钟倾倾送回家的路上，一辆摩托车像是脱缰的野马朝钟倾倾冲过来。摩托车车速极快，显然已超速，躲，根本来不及。眼看摩托车就要撞上来，温和眼疾手快抱着钟倾倾往地上倒去。

刹车失灵，摩托车司机用尽全力扭转车头，车冲到墙上，终于停下来。

被温和紧紧护在怀里的钟倾倾反应过来后，她推了推将她圈在怀里的温和，着急地问道："温和你有没有事，有没有受伤？"

温和晃了晃有些沉重的头，"我没事。"

幸好摩托车司机及时扭转车头，刹车失灵失去控制的摩托车才没有撞上温和，只是擦身而过。擦伤自然免不了，但庆幸并无大碍。

"倾倾，你没事吧？"温和关切地问道。满背擦伤，他却还在担心钟倾倾。

"我没事，被你抱得很紧。"

"那就好。"

温和松了口气，他打开怀抱，钟倾倾小心翼翼地站起来。

她看到温和的背部满是擦伤，处处血痕，她的眼泪啪嗒往下掉。

"傻瓜，哭什么？"

钟倾倾吸吸鼻子，"是不是很疼？"

"不疼。"

温和冲她一笑，躺在地上的他试图站起来，力证他真的没事，不疼。

然而当他撑着力气想要站起身时，他的头突然一阵眩晕，钟倾倾的脸变得模糊不清。很快，他的眼前出现白茫茫一片，无数金色的小星星出现在白色的画面里。

"怎么了温和？是哪里不舒服吗？"

温和使劲闭了闭眼，再睁开，重新看清钟倾倾的脸。

"我没事。"为了不让钟倾倾担心，温和找了个借口，"大概是伤了韧带。"

"医生很快就来，很快。"钟倾倾蹲下身，"要不要我帮你吹吹，吹吹伤口就不疼了。"

温和被她可爱的举动逗笑，"待在我身边，我就没事。"

"好，我不哭。"钟倾倾将眼泪收回去，强忍着。

摩托车司机撞到墙上后，人摔倒在地，好心的路人给医院打了电话，医生很快赶到现场。

这时候，钟倾倾的电话响起。

是凌叔打来的。

语气不太好，钟倾倾心一沉，唯恐再出事。可偏偏越怕什么越来什么，雪上加霜。

但挂断凌叔的电话后，钟倾倾却再也哭不出来。有太多的事等着她去处理，她必须坚强。

一个电话的时间，温和已经被医生抬上车，钟倾倾快步跟上去。

"有什么事吗？"察觉到钟倾倾神色有变化，温和问道。

"没什么事，就是老钟喊我回公司给他找个重要文件。"钟倾倾努力挤出一个笑脸，"我当然说不啊，我要陪你去医院做检查，你没事我才能走。"

温和想起刚才医生将他抬上救护车时说的话，他在心里叹了口气，脸上却仍是带着笑意，"我没事，只是擦伤，做个检查开点药就行了。"

坐在一旁的医生听了，眉头微皱，他开口想说点什么，温和朝他使眼色。

医生闭上了嘴。

温和继续说道:"钟叔有重要的事喊你回去,你听话,先回去。我只是擦伤,没大碍。"

钟倾倾犹豫,内心火急火燎,面上努力保持镇定,"可是,你一个人没事吗?"

"周至衍等下会来。"

"他会陪着你对吧?"

"嗯,放心去。"

"好。"钟倾倾牙齿咬住下嘴唇,"我很快就好,晚点联系。"

温和笑,"好。"

钟倾倾走后,温和给周至衍打了个电话,让他来中心医院,温和特地强调不要让温桃知道。

因为,在那白茫茫一片的时间里,温和是暂时性失明。

摩托车的确没有撞上他,只是擦身而过,但温和抱着钟倾倾卧倒后,他的头部撞到坚硬的石头,虽然没有出现大范围流血,但短暂性的失明很有可能是脑部受到重创导致,并不是伤了韧带。

温和知道,凶多吉少。

他不想让钟倾倾担心,也害怕温桃抑郁症复发。

救护车到达医院时,周至衍已经等在医院门口。

温和言简意赅地将意思传达给他后,才跟着医生去做检查。

等待一个结果,重生或者死刑。

从救护车上下来,钟倾倾火速赶往鹭城第一医院。

凌叔在电话里说的是:"倾倾,你爸住院了,确诊胃癌。"

听到胃癌这两个字,钟倾倾一阵眩晕,她手心冒汗身体冰凉。她回想起平时钟暮云总是盛气凌人精力十足的样子,就好像⋯⋯好像他永远都不会老去似的。她不敢相信,他怎么会⋯⋯怎么会⋯⋯突然被确诊胃癌。

钟倾倾赶到医院,还未来得及询问医生钟暮云的病情况,她就被钟暮云拉住,而他一开口便是询问有关酒店的事。

"倾倾，酒店的事情在处理了吗？"他很焦急。

"凌叔和小叔正在处理，晚点我去酒店找他们。"

"别晚点了。"钟暮云皱着眉道，"现在就去找他们，先处理酒店的事情。"

"可是您的病……"

"我的病没关系。"钟暮云长叹一口气，他握紧钟倾倾的手，语重心长地说道，"倾倾，云舒酒店是我和你妈毕生的心血，现在，我将它交给你，你要经营好它。我相信你能度过这次的危机。"

原本钟暮云是想继续干个五年再退休的，这五年里他会将他酒店管理的经验全部教给钟倾倾。只可惜计划赶不上变化，岁月不饶人，而钟倾倾也不得不独自去历练闯荡一番。

"好。"钟倾倾眼眶湿润，但语气坚定，"爸你放心养病，酒店的事我会处理好。"

她的眼泪始终没有掉下来。

钟倾倾向医生询问过父亲的病情后，才略略放下心先回酒店，走出医院大门时，舒小菁正从车上下来，两人碰了面。舒小菁眼眶泛红，看来是哭过。她看到钟倾倾，急忙上前问道："你爸怎么样？"她声音里都带着哭腔。

"胃癌确诊。"钟倾倾故意省掉医生说的早期两个字。

结果舒小菁一听，一个趔趄，差点没站稳。她喃喃念道："胃癌，胃癌，老钟每年都做身体检查，怎么都没能查出来。我得上去看看他，他旁边现在没人吧？我得去照顾他。"

小叔和凌叔正在处理酒店危机，小姨在国外旅游收到消息正赶回鹭城，苏伽然的父亲苏怀生在外地开会明早才能来医院，钟暮云身边亲近好友都不在，只有曾经的结发妻子舒小菁。

"没有。只有护士在，我爸挺可怜的。"钟倾倾边摇头边叹气，她语气夸张，"妈，好歹曾经夫妻一场，你快去看看爸照顾照顾他吧。"

"我现在就去现在就去。"

"嗯，酒店的事我去处理，放心吧交给我。"

走出医院，钟倾倾打到出租车后和钟暮云病房里的专属护士通了视频，她看到视频里舒小菁泪流满面地推开父亲病房的门，而钟暮云看到舒小菁朝他走来，也双眼含泪。之后他们双手紧握，静静地不发一言。

钟倾倾关掉视频，内心涌现一丝安慰。

好累。

她伸手揉了揉肿胀的太阳穴，强撑着给温和打了个电话，关心关心他。结果电话是周至衍接的，而温和还在做检查。

钟倾倾讶异，"不是背部擦伤吗？"怎么会需要这么长的检查时间。

"是擦伤，但以防万一，我让他多做几项检查。"周至衍找个了理由。

"这样。"钟倾倾信了，"检查结果出来请你跟我说一声。"

周至衍在心里叹口气，撒谎道："放心吧，温和没事。"

"没事就好。"

"那个……"周至衍欲言又止。

"你说。"

他顿了顿，"云舒酒店的事，有什么是我能帮到忙的，你尽管提，我随叫随到。"

云舒酒店的事，已经迅速发酵散播到了网络上，周至衍是在将温和送进检查室后，他边等边刷微博时看到的。

周至衍的仗义让钟倾倾觉得感动，她第一次不跟他贫嘴，而是真诚地跟他说了声谢谢。

挂断电话后，钟倾倾疲惫地靠在座椅上。

屋漏偏逢连阴雨，船迟又遇打头风。

酒店的事，当时凌叔在电话里只说个大概，她最初知晓整件事和周至衍一样，也是通过网络、微博。网络时代，你一言我一语，事件很快覆盖全网。但事情的真相和来龙去脉，还是钟倾倾到达酒店后才能理清。

糟糕的是，祸不单行。

是一场婚礼，客人在三个月前预订了云舒酒店的外景草坪用来举行婚礼。婚礼前一晚，酒店工作人员完成现场布置工作，第二日清晨新鲜的鲜花也从云南空运到位。一切准备就绪，宾客入场，新人准备。

然而就在仪式开始前半小时，客人发现有一箱物资没有安排到位，里面装的是婚礼结束后要拉放的彩炮礼花筒，客人马上紧急联系酒店工作人员，由于着急，语气不是询问而是质问。这位工作人员刚和男朋友分手，本就怀着一肚子委屈。

客人态度不好，她也无心伺候，完全丢了作为酒店人应有的专业态度。她坚称那箱物资是她亲自清点过的，就在半小时之前她还检查过一次。结果俩人吵来吵去，谁都没有去解决箱子到底去了哪、怎么将它找回来的问题。

最后僵持到婚礼仪式举行完毕，原本安排拉放彩炮礼花筒的时间，全场一片寂静。

虽然后来这场婚礼的总策划人在一片寂静中引导全场宾客鼓掌庆贺，将尴尬缓解。但新娘是追求完美的处女座，得知这件事情后她非常生气，斥责酒店方在物资弄丢时不去找物资，而是和客人吵个没完没了……

酒店负责人赔礼道歉，好不容易将新娘的情绪压下去。

祸不单行，一波又起。

到场的宾客里突然有人发出难受的叫喊声，是一个十岁小男孩因为误食了花生而导致呼吸急促，面部和喉咙肿胀产生了过敏反应。小男孩的母亲情绪激动，嗓门又大，她边哭边喊，整个婚礼现场乱成一团。

……新娘都要气疯了。

新娘的伴娘团里有一个女孩是学设计的，幻灯片做得一流。闺密的婚礼被弄得一团糟，她自然也是很生气。再说彩炮礼花筒丢失一事的确是酒店的过失，而花生过敏事件虽说主要责任不在酒店，但毕竟……整个事情是在酒店发生。

于是婚礼结束后，这个女孩参照著名的希尔顿"双树旅馆事件"，制作了一个严厉但又不失诙谐幽默的幻灯片文件，标题都和双树旅馆事件中取的标题一致——

"你们是个糟糕的酒店。"

在这个幻灯片文件里，女孩记述了整个事件，她把这个幻灯片文件通过邮件的形式传给了云舒酒店的高层，并复制到微博网络上。很快这个幻灯片文件迅速传播开来，虽然它并没有像双树旅馆事件中的幻灯片文件那样成为最受欢迎的电子邮件，但它也产生了不小的影响。

她把这个幻灯文件通过邮件的形式传给了云舒酒店的高层，并复制到微博网络上。很快这个幻灯文件迅速传播开来，虽然它并没有像双树旅馆事件中的幻灯文件那样成为最受欢迎的电子邮件，但它也产生了不小的影响。

云舒酒店不仅成了业内的笑话，也成了来鹭城旅游和度假者避之不及的住宿地。媒体也将这一事件大肆报道，看到这一新闻的人纷纷谴责云舒酒店。

虽然事情发生后，云舒酒店已经在第一时间快速地道歉并商量赔偿。

但酒店形象大大受损，短时间内无法恢复。

钟倾倾到酒店。

凌叔和小叔都在。

小男孩花生过敏后，已经及时送往附近的医院，现在脱离了生命危险，酒店会密切关注小男孩的后续情况，该赔偿的赔偿，该关心的关心，直到小男孩健康出院。

婚礼礼炮筒事件，云舒酒店严格按照酒店公关原则展开，一个中心两个重点四项原则。

所谓一个中心，即以维护、展现当事人良好社会形象为中心。事情发生后，云舒酒店当机立断积极承认错误，并开除不专业的酒店服务者，同时承诺加大员工培训力度，注重服务细节。

两个重点即关心、保护利益相关群体和真正解决问题。一是及时道歉并赔偿处理，二是云舒酒店以当事人的名义向慈善机构捐了一笔钱作为悔过之举。

四项原则是诚意原则，诚实原则，全责原则，以及快速处理原则。

事情的处理，有凌叔和小叔的帮助，再加上云舒酒店公关团队的周密策划，经过两天两夜的时间，舆论和赔偿基本处理好。事件后续发展情况，酒店也已派出了相关工作人员有针对性地跟进和处理。

在此次事件中，钟倾倾注意到互联网的传播速度，是利也是弊。在舆论一边倒地骂云舒酒店时，钟倾倾做了个重要的决策，她以云舒酒店管理层的名义开通了官方微博。开通微博后，她不仅录下视频亲自道歉，她还欢迎大家以后通过留言或私信的方式向她提建议，建议一旦采纳，她会给出奖赏。

这一举动获得不少网友支持，大家纷纷说她语气亲切态度真诚，钟倾倾心想，为了云舒酒店，她真是从武侠世界里的母老虎变成了现实世界里的 Hello Kitty（凯蒂猫）。

但她即便是柔，也是柔中带刚。

云舒酒店声誉的恢复须要从长计议。

将眼前的危机控制住后，钟倾倾赶紧去找温和，她已经好几天没有见到他了。她好想他，她想见他。钟倾倾去温和家找他，没提前联系，想给他一个惊喜，开门后却发现温和不在家，他电话也处于关机状态。

她心里咯噔一下，感觉不妙。

她着急地打给周至衍，幸好周至衍告诉她，"温和和我在一起。"

"你们在哪？地址共享一下，我来找你们。"

周至衍却说："你不要过来。"

有点奇怪。

钟倾倾问："为什么？"

"因为……"周至衍一时间找不到理由，吞吞吐吐。

"因为什么？"事情不对劲，钟倾倾又再问道，"是温和发生什么事了吗？他检查结果有问题？你上次不是说没有问题吗？你让他接电话。"钟倾倾接二连三地询问。

周至衍只好撒了个谎，"温和和人在谈甜厨学院合同的事，不方便接电话。"

"哦好。"钟倾倾悬着的心往下落，"我晚点再找他，你让他结束后给我回个电话好吗？"

"好的没问题。"周至衍满口答应。

电话挂断后，周至衍看着陷在沙发里表情哀伤的温和，"你打算一直瞒着钟倾倾吗？温和，逃避解决不了问题。"

"我知道，我只是还没想好要怎么跟她说。"温和叹口气，"万一，万一将来某天我突然失明，我会成为她的负担，我不能成为她的负担。"

温和曾经郑重承诺过她，要将这世界所有的光明都带给她。可现在，他未来的世界随时都有可能失去颜色，只剩黑白。

头部撞到硬物导致短暂失明后，温和做了许多项检查。医生给出的结果是温和视神经的传导功能出现障碍，所以他才会出现突然失明的状况。至于之后会不会继续出现短暂失明，又或者突然彻底失明的情况，还需要进一步进行观察和治疗。

因为目前已经确诊的是，温和视神经的传导功能出现障碍，导致色弱。

温和对某些波段的光渐渐不那么敏感，其实已经持续一段时间。在甜厨学院发生火灾之后，温和对颜色感知和分辨的能力就逐渐变弱了。当时温和冲进大火里，救出一个小女孩，但他背着她冲出来时，撞到桌子摔倒了，是头部着地，后来头部后方长了个包。

除此之外，也没出现其他不舒服的症状，温和便没当回事。

没想到这次头部再次遭到硬物撞击，诊断是色弱。

色弱分先天性和后天性两种，先天性色弱是遗传基因所致，很难通过治疗或锻炼等手段矫正，后天性色弱是视器官疾病引起的，多伴有视力障碍及视野暗点，后天性色弱是能够治愈的，但必须治疗好原发病。

温和属于后天性色弱，医生建议他去大医院做个更完善的检查，最好能先排除病变导致失明的可能性。色弱能够治愈，但失明却不可控，就像是颗不定时炸弹，随时都有引爆的可能。

"所以，我们应该先去排除这个万一。"周至衍拍拍温和的肩膀，"甜厨学院的事先放一放，你现在就订机票去美国，我记得温叔有个好友是美国知名医院的医生，去找他吧。"

温和扶额，闭着眼睛思考一段时间后，他又叹了口气，"好，但这事，暂时瞒着倾倾。"

周至衍张开嘴，欲言又止。

温和："我现在买票，尽早安排检查。"

"行。"周至衍语气无奈，"等检查结果出来，我们再商量下一步的打算。"

"……好。"

周至衍其实是懂温和的，检查结果没有出来，就意味着暂时失明和永久失明的可能性都存在。温和不会拿一个未知的明天去赌钟倾倾的未来，他不愿意成为钟倾倾的负担，他更不会自私地去要求她陪着他等不确定的结果。

太多太多的不确定性。

他必须像排雷一样，一个个清除。

周至衍走后，温和给钟倾倾回了个电话。

两人的语气都略显疲惫。

"你最近怎么样？"

"你最近怎么样？"

一开口，异口同声。

温和闭着眼睛笑，"你先说。"

钟倾倾没有说自己，而是关心地问温和："你背部擦伤严不严重，有没有人给你上药？"她还以为他只是背部擦伤，她对周至衍告诉她的检查结果深信不疑。

"不严重，我每天都去医院换药。"

"好啦。"钟倾倾试图将语气放轻松，"小可爱，甜厨学院的事最近很忙吗？"

"在谈几个合同。"温和避重就轻，他不想骗她，挑拣事实来说。

钟倾倾嘟囔，是撒娇的口吻，"你呀，忙到都没时间跟我约会喽，我们现在这种情况，特别符合网络上的一个热门词汇，同城异地情侣……我们啊谈的是异地恋。"

其实钟倾倾就想撒个娇，听温和哄哄她，没想到温和却当了真，他坐直身体，认真地向她道歉，"对不起倾倾，再给我几天时间，几天后我给你一个交代，好吗？"

什么交代不交代的。

"我开玩笑呢。"见温和一本认真，钟倾倾连忙笑着说道，"我最近也挺忙，你想约我，我还没空赴约呢。"

一个笑，气氛缓解，疲惫的情绪渐渐放松。

温和情不自禁地也笑起来，"你在忙什么？有没有注意劳逸结合哦？"

这几天温和很少用眼，他尽量闭目养神，加之他最近心理包袱重，想的事情多。所以网络上散播的云舒酒店婚礼事件和过敏事件，他一概不知。周至衍也没有和他说起这件事，一是怕他分神担心，二是周至衍一直在医院忙温和检查的事，周至衍也片刻不得休。

"酒店里的一些事啦。"钟倾倾轻描淡写地说道，毕竟最难的时刻已经度过。

至于钟暮云患癌一事，钟倾倾想了想，温和最近在忙甜厨学院的事，她不能给他添乱，加之钟暮云是胃癌早期，并不危及生命，于是打算晚点再说。

她的心好似变得越来越坚强。

她想，她还能撑得住。

之后两人互相加油鼓气后，才将电话挂断。

傍晚时。

舒小菁喊钟倾倾一起吃饭，钟倾倾走到病房门口时，看到舒小菁正在给钟暮云剥橙子吃。舒小菁剥好，将橙子放到钟暮云手中，钟暮云拿着橙子却不吃。

舒小菁开玩笑，"怎么？剥好不吃，难道是要我亲自喂给你才吃？"

没想到，钟暮云竟然点头说是。

舒小菁一双大眼瞪着他，"别得寸进尺，快吃。"

钟暮云拿着橙子眼巴巴地望着舒小菁，不说话。

"欸你还真是……"

"得寸进尺。"钟暮云没皮没脸地补充道。

钟倾倾站在门口偷笑，原来她得寸进尺的毛病是随爹。

最后舒小菁拿钟暮云没办法，她坐在他旁边，耐着性子喂他吃橙。

钟暮云吃完一瓣橙子后，他满足地发出感叹，"好甜。"

橙子甜，有舒小菁喂他吃橙，更甜。

"好吃是吧。"舒小菁笑颜展露，"是你未来女婿温和老家安夏产的橙。以后你想吃啊就让女婿去给你摘，甜橙吃个够管饱。"舒小菁收起笑容，感叹道，"所以说老钟啊，别总想着出院，好好养病，要多活几年，才能看到倾倾和温和结婚生子。"

其实……

钟暮云之所以总想出院，是因为担心云舒酒店。

而舒小菁，在得知钟暮云确诊胃癌时，她好像，就是在那一瞬间，看明白了生死，也看淡了酒店的事。

舒小菁十来岁时认识钟暮云，两人一见钟情，互相倾慕。结婚好几年，夫妻关系和睦，都没有吵过架，后来生下钟倾倾，夫妻两也目标一致，要努力给这个因爱而生的女儿更好的生活和未来。

恰巧在钟倾倾六岁时，由于政府拆迁，钟暮云和舒小菁得到大笔资金。加之那年旅游业发展迅猛，拿到拆迁款后，夫妻两人便商量着开起了旅馆，做起了酒店。谁也没有想到后来酒店生意越做越好，他们给钟倾倾创造的生活也越来越好。这本是好事。

可却因为忙碌，钟暮云和舒小菁的关系越来越疏远。

那天钟暮云是因为劳碌晕倒而被送入医院，舒小菁接到电话时，整个人都处于慌乱状态。坐车赶往医院的路上，她想起许多往事。这些年她和钟暮云一起走过的画面，如幻灯片似的在她脑海里一张张播放。

舒小菁想起钟暮云给她起的外号：甜精，原因是舒小菁第一次见到钟暮云时她往他口袋里塞了把糖，以及舒小菁虽然长着一张女神脸，性格却真实大方地像个女神经。

还有钟暮云一直都知道舒小菁不是那么喜欢他的弟弟妹妹，所以他尽可能地总维护舒小菁。但他毕竟是兄长，酒店里有什么好职位他会想着弟弟，生活上有什么好事情他会带上妹妹。舒小菁呢，更多时候是不愿意去理解他的，钟暮云都选择包容。

结婚以来，钟暮云很宠爱舒小菁，她想吃的他深更半夜都会去给她买，她想要的他想尽办法都会满足她，就连给他们爱的结晶取名字，他都要带上她的名。

可是后来，他们将所有精力投入到云舒酒店，忽略了彼此。

更是因为一点小事，争吵闹翻，冲动之下选择协议离婚。

…………

回忆的画面一帧一帧过。

舒小菁低着头将整张脸埋入手掌，明明最开始时，她和钟暮云做酒店生意，是想让钟倾倾过上更好的生活。但最后，不仅夫妻两人感情破裂，和钟倾倾的关系也不再亲密。

她还记得钟倾倾四五岁时，总爱扑到舒小菁的怀里，跟她说："妈妈真漂亮，全世界倾倾的妈妈最最最漂亮，我最爱妈妈了。"

钟倾倾也经常趴在钟暮云的腿上睡着，醒来时她会笑嘻嘻地看着钟暮云傻笑，懵懂天真。

可后来，她叛逆她任性她再也不向他们表达爱。

她总是离他们远远的。

…………

记忆的画面不断播放。

直到司机提醒舒小菁医院到了，她才抬起脸，下车朝医院走去。

她没刚想到刚下车就和钟倾倾撞个正着。

钟倾倾说："妈，医生说爸，确诊胃癌。"

她听到胃癌两个字，世界瞬间变成黑白，她一个趔趄差点没站稳。她原本还想看完钟暮云后，再回酒店处理事情。可是这一瞬间，她突然想明白了，在这世上，没有什么比生死更重要。

而酒店再重要，也不及钟暮云。

再说当时的钟倾倾，恰好给了她一颗定心丸。当舒小菁转身赶往病房时，钟倾倾笑着对她说："酒店的事我去处理，放心交给我。"她眼神坚定，一如年轻时的舒小菁。

舒小菁笑了，她的女儿长大了。

此时此刻。

舒小菁边剥橙给钟暮云吃，边同他说起当时的感受。

"就是在那一瞬间我什么都看开了，所以老钟啊，酒店的事你也别总想着，我们已经辛苦了大半辈子，剩下的时间可以安享晚年喽。倾倾她啊，现在有自己的想法和生活，酒店交给她，我还是放心的。"

钟暮云不说话。

他心里想的是，橙子真甜。

这些天，他也听说了，倾倾处理事情干脆利落，有勇有谋，在管理酒店方面很有自己的想法和谋略。甚至在他生病住院后，舒小菁更多的是陪在他的身边。去解决问题，去和医生进行沟通的人都是倾倾。

他心想，虎父无犬子。他的女儿很像他，遇强则更强。

终于，钟暮云松口，"酒店可以交给倾倾，但是有一个要求。"

舒小菁白她一眼，"酒店交给自己女儿，还要有什么要求？"

钟暮云弯了弯嘴角，腹黑一笑："你在医院陪着我，以后我们谁都不操心酒店的事。"

"喂……钟暮云……"舒小菁连名带姓地喊他，"你不要得寸进尺。"

"老毛病，改也改不了，你习惯习惯。"钟暮云憨厚一笑。

舒小菁有些不好意思，她左看右看，将话题转移："倾倾这孩子怎么还没来？"

"给她打个电话问问？"

…………

于是……

在病房门口悄悄站了差不多半个小时的钟倾倾，没法躲了。

她眉开眼笑地走进病房。

傍晚的夕阳透过窗照进房间，阳光倾泻，她感受到了幸福。

半个月后，温和从美国回来，带来一个好消息和一个坏消息。

当晚周至衍和温桃来到温和家里，三人展开会谈。

坐在地毯上抱着熊猫抱枕的温桃，深吸一口气，"哥，先说好消息吧。"

"嗯。"温和点头，"医生说这种情况不会造成失明，当时瞬间失明是因为脑部受到刺激而产生的短暂反应。"

温桃双手紧握，"太好了。"

定时炸弹解除，周至衍和温桃同时松了口气。

"那，坏消息是……"周至衍问道。

"确诊色弱，有办法治愈，但很难痊愈。"

温和到美国后，父亲温世衡的朋友相当给力，很快就帮他安排了医院进行检查。检查结果最先排除的是失明，温和拿到结果时暗暗松了口气。然而第二份检查结果确诊色弱，且需要通过手术来治疗原发病。

后天性色弱的防治主要是治疗原发病，原发病治愈或好转，色觉障碍也常常随之消失或减轻。但痊愈的可能性却很小，要完全恢复正常，需要长时间的治疗和调养。

可是，色彩对温和来说，万般重要。

他是法式甜品师，颜色是对甜品最直接的表达。

颜色搭配得当，能使法甜变得垂涎三尺；颜色搭配不合适，也能令法甜变得平淡无奇。法式甜品的精致美好，除去手艺，最直观的体现就是法式甜品师对色彩搭配的运用。

温和向来擅长使用颜色，他对色彩的敏锐感知度也很高。他不仅经常使用和其他人不一样的颜色作为甜品的主色或点缀，还会研究中国古代的颜色盘，将其精髓挖掘出来，和法式甜品融合。

颜色，是温一直所擅长的领域。而色弱，相当于将他的天赋拿走。

他虽然还能看到正常人所看到的颜色，但辨别颜色的能力会变弱，而且在光线较暗时，有时候甚至跟色盲差不多。

这将影响温和以后的人生。

温和在做法式甜品时，偏爱研究色彩搭配，使用新鲜颜色。色弱会令他失去更多创造性，加之他对颜色辨别的能力变低，在选择给甜品上色时，也会遇到一定阻碍。

周至衍和温桃非常清楚色弱会对温和造成的影响。

但是除了陪伴他，他们也无能为力。

温桃坐到温和身边，抱住他的手臂温柔地说："哥，我会一直陪着你。"

温和摸了摸她的头，笑了笑，"别担心，会好的。"

周至衍看着温和，猜测他应当是已经独自消化掉了许多负面情绪，否则明明是极有可能影响他一生的疾病，他怎么还笑得出来。周至衍猜得没错，在温和拿到检查结果后的两天时间里，他已经将事情的种种后果都想到，并选择乐观接受。

生命中有许多无能为力的事，无法改变，只能接受。

而接受，也需要强大的内心。

"你接下来有什么打算？"周至衍问他。

"离开鹭城一段时间，回来后继续甜厨学院的事。"

"去美国？"

"是，手术安排在下个月。"

"手术后痊愈的概率高吗？"

"大概能恢复到百分之七十。"

"算高了？"

"算。"

周至衍喝口水，"你打算什么时候告诉钟倾倾？"

温和看一眼墙上的挂钟，显示九点半，温和笑，"现在。"

他想见她，迫不及待。

两人约在泡泡锅店。

当锅里的高汤第一次沸腾时，温和将钟倾倾喜欢吃的菜全部下到锅里。

钟倾倾双手捧脸撑在桌上，她看着温和英俊的脸上带着少许沧桑，她有些心疼。"小可爱，甜厨学院最近有很多事情须要处理吗？有没有我能够帮上忙的。"她还以为这段时间温和一直在忙甜厨学院的事。

温和夹起煮熟的虾饺放到钟倾倾碗里，他主动承认错误，"对不起倾倾，我有事瞒着你。"

钟倾倾皱眉，"什么事？"

"我最近不是在忙甜厨学院的事。"

"那你在忙什么？"

温和放下筷子，双手撑在桌上，他身体微微前倾，认真地看着对面的钟倾倾。他从那天晚上的意外说起，将这些天发生的事情说给她听。

他说："倾倾，我有身体缺陷，你不要嫌弃我，也请允许我自私地想要将你留在身边。"

钟倾倾伸手捂住他的嘴，不让他再说下去。

她拼命摇头，她心疼他还来不及，她怎么会嫌弃他。她的心里像是吞了一整颗柠檬，一股酸劲涌上来，她鼻子一酸，眼泪差点掉下来。

她看着温和，满脸抱歉，她说："对不起温和，是因为保护我你才会受伤。"

温和将她的手拿开，温柔地揉了揉她的头，笑了笑："与你无关，是甜厨学院那场大火留下的后遗症。"

钟倾倾见他笑，心里更难过了。

她起身，从温和的对面坐到他的身边，她撒娇地扑入他的怀抱里，想给他一些安慰。

温和拍着她的背，像哄小朋友似的，边拍边说："没关系，都会过去的。"这世上所有的事情，时间都会善后，都会过去。

钟倾倾抬起头，眼睛泛红，她看着温和，信誓旦旦地说："温和，这一生我都会陪着你。我可以辨别两百多种口红颜色，我还能分辨多种拍照软件的滤镜色调。让我做你的眼睛，有我在，我会陪着你慢慢调养、恢复，我们一起并肩作战。"

咚！

钟倾倾的表白让温和的心剧烈地跳动起来。

他的女孩，总是令他心动。

温和宠溺地伸手了刮钟倾倾的鼻子，"我给你下点青菜。"

肉食动物钟倾倾一听，不满道："欸不行不行，我要吃肉……"

温和笑，故意跟她唱反调，"多吃青菜好。"

话虽有理，但钟倾倾还是嚷嚷着："要吃肉要吃肉，温和我要吃肉。"

温和拿她没办法，招呼服务员加了两盘肉。

后来，钟倾倾和温和吃饱喝足正欲推门离开时，泡泡锅店酷酷的老板娘正挽着一个男人的手喜笑颜开地推门而入。看到温和和钟倾倾，她还笑着朝他们点点头。

钟倾倾注意到她挽着的男人，慈眉善目，留着一小撮胡子。他非常认真地在听老板娘说话，时不时和她眼神接触，而老板娘满面红光，一直在笑。

出门后，钟倾倾也挽着温和的手，她笑嘻嘻地问他："老板娘是不是等到了那个人？"

温和笑："应该是等到了。"

老板娘终于等到他，有情人终成眷属。

钟倾倾仰望夜空，盛夏的季节繁星满载，他们的手，十指紧扣。

这海风，这星空，这夜晚。

永远美好。

半年后。

温和国外归来，通过手术治疗，他色弱的情况恢复很快。甜厨学院也筹备完毕，开学招生，温和由温大师变成温老师。喜欢他、仰慕他的学生越来越多，他的教学视频被他们发到网络上广泛传播，一传十十传百，后来，温和成了享誉国内外的甜品大师。

对他而言，由于色弱，在法甜颜色使用上虽然失去了诸多创造性的可能，但伴随甜厨学院一批批招生，温和能够将法式甜品的艺术和精髓传授给更多人，是骄傲且愉悦的事。

钟倾倾彻底接手管理整个云舒酒店，蜕变成真正的酒店管理者。

她有意培养天昊和钟声，想在未来将云舒酒店扩大，发展多家分店，做成家族产业。

温老师和钟老板，每天都很忙，所以两人约法三章，每周必须约会，且不低于两次。

某天，两人相约海宁商城新开的日料店。

途中路过一家婚纱店。

钟倾倾突然停下脚步，她直勾勾地望着玻璃橱窗里的白色婚纱。那是一件 V 领婚纱，肩上绣着两朵精致的水钻花，低调而奢华。

"有点想结婚。"钟倾倾声音低低的，像是在自言自语。

温和停下来，看着她。他目光炙热，眼神笃定："如果你愿意，我娶你，就现在。"

后来，钟倾倾和温和结婚时，婚礼的主题是：倾慕你。

钟倾倾的倾，爱慕的慕，温和始终唯一倾慕钟倾倾。

从今往后，一生一世一双人。

番外

恋爱小甜事

×
×

1

盛夏时。

温和路过鲜花市场，买了一大捧向日葵送给钟倾倾。

钟倾倾站在温和家的阳台上边修剪花枝边听海浪声，只要靠近海，她就感觉身心放松。忙完工作的温和，从书房走到阳台，他从背后抱住她，将头靠在她肩膀上，闻她身上的味道。

"你今天的香水味很好闻。"他声音很轻，在她耳边响起。

钟倾倾将最后一朵向日葵插入花瓶，而后转头看着他笑，故意逗他，"你是喜欢我香水的味道，还是喜欢我身体的味道？"

温和愣住，身体变得僵直。

他松开抱住她的手，边往餐厅走，边说道："今晚做了小龙虾，来吃虾吧。"

钟倾倾看着温和的背影笑开，"温大师，你现在是不是脸红得跟桌上的小龙虾一样啊？"

温和不说话。

他已经默默在给钟倾倾剥虾。

小龙虾刚煮熟，汤汁还是滚烫的，温和拿起一只小龙虾，但实在太烫，他只好将小龙虾放到碗里稍稍凉一凉再继续剥。所以他的脸红不红他不知道，但他一双手因为要给钟倾倾剥虾而烫得通红。

钟倾倾将剥好的虾肉放入嘴里，肉美味香，瞬间满足。

她给温和也喂了一口。

温和一脸满足，钟倾倾笑着看他，开启花式夸奖："我们小可爱今晚做的小龙虾超级好吃，剥虾技术一等一的好。这世上怎么会有像你这样既帅气又体贴厨艺还满分的人呢？让我想想，发点什么奖励给你呢？"

被夸嘛，自然是高兴的。

一高兴，温和就将洗碗这件事，也承包了下来。

钟倾倾乐得轻松，后来在温和洗碗时，她从背后一把将他抱住，她的头靠在他的背上。

她说："小可爱，我想好给你什么奖励啦，不如今晚我就不回去了吧。"

温和感觉后背发凉："……"

2

温和脸红、紧张、无措等诸多纯情症状，是在他和钟倾倾去民政局领完证，成为合法夫妇后才完全消退的。

领完证当天，温和说的原话是："合法之后要做合法的事情。"

从此以后，他终于翻身把歌唱，反扑来得很凶猛。

一日。

清甜夫妇躺在床上聊云舒酒店新一轮酒店试睡员招募的事。

钟倾倾兴致勃勃说了大概一个半小时，温和起初还十分配合演出，可听着听着，钟倾倾一点都没有要睡觉的意思，温和今晚还特地穿了钟倾倾给他买的新内裤。

终于，好脾气的温和忍不住打断她："明天还要上班，今晚早点睡吧。"

钟倾倾看一眼墙上的挂钟，显示十点半，平时温和和她都是十一点后才睡。她感到莫名其妙，继续说道："我还没说完，你先听我说，平时没这么早睡的。"

温和："……"

他决定强势进攻，采取行动。

温和将钟倾倾扑倒在床，钟倾倾一双弯弯笑眼无辜地瞪着他，她小声反抗："我都还没说完呢。"

温和不给她机会，"明晚再说，今晚剩下的时间，我们只专心做一件事。"

……钟倾倾"羊"入虎口。

3

鹭城音乐节，请来许多明星。

拖苏伽然的福，云舒酒店和鹭城音乐节达成合作，请来的明星都安排在云舒大酒店。

音乐节前一天，钟倾倾收到主办方给她的票。第二天，她和温和将家里最潮范的衣服拿出来穿上，到傍晚时他们混入一群小年轻中间，踩着节奏，挥舞双手，享受音乐节带来的热情和躁动。

这次音乐节请来的明星有超高人气的华语流行乐男歌手林嘉嘉。

林嘉嘉一出场，现场人头攒动。

一个高个子男孩突然从后面挤到钟倾倾前面，他个子很高，站在钟倾倾前边完全将她的视线挡住，钟倾倾用手戳了戳他的后背，毫不客气地说道："喂高个男孩，你太高啦，挡着我的视线啦。"

高个子男孩转头，一张清秀的脸映入眼帘，钟倾倾瞧着，大约是大学生的年纪。

自知心虚，高个子男孩连连道歉："不好意思，我好喜欢林嘉嘉，想离他更近一点。"他让开一点距离："你看这样行吗？你站在我前面，这样我就不会挡着你。"

钟倾倾也不是得理不饶人，她往前走一步，站在他前面，朝他比了一个"OK"的手势。

高个子男孩露齿朝他笑开："你人真好，我特别喜欢林嘉嘉，为了林嘉嘉我听歌只听虾米音乐。"因为虾米音乐独家买断林嘉嘉的歌。

"好巧，我听歌也只听虾米，但我是因为七月天。"

男孩惊讶地看着钟倾倾："你也喜欢七月天吗？"

"是啊。"

"你听歌也只听虾米哦？"

"是啊。"

"我也喜欢七月天，我还在鹭城七月天粉丝微信群里。"

"……我也在。"

钟倾倾撇嘴，她本不想说她一把年纪还在追星。

但因为她喜欢的乐团是七月天，是那个团里帅气的主唱说"我们要唱到八十岁"的七月天，她想……她也要陪他们唱到八十岁。

听钟倾倾这么说，高个子男孩仿佛找到知己，他眼睛亮亮地看着她："小姐姐，好有缘分哦，我能加你微信吗？"

"好啊好啊。"钟倾倾很高兴能在音乐节现场遇到喜欢七月天的人。

然而这时候，站在钟倾倾身旁一直没出声的人，突然问男孩："小朋友，你多大？"

男孩愣住，一脸茫然，他看着钟倾倾问道："你认识他？"

钟倾倾点头。

于是男孩礼貌地回答温和："十七。"

"你这么小呀，真是小朋友。"钟倾倾惊讶地说道。

"是啊真小，都能喊你钟阿姨了。"温和在一旁，突然没了好脾气地说道。

钟倾倾低声笑起来，温和在吃这个小男孩的醋。

之后，高个子男孩加上钟倾倾的微信后，温和宣示主权般将钟倾倾揽到怀里，紧紧抱住她。

音乐节结束，温和和钟倾倾回到家。

洗完澡后，钟倾倾闲来无事刷了刷高个子男孩的朋友圈，她边看边感叹。

"这个小朋友业余生活挺丰富有趣的嘛，大学生创业，勤工俭学，吉他社……

"哎他还每天坚持健身，呦……小小年纪，身材还挺不错。"

温和刚吹完头发，听到这，他从钟倾倾手中抢过手机，一看，屏幕上是张晒肌肉的照片。

男人的胜负欲被激发。

温和抱起坐在沙发上的钟倾倾将她扔到床上，"你喜欢看肌肉？"

钟倾倾顺势躺在床上，将手撑住头，"小可爱，最近有悄悄去健身锻炼哦？长肌肉了哦？"

温和不说话，行动将证明一切。

4

云舒酒店年会。

温和作为家属参加年会，结果运气爆棚，在抽奖环节抽到一等奖：海岛双人游。

于是后来，钟倾倾和温和欢欢喜喜双人游。五天四晚的海岛双人游，钟倾倾和温和将行程安排得轻松惬意，白天两人都待在酒店房间里，接近傍晚时才出门觅食和看海。

一日。

钟倾倾和温和挽手自在地走在海边沙滩上，落日余晖笼罩整个海平面，天空的颜色由纯净的蓝色渐渐变成绚丽的粉橙色，浪漫的晚霞在天边勾勒出一幅绝美的画面。钟倾倾看着温和的侧脸，感觉自己被幸福紧紧包裹着。

两人漫步到海边小屋时，遇到一对并排而坐的老人在看海。

老爷爷和老奶奶都已白发苍苍。

他们并排而坐，安静地看着眼前的海，没有语言的交流，但他们的灵魂应当彼此相通。

钟倾倾歪着头问温和："看到这个画面，你在想什么？"

温和笑："我能想到最浪漫的事，就是和你一生在一起，慢慢变老。"

一生，这个词，真是美好得一塌糊涂。

温和望着钟倾倾，问她："你呢？"

"我想到，我和你。

当我们老去时，也是风和丽日的一天，我们并排坐在一起。

听海浪翻滚的声音，闻海风湿咸的味道，看大海广阔深邃的模样。

我和你，在一起，时间流淌而过。"

——这一生，有海，有你。